经典古词

马超 编著

金盾出版社

内容提要

古词这种文体是国学不可或缺的组成部分，少年儿童有强烈的学习兴趣。本书精选了温庭筠、柳永、苏轼、辛弃疾、李清照、李煜、陆游、马致远、杨慎、纳兰性德等人的词，并配有通俗易懂的注释和译文，以及词人的故事或与此词相关的故事，帮助少年儿童理解这些脍炙人口的古词。

编文、设计、排版人员：房 露 张又兴 李佩雯 江秀伟 邱银武 王娅楠 邱路堂 王善国 江 秀 杜丽雪 杨雪霜 臧海英 张美栓 江海亮 王玉芝 王风尧

图书在版编目（CIP）数据

经典古词／马超编著. —北京：金盾出版社，2018.1
ISBN 978-7-5186-0947-5

Ⅰ.①经… Ⅱ.①马… Ⅲ.①词（文学）—诗歌欣赏—中国—古代 Ⅳ.①I207.23

中国版本图书馆CIP数据核字（2016）第153159号

金盾出版社出版、总发行
北京太平路5号（地铁万寿路站往南）
邮政编码：100036 电话：68214039 83219215
传真：68276683 网址：www.jdcbs.cn
封面印刷：北京印刷一厂
正文印刷：北京万博诚印刷有限公司
装订：北京万博诚印刷有限公司
各地新华书店经销
开本：787×1092 1/16 印张：10.125 字数：253千字
2018年1月第1版第1次印刷
印数：1～5 000册 定价：33.00元

前言

词是诗的另一种表现形式，它是萌芽于南北朝时期的梁朝、隋唐时期兴起的一种新的文学体裁。词又称曲子词、长短句。词一般分为上下片（也叫上下阕），每句的句式不一，字数有长有短，词比诗有更强的表现力和感染力。

起初，词不是独立的文学体裁，而是教坊的歌伎们依曲牌、曲调唱的歌，歌词多数取自前代的乐府诗和民歌。地位低微的教坊歌伎们对于词的产生、发展并达到全盛起到了不可磨灭的作用。

劳动人民对于词的产生、发展也起到了不可替代的作用。例如，麦秀两歧、判碓子、拾麦子等曲牌显然来自农村；渔父引、摸鱼儿、拨棹子等曲牌则来自水乡；卧沙堆、怨黄沙、怨胡天等曲牌应当是来自边塞军旅音乐。

词的产生跟西部少数民族的音乐也不无关系。随着南北朝时期少数民族与汉族的大融合，少数民族的音乐开始传入中原地区，成为教坊和民间流行的歌曲。目前发现的最早曲牌是藏于敦煌的曲子词，如菩萨蛮、定风波等曲牌。而敦煌地区恰恰是少数民族与汉族实现大融合的交汇点之一，这里所产生的曲牌必定带有民族融合的痕迹。

到了唐朝，随着经济和文化的发展，教坊歌曲得到了空前的发展。乐工们不满足依照固定的曲调填词，于是创制了一些新的曲牌，以满足人们的文化需求，使词渐渐地形成了一种新的文学体裁。唐朝的诗人李白和白居易等人已经开始涉足词的领域，进行一些创作。晚唐婉约派词人温庭筠、南唐千古词帝李煜、宋初词人柳永对于词的发展起了承上启下的作用，对于词进入全盛时期起到了推波助澜的作用。

北宋初期以后，词成了文学主要的表现形式。词人们奉献出来无数隽永不朽的佳作，词坛形成了以苏轼、陆游、辛弃疾等为代表的豪放派和以柳永、秦观、李清照等为代表的婉约派交相辉映的盛景，使词这种文体达到了与唐诗并列的地位。从此，中国文学史上把“宋词”与“唐诗”并称。

金、元、明三代，词取得的成就远远达不到宋朝时的辉煌，但也出现了元好问、马致远、杨慎等杰出的词人。到了清代，词坛上又出现了以纳兰性德为首的“词坛三杰”。

时下，全国掀起了学习古诗词的热潮。学习古词有两大难点：一是读者不太了解词人的生平和词作产生的时代背景；二是读者不太了解古词中引用的典故。而这两方面，都有许多跌宕起伏的故事，不了解这些，就形成了读者学习古词的障碍。本书的特点，既有对古词中难以理解的词语的注释，又有对古词通俗易懂的译文，还有与作品相关的故事。有些故事是词所隐含的典故或与词相关的故事，有些故事是词人自身的故事。阅读这些故事对于理解古词大有裨益。

希望这本书的问世，对于读者学习古词有所帮助，能起到“金钥匙”和“金手杖”的作用。这是我们撰写、编辑、出版本书的初衷。

目录

忆秦娥①

（唐）李白②

箫声咽③。秦娥梦断秦楼月④。秦楼月。年年柳色，灞陵伤别⑤。

乐游原上清秋节⑥。咸阳古道音尘绝⑦。音尘绝。西风残照，汉家陵阙⑧。

【注释】

①忆秦娥：曲牌名。秦娥：原指春秋时期秦穆公的女儿弄玉。弄玉长得十分漂亮。传说，秦穆公时，有个叫萧史的青年，善于吹奏排箫，他吹箫能招来凤凰、白鹤。弄玉倾慕萧史。于是，秦穆公把弄玉嫁给了他。秦穆公为他们夫妻建筑凤楼和凤台，萧史和弄玉居住在凤楼里，箫史每天都在凤台上教弄玉吹排箫模拟凤凰的叫声。弄玉吹排箫的声音恰似凤鸣，秦国一些大臣认为箫声缠绵，有碍尚武的秦风发扬。萧史知道自己该离去了，他和弄玉吹着排箫，把凤凰和青龙引来。凤凰和青龙停在他们居住的屋顶上。一天，弄玉骑着凤凰，箫史骑着青龙，飞到天上去了。后来，人们把弄玉称为“秦娥”。再后来，把美丽的女子都称为“秦娥”。娥：西汉时的大儒扬雄的著作《方言》卷二中说：“娥，嬴、她也。秦曰娥。”箫声：排箫发出的乐曲声。箫，一种管乐器。古代的箫是一排竹管排列在一起，乐工进行吹奏，叫排箫，现代的箫是由一根长竹管制作而成。据说:《忆秦娥》就是根据李白这首词制作而成的曲牌。

②李白（701–762）：字太白，祖籍在陇西成纪（今甘肃静宁西南），生于碎叶城（今吉尔吉斯共和国境内），成长于绵州昌隆（今四川江油）青莲乡。李白少年时代就显露出才华，擅长诗歌，天宝年间成为翰林学士，号青莲居士。李白在唐代享有盛名，是中国文学史上继屈原之后又一位伟大的浪漫主义诗人，有“诗仙”之称。李白和杜甫合称“李杜”。李白现存近千首诗歌，有《李太白集》三十卷存世。除了写诗，李白还写一些词。

③咽：呜咽，指排箫吹出的声音低沉而悲凉。

④梦断：指梦被打断，即梦醒了。秦楼：原指秦穆公为萧史和弄玉建筑的凤楼、凤台，后来代指歌女侍的教坊。

⑤灞陵：在今西安市东北，是汉文帝刘恒陵墓所在地。当地有座桥，是通向华北、东北和东南方向的必经之处。汉人到这座桥，折柳枝送别客人，成为习俗。伤别：为离别而伤心。

⑥乐游原：古地名，也叫"乐游园"，在今西安市东南，是汉宣帝时的乐游苑的遗址，地势较高，可以登高远望。到了唐代，成为游览的地方。清秋节：农历九月九日重阳节。唐朝时，长安的人们有重阳节登高的习俗。

⑦咸阳古道：咸阳，秦国时的都城。在汉、唐时期，咸阳是由京城前往西北戍边、经商的交通要道。古咸阳与今天的咸阳市不在同一地方，在今陕西省咸阳市东。唐人常以咸阳代指长安，词中的"咸阳古道"是指长安的古道。音尘绝：消息断绝。

⑧汉家陵阙：汉朝皇帝的陵墓。阙：陵墓前的楼阁。汉家：指汉代。

【译文】

玉箫的声音凄惨地呜咽着，美丽的秦娥从睡梦中惊醒了，高高的秦楼上悬挂着一轮明月。秦楼外面月儿弯弯，桥边的柳树年年都如期泛绿。此处是西去的交通要道，见证了灞桥上凄怆难舍的离别。

长安东南的乐游原上冷落凄凉的清秋节，西去通往咸阳古道的音信早已经断绝。音信断绝了啊，悲凉的西风轻轻地吹拂着灞桥上走动的游子，夕阳微弱的光映照在灞桥附近汉朝皇帝的陵墓和宫阙上。

词中的故事

秦楼箫声引凤凰

周朝分封诸侯的时候，秦国还没有立国，周孝王时期，造父的侄孙秦非子因为养马有功，被周孝王封为附庸国。附庸国还不能算是诸侯国，是附庸在大的诸侯国下面的部族，甚至连小国都算不上。这个部族的人被东方的诸侯国称为"秦人"。能成为大国的附庸，这等于得到周朝王室非正式承认，秦人的后代养马和在西方边陲抵御西戎更尽心尽力了。

尽管是非正式的诸侯国，秦人的君主对外也像其他诸侯国一样，自称为“公”。周宣王七年（前821年），秦庄公击败了西戎，秦人的势力大增，周宣王听说了此事，派人到秦人居住的区域，封秦庄公为西陲大夫，还把犬丘（今甘肃天水西南礼县一带）分封给秦庄公。能够成为大夫，就等于进入了贵族的阶层，但是，秦庄公比诸侯还是低一等。

周平王元年（前770年），秦襄公当了秦人的领袖，没想到，他得到了一个建功立业的机会。由于周幽王荒淫无道，被强悍的犬戎击败，导致西周灭亡。后来，姬宜臼在郑国和诸侯的辅佐下，即位为王，他就是周平王。秦襄公也参与了拥立周平王的军事行动。原周王室的首都镐京（今西安市长安区）被犬戎毁掉了，无法维持王室活动正常运转，周平王要东迁到洛邑（今洛阳）。护送周平王东迁，光靠郑国的力量是不够的，秦襄公及时抓住了这个机会，派兵护送周平王东迁。周平王非常感激秦襄公，立即封秦襄公为诸侯，又把岐山以西的地区封给秦人。秦人跻身于诸侯的行列，秦国正式成为周朝的诸侯国。这对秦国来说，意义非常重大。在这之前，其他诸侯国看不起秦国，不管秦人作战多么勇敢，势力有多强大，也不算诸侯国，顶多算是一个部落。如今，秦人的部族变成了秦国了，可以名正言顺地跟其他诸侯国打交道了。

后来，秦穆公当上了秦国的国君。秦穆公是一个非常贤能的君主，他重用蹇叔和百里奚等贤臣，一举灭掉了西方戎族12个小国，开辟了土地上千里。秦国的实力大增，国力不比任何一个大的诸侯国差。

这时，周王朝的势力急剧衰减，各个诸侯国互相攻打，谁都不听周王室的指挥。势力大的诸侯经常打着拥戴周王室的名义，攻打别的诸侯国。于是，先后出现了齐桓公、宋襄公（他是个冒牌霸主）、晋文公、楚庄王争霸的局面。秦国虽然具有了争霸的实力，但由于它发展起来比较晚，东方各国都瞧不起它。所以，秦穆公趁着晋国发生内乱，先协助晋国公子夷吾回国当国君。秦穆公这样做是为了提高秦国在各国中的威望。谁知，夷吾对秦国背信弃义。在夷吾死后，秦穆公又保护在国外避难的晋国公子重耳回国当国君，重耳就是晋文公，后来他打败了强大的楚国，当上了霸主。

秦穆公为晋国两代君王忙活了多年，似乎什么也没有得到。秦穆公可不这么想，他要让各国君主看看，就连强大的晋国的国君都是我们秦国拥立的，你们还敢小看秦国吗？事实证明，秦穆公两次保护晋国公子回国即位，的确提高了秦国和他在各个诸侯国中的威望。

不久，一件大事的发生又一次给秦国提供了机会。晋文公死了，晋国的继任者总是破坏秦晋关系，这下，可把秦穆公惹恼了。他派大将孟明视与晋军作战。这位孟明视是虞国（今山西平陆县）人，姓姜，百里氏，名视，字孟明，是名臣百里奚的儿子。他是秦穆公的主要将领。孟明视两次都被晋军打败。秦穆公用人不疑，继续信任孟明视。孟明视励精图治，一战成功，打败了强大的晋军。西戎地区二十多个小国立即派使臣到秦国来，承认秦穆公是新的霸主。

秦穆公成为霸主后，秦国的影响力日益增强，各国的人才陆续来到秦国，以图发展。秦国的文化也空前繁荣。围绕着秦穆公和他的亲人产生了一些美丽的传说故事，《列仙传》就记载了一篇萧史和弄玉的故事……

传说，秦穆公有个女儿叫弄玉，长得非常漂亮，秦穆公特别喜欢她。弄玉喜欢音乐，是个吹排箫的高手，人们常常听到阁楼里传来弄玉吹出的排箫声。

一天晚上，弄玉又坐在阁楼中，对着天上的星星吹起了排箫，她吹出的箫声余音袅袅，传向夜空。突然，弄玉觉得那箫声不是她一个人在吹奏，好像有什么人在与她合奏。她立即停止了吹箫。可那个与她合奏的声音也听不到了。

弄玉不再吹了，她在恍惚中睡去。在梦中，她梦见一个英俊的青年吹着排箫，骑着凤凰向她飞来。那青年对弄玉说："我叫萧史，住在华山，特地来与你一起吹排箫。"

说完，那个自称萧史的青年又吹起排箫来。萧史比她吹的箫声还好听，弄玉听得入迷了，谁知，她一高兴，竟然醒了。

醒来后，弄玉对于梦中的情形再也不能释怀，非常思念梦中遇到的那个叫萧史的青年。女孩一有心事就会茶不思，饭不想，干什么都百无聊赖的。

不久，秦穆公发现了女儿的心事，他问女儿是怎么回事，弄玉经不住爹爹的再三盘问，就把梦中巧遇萧史的事跟爹爹说了。

秦穆公说："孩子，此人既然有名有姓，还有地点，寡人派人把他找来就是了。"

于是，秦穆公派人去了华山，在华山脚下找到了一个叫萧史的年轻人，这个年轻人果然也会吹排箫。

派去的人把萧史接到了秦宫，弄玉一看，这位青年就是她在梦中见到的英俊青年，高兴得不得了。

秦穆公大喜，要让二人成亲。他派工匠为弄玉和萧史建了一座豪华的楼阁，名字叫"凤楼"，还建了一座美丽的高台，名叫"凤台"。秦穆公选了个吉日，让女儿和萧史完婚。

成亲后，二人非常恩爱，经常在山林里，在溪水边，一起吹排箫。

他们吹奏的箫声，像凤凰的鸣叫声。

萧史告诉弄玉："你这样吹下去，会真的招来凤凰。"

秦国的男女青年听到了他们俩吹奏的排箫声，也都十分陶醉，有人也跟着他们吹起了排箫。

秦国是个尚武的国家，有的大臣见了这种情形，非常忧虑，于是，向秦穆公奏报说：

"再这样下去，男子将变得十分缠绵，国风将变得萎靡不振。"

这事让秦穆公陷入了忧愁，要是制止弄玉和萧史吹箫，他于心不忍，两个孩子吹奏的箫声连他这个当君主的都爱听。可向他上奏的都是一些贤臣呀！怎么办呢？

那萧史是何等的聪明，一下子看出了秦穆公左右为难。一天，他对弄玉说："你我吹奏的箫声快把凤凰招来了，让我们再合奏一曲吧！"

弄玉吹起了排箫，萧史跟她一起合奏。箫声飞出了宫阙，飞越了宫墙，飘进了山林。突然，天边飞来了一只美丽的凤凰，弄玉骑在凤凰的背上。弄玉说："夫君，你也快上来呀！"

萧史一指天上，说："娘子你看，我的坐骑也来了！"

原来，天上飞来一条威武的青龙。萧史骑到了青龙背上，萧史和弄玉夫妻双双飞上了蓝天，进入了祥云。从此，二人不知所踪。人们都说，弄玉和萧史本是天上的神仙，他们是回仙宫去了……

《神仙传》中记载的这个优美故事，无据可考，但是，流传甚广。

后来，人们把美丽的女子称为"秦娥"，把老丈人称心如意的女婿称为"乘龙快婿"，都是以这个故事为据衍生出来的优美辞藻。

一对青年男女吹奏的美妙的排箫声，就能把秦人尚武的风气吹淡吗？就能把一个国家吹灭亡了吗？当然，这是不可能的，秦穆公手下那些大臣们真是杞人忧天了。秦国的尚武风气是延续下来了。历史的车轮进入战国时期后，秦穆公的后人们终于灭掉了六国，统一了华夏神州。最后，导致强大的秦国二世（连子婴算上，实为三世）而亡的不是缠绵优美的箫声，而是秦王朝实施的暴政，导致爆发了农民大起义。秦王朝是被起义军推翻的。

乌栖曲[①]

（唐）李 白

姑苏台上乌栖时，吴王宫里醉西施[②]。吴歌楚舞欢未毕，青山欲衔半边日[③]。银箭金壶漏水多，起看秋月坠江波[④]。东方渐高奈乐何[⑤]！

越国的大夫文种知道这一情况后，向越王勾践进言说："我们应该抓住吴王这个弱点，向他进献美女。"勾践认为此话有理，于是命令手下到处寻找最美丽的女子，在苎（zhù）萝山（现浙江诸暨（jì））找到绝色美女西施，勾践让范蠡把西施献给吴王夫差。

西施天仙似的容貌把吴王宫里的美女全给比下去了。吴王夫差当即封西施为王妃，还派人在姑苏台上修建了豪华的宫殿，专供他和西施在那里享乐。西施离开了越国，常想念故国。她托腮发愁的样子另有一种韵味，更使夫差喜欢得不得了。夫差常彻夜与西施在姑苏台的宫殿里喝酒，欣赏歌舞。

吴国相国伍子胥十分发愁，他只要一进宫，就劝夫差要以国事为重。夫差总把伍子胥的话当成耳旁风。时间长了，夫差不但听不进规劝，竟然越来越讨厌这位耿直的大臣了。

有一年，越国闹饥荒，文种来到吴国，说越国百姓的收成不好，全国闹饥荒，向吴国借了一万石稻谷。第二年，越国获得了大丰收，文种再次来到吴国，向吴王归还了一万石稻谷。夫差见越国这么守信用，非常高兴。他见文种归还的稻谷籽粒饱满，比吴国的稻谷还好，就把一万石稻谷卖给百姓当种子。到了春天，百姓们把这些稻谷种在地里。十几天过去了，那些种子一颗也没发芽，全烂在了地里。农民再想种自己的种子，农时已经过去了。这一年，凡是地里种这种种子的，全颗粒无收，全国闹起了灾荒。吴国的百姓们不明原因，都恨起了吴王。原来，这是文种使的计谋，归还吴国的全是蒸熟了又晒干的稻谷，怎么能够发芽呢？

越王勾践听到消息，十分高兴，就要派大军攻打吴国。文种笑着说："还早着呢，吴国虽然闹灾，国库里还有粮食。另外，吴国那个大忠臣伍子胥还活着，有他在，打不得呀！"

勾践听了，不住地点头，命令范蠡继续暗地里操练兵马，等待时机。

周敬王三十六年（前484年），吴王夫差要去攻打北边的齐国。老臣伍子胥竭力劝谏："我听说勾践回到越国后卧薪尝胆，跟百姓同甘共苦，暗地里扩军备战，训练士卒，他早晚要来报亡国之仇的。如果不除掉勾践，迟早是个祸害。大王要攻打齐国，应该先灭掉越国。"

夫差不听伍子胥的话，带兵去攻打遥远的齐国。吴军打败了齐国，以伯嚭为首的群臣向夫差祝贺，只有伍子胥叹口气说："打败齐国不过是占了点小便宜，越国才是心腹大患呀！"

被胜利冲昏了头脑的夫差听了伍子胥的话，觉得很不顺耳，他更加讨厌这位耿直的大臣了。再加上伯嚭不断在夫差耳边讲伍子胥的坏话，夫差心里萌生了除掉伍子胥的念头。一天，吴王派人送到伍子胥府上一口宝剑，命令他自杀。

伍子胥仰天长叹，他抽出宝剑，气愤地对来人说："我死后，请把我的眼珠挖下来，悬在姑苏城的东门之上。我要亲眼看到越王勾践的军队是怎么攻入姑苏城的。"说完后，这位老臣拔剑自杀了。

夫差杀了伍子胥，任命伯嚭当了太宰。周敬王三十八年（前 482 年），夫差约请晋定公、鲁哀公在黄池会盟。什么叫会盟呀？就是开诸侯大会。被邀请的诸侯来了，就等于承认吴王的霸主地位。诸侯见齐国打不过吴国，都来参加会盟大会。再说，夫差把吴国的精兵都带来了，谁敢不承认他是盟主呀？开完会盟大会，夫差兴冲冲率领大军返回吴国。谁知，半路上，就听到了吴国首都姑苏城被越军攻陷的消息，夫差吓得险些从战车上摔下来。

原来，越王勾践听说吴王率大军远出的消息，立即带领精兵杀进吴国，守卫姑苏城的全是老弱残兵，哪里守得住呀？越国军队便顺利地攻下了姑苏城。

夫差恨不得把勾践吞下肚去，他催促部队日夜兼程赶回国内，想夺回姑苏城。两军对垒，展开了一场大战。吴军远道而来，十分疲惫，越国军队是经过多年训练的生力军，士气正盛，经过激战，越国军队大获全胜。

吴王夫差追悔莫及，只好派伯嚭向越国军队求和。文种和范蠡认为，吴国军队虽然大败，但越国还没有彻底消灭吴国的力量，劝勾践接受夫差的求和。越国军队退出了姑苏城，回到越国。

越国军队凯旋后，勾践继续发展生产，操练士兵，为灭掉吴国做准备。

周元王三年（前 473 年），勾践做好了充分的准备，再次大规模地进攻吴国。吴国军队连战连败，不得不退守姑苏城。越国军队把姑苏城包围了两年，城内的粮食越来越少，守军斗志全无。吴王夫差知道大势已去，他在深宫之中掩着脸说："看来，伍子胥说的话没错呀！我还有什么脸面去见他呢？"说罢，他拔剑自杀了。

勾践灭掉了吴国，率军进入姑苏城，勾践进入夫差的宫殿后，范蠡、文种和臣子们都进殿来向他朝贺。吴国的奸臣伯嚭以为自己为越国做了好事，还等着接受封赏呢。勾践冷笑着说："你是夫差的臣子，还是去陪伴他吧！"

伯嚭灰溜溜地走了，勾践派人追上去杀死了他，这个可耻的奸臣终于得到了应有的下场。

从此，中原各国诸侯都承认越国的霸主地位，纷纷向勾践进贡礼品。得胜的勾践带着大军回到会稽。勾践召开了一个庆功大会，赏赐有功之臣，发现范蠡竟然不见了，大家谁也不知道范蠡到哪里去了，只有文种心里有数，但他不能说。

原来，范蠡知道勾践是个只能共患难，不能同享富贵的人，他带着西施浪迹江湖去了。临走前，范蠡给文种写了一封信，信中说："狡兔死，走狗烹；飞鸟尽，良弓藏；敌国灭，谋臣亡……"在信中，范蠡劝文种一同走，文种觉得范蠡多虑了，没有听从这个建议。

过了些日子，勾践派人给文种送来一口宝剑，正是昔日夫差逼伍子胥自杀用的那口宝剑。此时，文种这才知道范蠡说的话是多么准确，他后悔没听范蠡的话，只好拔剑自杀了。

越王勾践称霸以后，各国的生产力大大发展，奴隶们越来越不满意奴隶主的统治，奴隶起义和反抗越来越频繁，奴隶制度渐渐崩溃。越国失去了文种和范蠡那样的能臣、战将，国力渐渐衰弱。中国历史进入了战国时代。

永遇乐

京口北固亭怀古①

（南宋）辛弃疾 ②

千古江山，英雄无觅，孙仲谋处③。舞榭歌台，风流总被，雨打风吹去。斜阳草树，寻常巷陌，人道寄奴曾住④。想当年，金戈铁马，气吞万里如虎⑤。

元嘉草草，封狼居胥，赢得仓皇北顾⑥。四十三年，望中犹记，烽火扬州路⑦。可堪回首，佛狸祠下，一片神鸦社鼓⑧。凭谁问：廉颇老矣，尚能饭否⑨？

【注释】

①京口：古城，指江苏镇江。东汉、三国时称为京城，因凭山临江，东晋、南朝时称为京口。

②辛弃疾（1140–1207）：南宋词人，字幼安，号稼轩，历城（今山东济南）人。辛弃疾的家乡被金军占领，他 21 岁参加抗金义军，后归南宋，一生力主抗金。其词多抒发抗敌豪情，倾诉壮志难酬的悲愤，词风雄浑豪迈又不乏细腻柔媚之处，是豪放派词人代表，与苏轼并称“苏辛”。

③孙仲谋：孙权，字仲谋，三国时期吴国的开国皇帝，吴郡富春（今浙江富阳）人，长沙太守孙坚的第二个儿子，幼年随兄长孙策平定江东。汉献帝建安五年（200 年），孙

策早亡，孙权成为江东之主，曾建都京口。

④寻常巷陌：指极狭窄的街道。寻常：古代指长度单位，八尺为寻，一丈六尺为常，形容狭窄。引申为普通、平常。巷、陌都指街道。寄奴：南北朝时，南朝宋武帝刘裕的小字。

⑤“想当年”三句：宋武帝刘裕曾两次领兵北伐，试图收复失地，连克洛阳、长安等地。金戈：金属长枪。铁马：披铁甲的战马。金戈、铁马代指精锐的部队。

⑥元嘉草草：“元嘉”是刘裕的儿子刘义隆的年号。草草：轻率。南朝宋文帝刘义隆仓促北伐，反而让北魏太武帝拓跋焘乘机派骑兵南下，抵达长江北岸后返回。封狼居胥：狼居胥山在内蒙古自治区克什克腾旗西北。元狩四年（前119年），汉武帝派霍去病远征匈奴，歼敌七万，于是，他“封狼居胥山，禅于姑衍”。封：积土为坛于山上，祭天为封，祭地为禅，古代用这种祭祀大典庆祝胜利。刘义隆命令王玄谟北伐，王玄谟陈述北伐的方略，刘义隆说：“闻王玄谟陈说，使人有封狼居胥意。”辛弃疾的词中用“元嘉北伐”失利的史实，实际在影射南宋宋孝宗时期“隆兴北伐”受挫。赢得仓皇北顾：意思是赢得仓皇与北顾。刘义隆命王玄谟北伐，被北魏太武帝拓跋焘击败，北魏骑兵趁机大举南侵，大军直抵扬州，吓得刘义隆登上建康的幕府山向北观望形势。赢得：在这里是“落得”的意思。

⑦四十三年：辛弃疾在宋高宗绍兴三十二年（1162年），从北方抗金义军部队南归，至宋宁宗开禧元年（1205年），前后共经历43年。辛弃疾在担任镇江知府时登北固亭写的这首词。烽火扬州路：是指扬州地区，扬州一带到处是抗击金兵南侵的战场。路：是宋朝的行政区划，扬州地区属于淮南东路。

⑧可堪：字面意思为“能忍受得了”，实际意思为“哪堪”，也就是“怎能忍受得了”。堪：忍受。佛狸祠：北魏的太武皇帝拓跋焘小名叫“佛狸”。元嘉二十七年（450年），他曾反击南朝刘宋的部队。两个月内，他的大军南下，五路并进，从黄河北岸的一路大军穿插到长江以北。他的部队在长江以北的瓜步山建立一座行宫，就是后来的佛狸祠。一片神鸦社鼓：到了南宋，当地百姓把佛狸祠当成供奉神祇的庙宇，而不知它曾是皇帝的行宫。神鸦：在庙里吃祭品的乌鸦。社鼓：指祭祀的鼓声。

⑨廉颇：战国时赵国的名将。《史记·廉颇蔺相如列传》中记载说，廉颇被奸臣郭开陷害，被赵王免职后跑到魏国，在强秦大军压境时，赵王想再起用他，派使者去看望他。使者受奸臣郭开贿赂，使者见到廉颇，廉颇吃米饭一斗、肉十斤，并披上铠甲上马，以表示自己尚可为国效力。使者回来却向赵王报告说：“廉颇将军虽然年迈，尚能吃饭，然而他在与臣坐着时，很短的时间里，三次上厕所大便。”于是，赵王便以为廉颇已经老了，打消了起用廉颇的念头。

【译文】

经历千年的江山啊，再也难以找到像三国时期东吴君王孙权那样的英雄了。当年美女跳舞唱歌的舞榭歌台还在，英雄豪杰却随岁月的流逝早就不复存在了。斜阳照进长满荒草和小树的普通街巷，人们说，那里是当年南朝宋武帝刘裕曾经住过的地方。回想当年，他领军北伐，收复失地时是何等勇敢威猛！

然而，刘裕的儿子刘义隆却是个好大喜功的人。刘义隆即位后，仓促北伐，反而让北魏太武帝拓跋焘乘机派大军南下。他的骑兵大军抵达长江北岸，遭到对手的重创后返回。我回到南方已经43年了，看着中原一带，仍然记得扬州一带烽火连天的场景。怎么能回首啊！当年魏武帝拓跋焘的行宫外，老百姓在佛狸祠里祭祀，乌鸦在啄食祭品，人们敲打着社鼓，过着社日，只把拓跋焘当作神祇来供奉，却不知道这里曾是北魏皇帝拓跋焘的行宫。还有谁会问呢？老将廉颇已经老了，他的饭量还好吗？

词中的故事

廉颇思赵的故事

廉颇是战国时期赵国著名的军事家，是战国时期与王翦、白起、李牧齐名的四大名将之一。廉颇还是一位性情中人，一位伟大的爱国者。

金无足赤，人无完人。廉颇也一样，他也有缺点。

周赧（nǎn）王三十二年（前283年），赵惠文王得到稀世珍宝和氏璧，强大的秦国愿意用15座城换这块和氏璧。原来没有一点名气的蔺相如带着和氏璧赴秦国谈判，他运用智慧和胆气，与秦王斗争，让和氏璧完璧归赵。廉颇怎么看待这件事，史书没有写，可能他觉得这是外交使者的事，与武将无关。

有一年，赵国抵抗秦军的入侵，丢掉了石城。在又一次与秦军作战中，赵国又战死了两万人。秦王突然提出来两国君王在渑池相会，举行和谈。赵王害怕，不敢去。廉颇和蔺相如都说，不去显得赵国太软弱。为了显示赵国不怕秦国，决定由蔺相如陪着赵王去赴会，廉颇率领赵军驻扎在边境上以防不测。

在渑池会上，秦王处处想压赵王一头。蔺相如凭借大智大勇，与秦王进行了针锋相对的斗争，维护了赵国的尊严。秦王听说廉颇率领大军就驻扎在边境线上，在渑池会上，他没敢对赵王轻举妄动。

赵王回国后，认为蔺相如立了大功，封他为上卿，相当于相国，地位在廉颇之上。平心而论，赵王这次封赏欠妥，他只看到了蔺相如在渑池会上的表现，而忽略了廉颇率领大军在边境线上的威慑作用。蔺相如的成功除了他的胆识外，也是以廉颇率领的大军作为后援的。

这时，廉颇性格狭隘、率真的一面暴露无遗，他抱怨说："我廉颇今天能当上大将，是一刀一枪在战场上拼杀出来的，蔺相如凭着嘴皮子上的功夫，地位竟然在我之上，见了面我一定要羞辱他。"

蔺相如听到这话，称病不上朝。为了不与廉颇发生正面冲突，蔺相如处处躲着廉颇。

蔺相如的手下看不下去了，对蔺相如说："我们都觉得您怕廉颇将军，处处让着廉颇将军。"

蔺相如说："廉颇将军与秦王比，哪个厉害？"

蔺相如的手下说："当然是秦王更厉害。"

"我连秦王都不怕，还怕廉颇将军吗？"蔺相如说，"秦国之所以不敢欺负赵国，就是因为有廉将军和我在。如果让秦国知道廉将军跟我不和，这不是让秦国得利吗？我躲着廉将军，不是怕廉将军，而完全是为了赵国不受秦国欺负啊！"

这话传到廉颇将军耳中，廉颇将军十分惭愧。谁也没有想到的是，这位指挥千军万马的大将军竟然赤着上身，背负着荆条，来到蔺相如的府上"负荆请罪"。廉颇与蔺相如实现了"将相和"。这个时候，廉颇在世人面前树立起一位光明磊落、置个人面子于不顾的耿直君子的高大形象。

后来，赵国与强大的秦军又发生了战争，廉颇作为主将，采取了正确的积极防御的方略，让秦军占不到一点便宜。没想到，秦国派奸细收买了赵王身边的奸臣郭开。郭开在赵王面前总说廉颇的坏话，促使赵王错用只会"纸上谈兵"的赵括为将，造成赵军长平大败，损失四十万将士。

廉颇被罢免后，心情郁闷，他悄悄地离开了赵国，到魏国都城大梁避难。

赵国自从长平战败后，元气大伤，几次与秦国作战都居于下风，赵国处于风雨飘摇之中。

这时，赵王想任用老将廉颇为将，派使者去见廉颇。谁知，这位使者在出发前，奸臣郭开怕廉颇回来后对自己不利，竟私下里用重金贿赂使者，希望使者让廉颇回国的事情泡汤。

老将廉颇客居魏国，心情郁闷，他没有一天不思念自己的祖国，他总想回到赵国带领千军万马同敌人战斗。

廉颇见到使者后，非常振奋，他为了让使者相信他还没有老，一顿饭竟然吃了一斗米，

什么意义呢？“对酒当歌”是曹操《短歌行》的诗句。曹侯：指曹操。

⑨青青：青翠。故都乔木：邺城故都的乔木。西陵：指曹操的陵墓，墓地在古邺城西北。

⑩安得：怎么（能有）。参军：指鲍照，鲍照是南北朝时刘宋朝的人，曾经当过临海王刘子顼的前军参军，世人称他“鲍参军”。鲍照曾经写过《芜城赋》，凭吊广陵。词人凭吊三台的情形与鲍照凭吊广陵时的情形相似。

【译文】

邺城的三台拥有这样高耸入云的宫殿楼台，大有天子的王气，郁郁葱葱，无限峥嵘。想象秋天到来的时候，在天上飘落似珠帘的暮雨中，在香气扑鼻的桂树间，回顾当年故都邺城的情景。我站在台城之上，为谁而向西眺望呢？所听到的琴弦弹奏的哀婉的乐曲像我平生的遭际一样悲凉。原来只觉得江山如画，没想到自然规律是这样的无情啊。

在东汉末年，曹操风云际会，为壮大自己的力量，在战争中奔波了十年，真是惨淡经营啊。我在曹操的墓前，试问曾经“对酒当歌”的曹操，要虚名有什么意义呢？邺城故都的乔木依然像当年一样青翠，我怅然地望着曹操的陵墓。曹操立志统一天下，可到死也没能实现，这历史的遗恨什么时候才能平息呢？怎样才能拥有鲍照那样雄健的文笔，为你再写一篇类似《芜城赋》那样凭吊的文章呢？

词中的故事

曹操的文治武功

曹操是东汉末年著名的政治家、军事家，还是建安时期著名的文学家，其中《步出夏门行》《短歌行》是他的代表作。曹操的儿子曹丕和曹植都是三国时期著名的文学家，魏国除了“建安七子”之外，也就属曹氏父子的文学成就最高了。如果说曹操是一位文武双全的一代雄杰，丝毫不过分。

曹操是谯（Qiáo）县（今安徽亳（Bó）州）人。他父亲曹嵩是宦官曹腾的养子。宦官在汉朝地位非常低下，曹操的出身为当时的士大夫们所轻视。曹腾是皇上身边的红人，地位很高，曹操的父亲曹嵩很有钱，官做到了太尉，但曹嵩这个太尉徒有虚名，只是享受太尉级的俸禄。据说，这个职务是曹嵩花钱买来的。

曹操既属于官二代，也属于富二代。生活在这样的家庭，曹操从小是不缺钱花的。这样家庭的孩子如果不自律，家长再不严格要求，很容易成为浪荡公子。少年时代的曹操的确走了一段弯路。据《三国志》裴松之注引的《曹瞒传》中说，少年时代的曹操“好飞鹰走狗，游荡无度”。

曹操的父亲曹嵩并不觉得儿子有什么不好，倒是曹操的叔叔看不惯，经常提醒哥哥，应该好好管教一下儿子。曹操知道后，非常恨这位叔叔，他认为叔叔是多管闲事。一天，曹操在大门外与小伙伴们玩耍，他看见远处来了一个人，这人正是他的叔叔。曹操灵机一动，想出一个坏点子，他立即装作口歪嘴斜的样子，倒在地上，口吐白沫。他叔叔问他怎么啦，曹操言语含糊地说：“我也……不知道，可能是中风了吧！”

曹操的叔叔立即到曹府向曹嵩报告。等曹嵩来了一看，曹操什么事都没有，正跟小伙伴们玩呢。曹嵩问曹操：“你不是中风了吗？”曹操装作无辜的样子说：“我怎么会中风？只因为叔叔不喜欢我，才讲我的坏话。”从此，曹嵩对那位弟弟的话再也不信了，任由曹操胡作非为。

曹操就是在这样的环境下成了一个“问题少年”。曹操进入青年时代，一身毛病并没改。他依然故我地享受生活，肆意妄为。但是，他的恣肆是有尺度的，从未到犯法的地步。他的顽劣出了名，京城里谁都知道曹操是这么一位放荡不羁的“阔少”。

这时，曹操遇到了两位高人，一位是名士桥玄，另一位是名士许劭（shào）。桥玄是一位读书人，他在东汉末年当了太尉。桥玄这位太尉可跟曹嵩不一样，桥玄是有真才实学的。桥玄主张，做官要做到“盛世清正，乱世敢为”。桥玄本人就做到了这一点。一次，他儿子被坏人劫持了，他报了案，来抓捕坏人的官吏见桥玄的儿子在坏人手里，“投鼠忌器”，不敢下狠手。桥玄大怒，喊道：“怎么因为我儿子而废国家法度呢？”那官吏只好命令手下强行抓捕坏人。歹徒杀死了桥玄的儿子，自己也自杀了。就是这位无私的桥玄对曹操做了这样的评价：“天下将乱，非命世之才不能济也，能安之者，其在君乎。”这话的意思是说，天下将要大乱，能够治理动乱的使命，就要落在你曹操的肩上了！这是多么高的评价呀！桥玄是一位读书的士人，社会上的士人都看不起曹操，而桥玄却非常欣赏曹操。在桥玄眼里曹操就是这样的“命世之才”。桥玄对曹操起了“指点迷津”的作用，可以说有“知遇之恩”。

东汉末年有位名士叫许劭，此人具有独到的眼光，他的话具有权威性，谁要是得到他的首肯，世人都会认可。桥玄对曹操说，你应该去找许劭，让他对你做出评价。于是，曹操拿着桥玄的推荐信来到许劭府上，要拜见这位名士。

因为曹操出身不好，并且“劣迹斑斑”，许劭没见他。曹操非常执着，再加上有桥玄的推荐，最终许劭还是接见了他。据《后汉书》记载，曹操得到的评价是“清平世之奸雄，乱世之英雄。”曹操听了，不但不恼，反而很高兴。这件事还有一个版本，据《三国演义》说，曹操得到的评价是：“治世之能臣，乱世之奸雄。”两个版本的意思差不多。

得到桥玄和许劭的鼓励与鞭策，曹操知道自律了。他开始认真读书，研讨经史和兵书战策，为成为有用之才而努力。

曹操的努力有了回报。熹平四年（175年），官府任命他当了洛阳北部尉。当时，洛阳北部的社会治安有些混乱，曹操决心打击社会上的歪风邪气，他让工匠制作了20根五色大棒，谁要是违反了他的禁令，就用五色大棒责打。谁知，宫里的宦官头子蹇硕的叔叔违反了禁令，在夜间带刀横行。曹操不管他来头有多大，竟然用五色大棒把这个恶霸打死了。宦官们恨透了曹操，把他调到地方上当县令去了。

东汉末年，爆发了黄巾起义，天下大乱，曹操被任命为骑都尉，在镇压黄巾起义的战争中立了军功。他担任了济南相、东郡太守、都尉，后来，被调到京城洛阳担任典军校尉。

大军阀董卓带兵进京后，曹操密谋刺杀董卓。事情败露后，曹操逃回家乡。这时，天下的各路诸侯起兵反对董卓。曹操也趁势在陈留起兵，参加了讨伐董卓的联军。联军聚集了各地的军政首脑，号称“十八路诸侯讨董卓”，声势浩大。不料，联军首领袁绍是个酒囊饭袋，十八路诸侯也各怀鬼胎，面对凶悍的董卓部队裹足不前。长沙太守孙坚率部进攻，负责粮草的袁术不肯接应孙坚。孙坚一气之下，返回江南去了。十八路诸侯也一哄而散。

曹操率领本部人马，向董卓进攻，也受到重挫，他只好率领一千多人来到兖（Yǎn）州。兖州刺史叫刘岱，兖州地区有黄巾军三十万之众。刘岱犯了战术错误，与黄巾军作战失利被杀，兖州地区出现了权力真空，这给转移到此地的曹操一个机会。他当了兖州的代理刺史，在作战中，曹操的部队大败黄巾军，致使黄巾军兵无斗志，将无战心。曹操招降了几十万黄巾军士兵，把大部分投降的乌合之众遣散回家，留下一部分精壮士兵扩充自己的部队，以这支部队为基础，建立起强大的“青州军”。此战让曹操在兖州站稳了脚跟，他把兖州作为自己的根据地。

挟持着汉献帝的董卓后来被王允和吕布杀死，他手下的李傕（jué）、郭汜（sì）、樊稠、张济之间也发生了战争。汉献帝刘协落在李傕部将杨奉手里，汉献帝和大臣们过着朝不保夕的日子。有个大臣提议，请汉献帝下旨，命令屯兵兖州的曹操和占据河北的袁绍前来救驾。历史给袁绍和曹操提供了一个机会，谁控制了皇帝，谁就可以利用皇帝向天下诸侯发号施令，取得“挟天子以令诸侯”的地位。

袁绍手下谋士沮授向袁绍建议说：“河北初定，兵强马壮，士人归附，我军‘西迎大驾（皇帝）’，建都邺城，挟天子而令诸侯，率领军马讨伐不肯归顺朝廷的人，谁能抵挡我们？”可惜，袁绍认为皇帝什么用处都没有，没采纳沮授的建议。

曹操比起袁绍来更有大智慧，他采纳了谋士的建议，接受了皇帝的圣旨，亲自率兵来到洛阳，迎接处境艰难的汉献帝。

从此，皇帝完全处于曹操的掌控之下。建安元年（196 年），曹操以皇帝的旨意通告诸侯，把首都迁往许昌，许昌完全成了曹操的势力范围。

曹操把皇帝安顿下来后，就开始收拾占据各地的军阀了。

曹操先征服了占据宛城的张绣，后来擒杀了盘踞徐州的枭雄吕布，消除了近在咫尺的"肘腋之患"，又扫平了在淮南称帝的袁术。这些胜利使曹操拥有了与袁绍决战的实力与底气。

汉献帝建安五年(200 年)，曹操的部队与袁绍大军在官渡对峙。从人数上对比，曹操的部队处于劣势，袁绍投入的兵力有十万之众，袁绍的部队可谓兵强马壮，曹操投入的兵力只有五六万。两军在官渡对峙久了，曹操部队的将士们不免产生了畏敌怯战的心理。曹操对于能否战胜袁绍也很焦虑。他产生了退兵的想法。曹操手下的谋士荀彧（yù）从许昌写信给曹操说，主公坚决不能退兵，消灭袁绍，就在此役。另一个谋士郭嘉也向曹操分析了袁、曹两军的优势和劣势，他说，袁绍的军队有十败，曹操的军队有十胜，从而坚定了曹操打下去的决心。

这时，一个重要人物来到了曹操门下，此人就是曹操的故友许攸。许攸原是袁绍的谋士，掌握着袁军许多核心机密。他在袁绍那里过得不舒心，前来投靠曹操。正要睡觉的曹操听说许攸来投奔，激动得连鞋子都没穿，就出帐迎接。

许攸告诉曹操，袁绍部队的军粮都在乌巢，如果派一支部队奇袭乌巢，袁军断了粮草，不战自乱。曹操大喜，立即率一支轻骑兵袭击乌巢，放火烧毁了乌巢的粮仓。

袁绍的部队粮食短缺，军心大乱。最后，曹操以少胜多，在官渡大败袁绍的部队。官渡之战后，曹操把缴获的金宝绸缎全部赏给将士们。有士兵来报告说："在袁绍的图书中，发现一捆书信，都是我军将士写给袁绍的。"

曹操一听，先倒吸一口凉气，说："想不到，我的部队里也有暗通敌军的！"

他左右的人建议说："不如清点一下那些书信，把勾结敌军的人都杀掉！"

曹操挥挥手说："大战之前，袁绍的力量强大，连孤（我）都不能自保，何况他人呢？"于是，他下令把那捆书信一把火给烧掉了，从此，不再问这件事。

本来，给袁绍写过信的人心里就揣着一只"小兔子"，生怕被查出来当奸细给杀掉，这下，这些人一块石头落了地，从此，死心塌地地跟着曹操南征北战了。应当说，曹操对这件事处理得相当漂亮，表现出伟大政治家的才能和气度。

曹操在仓亭再败袁绍余部后，接着北征被匈奴人占领的乌桓。经过千里奔袭，斩杀了匈奴单于冒顿，平定了辽东。这下，北方就完全掌控在曹操的手中了。

曹操平定北方后，挥军南下，逼降了荆州刘表的儿子刘琮（cóng），击溃了刘备，直逼江东的孙权。为了对抗曹操，孙权和刘备组成了联军。俗话说，骄兵必败。被胜利冲昏了头脑的曹操没有识破江东周瑜实施的火攻之计，在赤壁大败于孙、刘联军。

但是，曹操是位受挫后从不气馁的英雄。他在挫折中崛起，在西征中击败了关中的马超、韩遂联军，平定了汉中的军阀张鲁。

曹操的事业达到了顶峰，汉献帝册封他为魏王，他把邺城定为王都。曹操享受天子之制，获得进宫后"参拜不名，剑履上殿"的权力，他的权势无人能比。

但是，长期的征战损害了曹操的健康，延康元年（220年），曹操因病去世，享年66岁。这年10月，曹丕废掉汉献帝，定国号为魏，追尊曹操为"魏武帝"。

曹操本来是立志削平群雄，统一天下的，然而，英雄也违抗不了自然规律，天下还有东吴的孙权、蜀地刘备割地称雄。曹操没有完成统一天下的伟业，不能不说是一大憾事。曹操生前对于内部人才的选拔，应该说是非常精准的。他早就看出司马懿是个不安分的人，两眼"鹰顾狼视"，不是久居人下之人。他曾经嘱咐曹丕，司马懿可以用，但不可以重用。但是，曹丕和他的后人没有重视曹操的嘱咐，终使司马懿大权在握，最后使曹魏政权大权旁落，政归司马氏。这对于打拼了一辈子的曹操来说，不能不说是又一个遗憾。

天下大势，分久必合。东汉末年的纷乱和三国鼎立的局面造就了那个时代以曹操、刘备、孙权为代表的群雄，但是，人民是渴望天下统一的。曹操虽然没能统一天下，但他建立了丰功伟业。他在世时，统一了华夏神州的北方，为最后的统一打下了坚实的基础。词人元好问凭吊邺城三台，写出了《木兰花慢·游三台》。

诚然，曹操那样的大英雄也有没实现统一天下宏愿的遗憾，也有曹魏政权被司马氏建立的晋朝替代的遗憾，词人由此联想到自己的人生遭际，因此，他说曹操"奔走十年兵"，是"惨淡入经营"，最后挣来的是"虚名"。

元好问是以金朝遗民的心态来看待世事变故的，难免词作有些悲凉。其实，曹操所做的一切，是为天下的统一打下了牢固的基础。从这个意义上讲，他顺应了历史潮流，他是识时务的俊杰。曹操的文治武功，是他那个时代无人能与之比肩的。如果元好问有来生，真应该用鲍照那样雄健的笔，为曹操写一篇胜过《芜城赋》的凭吊文章，从历史的角度，以积极向上的心态，凭吊一下三国时代的大英雄曹操，这才是应该做的事情，不是吗？

摸鱼儿

楼桑村汉昭烈庙[1]

（金）元好问

问楼桑、故居无处，青林留在祠宇。荒坛社散乌声□，寂寞汉家箫鼓[2]。春已暮。君不见、锦城花重惊风雨[3]。刘郎良苦[4]。尽玉垒青云，锦江秀色，办作一丘土[5]！

西山好，满意龙盘虎踞[6]。登临感怆千古[7]。当时诸葛成何事，伯仲果谁伊吕[8]？还自语。缘底事、十年来往燕南路？征鞍且驻[9]。就老瓦盆边，田翁共饮，携手醉乡去[10]。

【注释】

①摸鱼儿：词牌名，本来是唐教坊曲名，也是歌咏捕鱼的民歌，后用作词牌。楼桑：指楼桑村，楼桑村是三国时代蜀汉昭烈皇帝刘备的故乡，在今河北涿州市。据《三国志·蜀志·先主传》说，先主刘备（蜀汉政权二世而亡，故世人称刘备为“先主”，称亡国皇帝刘禅为“后主”）家房舍东南角篱边有桑树，高五丈多，远远望去，好像皇帝的车盖一样。刘备小时候常与小伙伴们在树下游戏，后来，人们把这个村称为楼桑村。刘备死后，后世乡民曾经在这个村建庙，纪念刘备，庙在涿州市西南10里处。元好问于癸卯年（1243年）客居燕京（今北京）。他由燕京出发，取道涿州（今涿州市）回太原，后写出《摸鱼儿·楼桑村汉昭烈庙》这首词。后人把这首词刻于昭烈庙墙壁，广为传诵。

②荒坛社散乌声□：村子里在祭坛上举办的春社祭祀结束了，乌鸦前来争夺祭祀的食物，祭坛传出的是乌鸦喧闹的声音。从后文“春已暮”看，村中举办的应是春社。乌声□：乌鸦喧闹的声音。乌声后面的空格原作为“喧”，三个平声字相连，不符合词作的要求，此处应该是仄声，而不应该是平声，元好问是词作大家，不可能犯这样的错误，可能是笔误。

所以，今依《全金元词》据张调甫南塘本《遗山乐府》以□处理。寂寞汉家箫鼓：汉家的声音沉寂，元好问是金国的遗民，此处是用汉家代表灭亡的金朝。萧鼓：原指鼓乐声，这里是指金朝的声息。

③锦城花重惊风雨：花因为淋了雨而加重，词人暗指时下政治的“风雨”惊魂。刘备建立的蜀汉政权像娇艳的花一样，没有经得住时代的风雨。锦城，即锦官城，成都的别称。刘备（161–223)，字玄德，涿郡涿县（今河北省涿县）人。他在成都称帝，建立蜀汉政权。词人通过感叹蜀汉的灭亡，而怀念灭亡的金朝。

④刘郎良苦，刘郎指刘备。良苦：十分辛苦。

⑤“尽玉垒青云”三句：这几句是说刘备历尽艰难，辛苦经营，占据了西川、汉中一带，最终还是没能保住政权，二世而亡。听任顶着青云的玉垒山和秀美的锦江水，把他（刘备）“办作一丘土”埋葬了，词人在这里对刘备这位三国时代英雄的结局不胜惋惜。

⑥西山：指的是北京的西山，在词人看来，西山是“龙盘虎踞”的好地方。可惜故国金朝已经灭亡，化作了焦土。

⑦登临感怆千古：登临西山后，看到的情形物是人非，由于感伤，发出“登临感怆千古”的慨叹。

⑧“当时诸葛成何事”两句：这两句实际是元好问感伤的内容。金朝像蜀汉一样灭亡了，此时，词人对蜀汉丞相诸葛亮的评价产生了疑问。诸葛亮是公认的千古贤相，词人问，他当时都做了些什么呢？金朝的权臣们与诸葛亮所掌握的权柄不相上下，他们又做了些什么呢？怎么导致金朝灭亡了呢？伯仲：伯仲之间，差不多。伯，老大。仲，老二。伊吕：指的是伊尹和吕尚。伊尹是商朝的重臣，辅佐商汤。吕尚也叫吕望、姜尚，即姜子牙，他辅佐周文王和周武王。伊尹和吕尚都立有大功，后世用“伊吕”代指辅弼重臣。

⑨“还自语”四句：词人转为自语。缘底事：这到底是怎么回事？十年来往燕南事：十年，大约指1233年到1243年，我来往于燕京和太原之间。往前推，金朝已经灭亡。词人在这里发出质问：这到底是为什么呢？词人的悲愤之情无法得到排解。征鞍且驻：我旅途中骑的马且停下来吧。征鞍：这里指的是词人自己旅途中骑的马，不是战马。

⑩“就老瓦盆边”三句：词人悲痛已极，只好到田边与田翁痛饮，遁入醉乡，以求得一时的解脱。

【译文】

在我探访楼桑村，打听三国时代蜀汉昭烈皇帝刘备故居的时候，青青的林中有刘备的祠堂。村民们在祭坛办的春社的社火已经散了，乌鸦落在祭坛上啄食祭坛上的食物，发出“呀呀”的叫声，现在已经是元朝的天下，汉家（实指灭亡的金朝）的声息已经十分寂寥。已经是晚春了。你难道没有看见吗？蜀汉昭烈皇帝刘备在成都建立的蜀汉政权像短暂的、娇艳的花朵一样，经不起风雨，被时代变故的风雨摧毁了。尽管玉垒山和锦江的秀色还在，刘备这样的三国时代的英雄，也听任顶着青云的玉垒山和秀美的锦江水，把他用一堆丘土埋葬了！

西山好啊，是个龙盘虎踞的好地方。我登临西山后，看到的情形却物是人非，由于感伤，不由得发出“登临感怆千古”的慨叹。当时的诸葛亮做了什么努力？我大金朝的权臣应该与诸葛亮的地位差不多吧？都是伊尹和姜尚那样的辅弼重臣，怎么就挽救不了国家的灭亡呢？这到底是怎么回事呢？十年来，我往来于燕南。十年前，金朝就灭亡了，我心中的悲愤无法排解，还是让我骑的马暂且停下来吧。我来到田边，用老瓦盆与田翁共同饮酒，携着手一起进入醉乡中去，让我们借酒得到暂时的解脱吧！

词中的故事

刘备屡败屡战

刘备是东汉末年、三国初年的一位英雄，三国时期著名的政治家和军事家，河北涿郡（今河北省涿州）人，汉景帝之子中山靖王刘胜的后代。刘备是蜀汉政权的建立者，他去世后，被追认为昭烈皇帝。

刘备家房舍东南角的篱笆边有一棵桑树，高五丈多，远远望去，好像皇帝的车盖一样。刘备小时候常与小伙伴们在树下游戏，后来，人们把这个村称为楼桑村。刘备的祖先虽然贵为帝王，到了他这一代，家道已经败落了，他与母亲相依为命，只能以编草鞋、织草席叫卖为生。虽然家中贫穷，但是，刘备少年时期勤奋好学，他与公孙瓒拜卢植为老师。到了青年时代，刘备成为一个胸怀大志，文武双全的人。

东汉末年，朝纲不振，宦官专权，爆发了黄巾起义，天下大乱。刘备作为皇室宗亲，非常忧虑。这时，他结识了关羽和张飞。刘备与关羽、张飞情同兄弟，《三国演义》中说他们三人在张飞庄上，结为异姓兄弟，史书上对此没有明确记载。他们三人参了军，在剿灭黄巾军的战场上东挡西杀，立有大功，刘备被任命为安喜县尉，这个职务相当于县公安局局长。这时，上级派官员督邮来检查工作。这位督邮想让刘备向他送礼。刘备哪里有钱给他？督邮对刘备百般刁难，脾气火暴的刘备竟然把督邮痛打一顿，然后挂上官印，带着关羽、张飞扬长而去。小说《三国演义》为了突出刘备的仁慈，也为了突出张飞脾气的火暴，把“鞭打督邮”这件事算到张飞的头上了。

刘备带着关羽和张飞去投奔公孙瓒。刘备被任命为平原县令。

这时，曹操攻打徐州的陶谦，陶谦向刘备求援。一个县令哪里有多少兵啊？刘备只好向公孙瓒借来三千兵马，同时，也借来了勇将赵云。刘备带着部队来到徐州。刘备先礼而后兵，给曹操写了一封信，请曹操退兵。曹操的部队兵强马壮，哪里看得起刘备呀？可是，恰逢此时枭雄吕布偷袭曹操的根据地兖州。曹操只好给了刘备一个面子，主动退兵了。这事给刘备带来极大的荣誉，强大的曹操都给了他面子，他得到了扶危救困的好名声。年迈的陶谦主动把徐州让给了刘备。

被曹操战败的吕布前来投奔刘备，刘备让吕布驻扎在小沛。袁术来攻打刘备，在两军对峙中，毫无信义的吕布竟然偷袭了徐州。徐州这个根据地刘备还没站稳，就被吕布夺走了。自知理亏的吕布让刘备到小沛驻军，刘备心里恨透了吕布，也无可奈何，只好到小沛暂且栖身。后来，袁术的大军来进攻小沛，吕布知道“唇亡齿寒”，从中说和，袁术退兵。此后，刘备与吕布的矛盾渐深，他暗中与曹操联络攻打吕布。不料，被吕布发现，吕布率军来进攻小沛，刘备战败，只好前往许昌投奔曹操。当时，曹操把汉献帝接到许昌，他以皇帝的名义通告天下，定都许昌。曹操上奏汉献帝，任命刘备为豫州牧，从此，人们管刘备叫“刘豫州”。

那个盘踞在淮南的军阀袁术竟然不顾天下人的反对，宣布称帝。曹操联合刘备、吕布、孙策打败了袁术。曹操攻占了徐州，捉住了吕布。吕布想归顺曹操，曹操也想收降他。曹操问身旁坐着的刘备。刘备说：“明公难道忘记了丁原和董卓的下场吗？”原来，吕布曾经是丁原和董卓的手下，并拜他们二人为义父，最后，这二人都死在了吕布的手里。刘备这句话等于提醒曹操，吕布是个不讲信义的小人。这话要了吕布的性命，吕布被吊死在白门楼。

徐州百姓纷纷请求曹操，让刘备留下来治理徐州，这让曹操心里很不是滋味。他对徐州父老说：“刘将军将有大用！”刘备只得跟着曹操前往许昌。这样一来，刘备还得在曹操身边当“笼中鸟”。

刘备恨不得插上翅膀飞出许昌，脱离曹操的掌控。他为了表示自己胸无大志，天天在家里种菜。一天，曹操命令手下人请刘备到他府中饮酒。他俩在一座亭子里开怀畅饮。这时，天上阴云密布。曹操让人用青梅煮酒，他俩一边饮酒，一边讨论天下谁是英雄。刘备提起北方的袁绍、荆州的刘表、关中的马腾、江东的孙策。曹操不以为然地摇摇头，指着刘备说：“今天下英雄，唯使君与操尔。”意思是说，当今天下的英雄只有你刘备和我曹操啊！听了这话，刘备吓了一大跳。要知道，他身陷龙潭虎穴，却被曹操夸奖，这可不是什么好事。此时，天降大雨，天上正好响了一个霹雳，刘备手中的筷子掉在地上，说："好吓人的雷声啊！"曹操笑着问："英雄也怕雷吗？"刘备装成胆怯的样子说："这样响的雷焉能不怕？"曹操认为刘备是个胆小如鼠的人，他听手下人说，刘备天天在家里种菜，以为刘备胸无大志，不足为虑，刘备用韬晦之计竟然骗过了曹操。

不久，刘备以攻打袁术为借口向曹操借兵，曹操竟然应允了。刘备还没到达淮南，袁术就死了。刘备却像出笼的鸟儿一样，再也不肯回许昌了。他杀死了徐州刺史车胄，重新占领了徐州。

上当的曹操大怒，率领大军进攻徐州。刘备向袁绍求援，袁绍答应出兵救援。刘备以为，袁绍能对曹操构成巨大威胁，曹操不敢出兵。谁知，袁绍竟然没有出兵。曹操大举进攻徐州，徐州失陷。刘备单人匹马到河北投奔袁绍，袁绍走出邺城200里来迎接刘备。不久，刘备发现袁绍不是能成大事的人，就想离开袁绍。他对袁绍说，自己想帮助袁绍攻打汝南，袁绍同意了。刘备来到汝南，打败了曹操的大将蔡阳，并杀死了蔡阳（这与演义说的不一样，蔡阳是被刘备所杀，而不是被关羽所杀）。可见，刘备不是只会逃跑的窝囊废。

曹操打败了袁绍，乘胜到汝南来攻打刘备。刘备主动向南方撤退，投奔荆州的刘表。刘表也是汉室宗亲，他亲自到郊外来迎接刘备。刘表的热情让刘备有一种回家的感觉。不久，他发现刘表心胸狭窄，根本不信任他。再说，荆州的人听说刘备来到了荆州，纷纷与他结交，刘表更忌妒他了。曹操有几次离开许昌在外作战，刘备总是向刘表献计，乘机进攻许昌，刘表都不听。一次，刘备与刘表饮酒时，说自己功业未建，腿上都长了肥肉。刘表听了，心里很不舒服，让刘备到新野县驻军。

新野县太小，不足以发展，刘备在谋士徐庶建议下，向北进军，夏侯惇、于禁和李典前来迎战。刘备事先设了伏兵，交战中假装不敌，主动撤退，曹军中了埋伏。

曹操听说高人徐庶在给刘备出谋划策，扣押了徐庶的母亲。徐庶不得不离开了刘备。徐庶临行前，向刘备推荐了足智多谋的诸葛亮。

此前，刘备手下虽然有关羽、张飞和赵云等杰出的战将，但他身边缺少像张良那样运筹帷幄的谋士，刘备对这点也有深刻的认识。于是，刘备亲自前往隆中拜访诸葛亮，谁知竟然扑了空，刘备不得不"三顾茅庐"，终于见到了诸葛亮。诸葛亮与刘备进行了一番认真的对话，这段对话被后世称为"隆中对"。

不久，曹操亲自率领几十万大军进攻荆州，刘表病死。在曹军强大的压力下，刘表的次子刘琮投降了曹操，不久，刘琮被曹操杀死。曹操的大军向新野压来，刘备决定放弃新野，当地百姓都愿意跟着刘备逃难。有人劝刘备放弃这些百姓，刘备说，凡是成大事的人，一定要以人为本，我怎么能舍弃他们呢？结果刘备的军队在曹军骑兵的冲击下，不堪一击，致使他兵败当阳、长坂坡。刘备虽然再次遭到惨败，却赢得了口碑。

诸葛亮为了让刘备走出困境，只身前往江东，游说孙权与刘备联合，与周瑜、鲁肃一起，劝说孙权同意组成孙、刘联军。刘备巧妙借力，与孙权的军队在赤壁大败曹军，迫使曹军迅速北撤。“赤壁之战”的胜利为三国鼎立创造了条件。刘备前半生屡败屡战，连个自己的根据地都没有。但是，刘备毕竟是英雄，他在任何一次挫折面前都没低过头。每次，他都是擦干了身上的血迹，又继续战斗了。从这个时候起，刘备完全改变了被动挨打的局面，开始打拼自己的地盘了。

建安十六年（211 年），刘备借帮助占领益州的刘璋讨伐张鲁的名义进军益州。刘备向北进军到葭萌关就停止前进了。刘璋手下的法正、张松自愿当刘备的内应，准备帮助刘备谋取益州。不料，张松内应的身份败露被杀，刘备与刘璋公开反目。刘璋派遣大将刘璝、张任、邓贤等人在涪关阻击刘备，均被刘备打败。刘备进军雒城，刘备的副军师庞统在战斗中身亡，刘备请法正继承庞统的副军师之职。一年后，雒城被攻破。刘备命令诸葛亮、张飞、赵云等进入益州支援。他的大军包围了成都，刘璋不得不投降，刘备担任了益州牧。

建安二十三年（218 年），刘备起兵进攻汉中，并欲占领东川。刘备采用法正的计谋，夜袭夏侯渊，夏侯渊被刘备手下大将黄忠斩杀。曹操只好亲自来到前线指挥作战，刘备不出战，只派小股部队骚扰曹操的运粮部队，曹操只好退军。这是刘备在与曹操正面交锋中，第一次真正打败了曹操。刘备不费什么周折就获得了汉中，建安二十四年（219 年），他自立为汉中王。

延康元年（220 年），曹操因病去世，他的儿子曹丕继任魏王的职位。不久，曹丕废掉了汉献帝，建立了魏国。

章武元年（221 年），刘备在成都称帝，立国号为汉，史称蜀汉。跟刘备一起起兵的关羽和张飞都被封为五虎上将。

这时，守卫荆州的关羽起兵进攻曹军占领的樊城，水淹七军，斩杀了曹军大将庞德，活捉了于禁。刘备事业发展的势头十分迅猛，促使曹操与孙权联合，东吴的吕蒙从背后袭取荆州，关羽走投无路，败走麦城时被俘，惨遭杀害。

刘备为了夺回荆州，以为关羽报仇的名义，出兵攻打东吴（蜀汉的兵力不是小说中说的七十万，大约五六万）。蜀军士气旺盛，势如破竹，先后击破李异、刘阿等。东吴危难之际，孙权拜年轻的陆逊为都督。开始，刘备觉得陆逊乳臭未干，不足挂齿。两军在夷陵地区长期对峙，陆逊采取的是避蜀汉军队锋芒的策略，坚守不战。时过一年，蜀军士气低落。陆逊趁蜀汉军队懈怠之时，采用火攻。蜀汉军队大败，刘备狼狈逃到白帝城。这就是著名的“彝陵之战”（也叫“夷陵之战”“猇亭之战”）。

刘备在“彝陵之战”中，遭受了一生中最惨重的打击，从此，他一病不起。

后来，刘备病情恶化，从成都招来丞相诸葛亮，将身后事和幼主刘禅托付给诸葛亮和李严，不久病故，享年63岁。

刘备征战一生。他的一生，败多，胜少，但他屡败屡战。在每次战败后，他都能在挫折中崛起，像一座巍峨的大山，屹立不动。

刘备不愧是那个时代的英雄，他白手起家，打出了蜀汉一片天地，他的存在令对手曹操和孙权敬畏。他选择的托孤大臣诸葛亮也无可挑剔，然而，他的儿子刘禅无能，后世都称刘禅是一位“扶不起来的天子”。在蜀汉灭亡后，魏国掌握实权的司马昭在见到刘禅后说过这样的话：即使诸葛亮在世，也挽救不了蜀汉的灭亡，何况蜀汉接任诸葛亮的人是姜维呢！这个评价是公允的，元好问在金朝灭亡后，对一代名相诸葛亮的历史功绩都产生了怀疑，这是不妥当的。在评价历史人物的时候，切忌带有某种情绪。元好问就是带着金朝灭亡的情绪来看待历史人物的，词作毕竟不是史书，我们不必过于认真。

念奴娇

赤壁怀古

（北宋）苏　轼[①]

大江东去，浪淘尽、千古风流人物[②]。故垒西边，人道是、三国周郎赤壁[③]。乱石崩云，惊涛裂岸，卷起千堆雪[④]。江山如画，一时多少豪杰！

遥想公瑾当年，小乔初嫁了，雄姿英发[⑤]。羽扇纶巾，谈笑间、樯橹灰飞烟灭[⑥]。故国神游，多情应笑我、早生华发[⑦]。人生如梦，一樽还酹江月[⑧]。

【注释】

①念奴娇：词牌名。又名“百字令”“酹（lèi）江月”。赤壁：这里指黄州赤壁，一名“赤鼻矶”，在湖北黄冈西边。而三国时代发生“赤壁之战”的赤壁，历史学家认为在湖北赤壁市蒲圻县西北边。苏轼（1037–1101）：眉州眉山（今属四川）人，祖籍栾城，字子瞻，号“东坡居士”，世人称其为“苏东坡”“苏仙”。嘉祐二年（1057年），苏轼考中进士，宋神宗时，曾在凤翔、杭州、密州、徐州、湖州等地任职。元丰三年（1080年），因“乌台诗案”被贬为黄州团练副使。宋哲宗即位后曾任翰林学士、侍读学士、礼部尚书等职，并出任杭州、颍州、扬州、定州等地知州，晚年被贬惠州、儋州。宋徽宗时获大赦，北归时病逝于常州。宋高宗时追赠他为太师，谥号“文忠”。苏轼是北宋时著名的文学家、书画家、词人、诗人、美食家、“唐宋八大家”之一、豪放派词代表人物之一。他的诗、词、赋、散文成就都极高，擅长书法和绘画，是中国艺术史上罕见的全才。其散文与欧阳修并称“欧苏”；诗与黄庭坚并称“苏黄”；词与辛弃疾并称“苏辛”；书法名列“苏、黄、米、蔡”宋四家之首。

②大江：指的是长江。淘：冲洗、冲刷的意思。风流人物：指历史上的英雄豪杰。

③故垒：指过去战争中遗留下来的营垒。周郎：指三国时代吴国的名将周瑜。周瑜，字公瑾，少年得志，24岁为中郎将，掌管着东吴的重兵，吴中地区都称他为“周郎”。在曹操南征时，孙权和刘备联军与曹操在赤壁展开了大战，周瑜是东吴部队的主帅，他采纳老将黄盖的建议，用火攻打败了曹操的部队。

④雪：此处比喻江中的浪花。

⑤遥想：回忆很久前。小乔初嫁了：《三国志·吴志·周瑜传》中载，周瑜跟随孙策进攻皖（今安徽），“得桥公两女，皆国色也。策自纳大桥，瑜纳小桥。”乔：本作“桥”。雄姿英发：指周瑜英姿飒爽，少年得志。也指周瑜体貌不凡，言谈高雅，见识卓越。

⑥羽扇纶（guān）巾：古代儒将穿便装的打扮，这是形容周瑜风流倜傥的样子。羽扇：羽毛制成的扇子。纶巾，青丝制成的头巾。樯橹：代指曹操的水军战船。樯，指挂帆的桅杆。橹，指摇船的桨。“樯橹”还有几种不同的版本，分别是“强虏”“樯虏”“狂虏”。

⑦故国神游：“神游故国”倒过来的叙述。故国：这里指的是旧地，当年的赤壁古战场。神游：在想象、梦境中游历，其实，是诗人想象古战场的情形。“多情应笑我，早生华发”二句：实际是“应笑我多情、早生华发”倒过来的叙述，是说词人从“神游”中跌到现实中来，感叹自己仕途坎坷，没有什么作为，却早早地生了白发。

⑧一樽还酹江月：古人祭祀先人的时候，把酒浇在地上。这里指的是诗人洒酒祭月，寄托自己的感情。樽（zūn）：酒杯。

【译文】

滔滔长江之水滚滚不断向东流去，淘尽了那些千古英雄豪杰人物。在那久远的古战场的西边，有古战场的营垒，据说是三国东吴主帅周瑜大破曹军的赤壁。惊涛骇浪猛烈地拍打着岸边耸立的礁石，击向空中的云彩，卷起的浪花好像冬天的一堆堆雪。江山多娇，美丽如画，历史上涌现出了多少英雄豪杰啊！

回想当年的周公瑾（周瑜），美丽的小乔刚刚嫁给他，成为他的妻子。周瑜英姿飒爽，风度翩翩，神采奕奕。他儒雅地握着羽扇，头上裹着纶巾，从容不迫地在说笑闲谈之间，使曹操大军的战船像灰飞烟灭一样被消灭了。如今，我身临古战场神游，真是可笑啊！我怀有这样的怀古柔情，蹉跎半生，什么也没干成，却早早地未老先衰，头上生出了白发。人生如同一场梦，我感慨良多，举起了手中的酒杯，祭奠这大江上空的明月。

词中的故事

千古风流数周郎

周瑜（175–210），字公瑾，庐江舒县（现安徽庐江西南）人。他长得俊美，人称“美周郎”，是东汉末年、三国时期东吴的名将，他指挥东吴的军队在“赤壁之战”中打败了强大的曹操的军队。“赤壁之战”是中国历史上以少胜多的经典战役，直接影响到三国时代魏、蜀、吴三国鼎立的形成。

战争严重地损害了周瑜的健康。战后不到两年，周瑜就因病去世，年仅35岁。他年轻时便成就大功，加上他谦虚、宽容，相貌堂堂，精熟音律，受到东吴的领袖孙策、孙权的礼遇、器重。

周瑜的妻子小乔堪称国色，他们夫妻二人是英雄加美女的绝配。

周瑜出身名门，他们家族有两代出任朝廷的太尉，他的父亲也曾经当过洛阳的县令。周瑜与孙坚的儿子孙策同岁，二人情同兄弟。早年，周瑜把自家的大宅子让孙策一家人居住，他早晚同孙策一起拜见孙策的母亲。周瑜的叔父担任丹阳太守，周瑜一起前往。

孙策的父亲孙坚死后，孙策在袁术手下谋事。后来，他下决心起兵，谋求大业。他的部队进入吴地时，写信告诉了周瑜。周瑜听说后，立即起兵响应孙策。孙策见到周瑜，高兴地说：“我得到了你，事情可以成功了！”

周瑜帮助孙策攻克了横江、当利、秣陵、曲阿，打败了笮融、薛礼，赶走了刘繇，孙策的事业发展得极快。孙策任命周瑜为建威中郎将，拨给他一支两千人的队伍，50匹战马，孙策给周瑜的赏赐没人能比得过。孙策对手下人解释说："周瑜和我是从小就在一起的朋友，他和我之间有兄弟之谊。我能成就大事，就是因为周瑜相助，才取得成功的啊！给他那些赏赐，又算得了什么呢？"

后来，孙策娶了江南桥公的大女儿为妻，周瑜娶了桥公的小女儿为妻，孙策和周瑜成为"连襟"，这使孙策与周瑜的关系又近了一步。

正当孙策的事业迅猛发展的时候，孙策不幸遇刺。他临终前把兵权交给了弟弟孙权。孙策请求周瑜和老臣张昭辅佐孙权。孙权对周瑜言听计从。

这时，北方的曹操打败了袁绍，曹操的威势冲天。曹操要求孙权把自己的儿子送到许昌为人质，孙权拿不定主意，与张昭、周瑜商量此事。张昭建议孙权同意曹操的要求，周瑜却坚决反对。周瑜说，春秋时期的楚国初期被封于荆山侧面，土地不足百里，后来，楚国历代的国君任用贤才，建都于郢都，占据荆州、扬州二州，土地一直扩展到南海，传国几百年。如今将军您（孙权）拥有父兄留下来的六郡土地，境内富庶，兵精粮足，将士们也很忠于您，所向无敌，我们有什么必要向曹操送人质呢？人质一送去，曹操有什么吩咐，我们就不能不听，就会受制于人。如果曹操将来能统一天下，我们抗拒不了，再臣服于他也不迟。现在不如等待天命，看看时局有什么变化。

孙权把周瑜和张昭的意见都跟母亲说了，孙权的母亲完全同意周瑜的主张。她说："周瑜说得对啊！他跟你哥哥孙策同岁，你要像对待哥哥一样对待周瑜。"

最后，孙权没有向曹操那里送人质。

后来，曹操的大军占领了荆州，刘备兵败长坂坡、当阳桥。曹操的大军直逼东吴的孙权。孙权的阵营里有人主战，有人主和，主战派和主和派的斗争十分尖锐。鲁肃请来了刘备的军师诸葛亮，诸葛亮劝孙权与刘备联合抗曹。孙权听了两派的意见犹豫不决。

鲁肃建议孙权从鄱阳湖召回正在训练水军的周瑜。周瑜听了两派的意见，向孙权客观地分析了曹军与东吴双方的优势和劣势。他对孙权说："曹军看起来势力很大，但并不可怕。第一，曹军长途跋涉，已经疲惫不堪；第二，现在已经是寒冷的冬天，马无草料；第三，曹军大部分是北方人，北方人擅长陆战，不擅长水战，而且曹军水土不服。他们舍弃了鞍马而来到船上，对他们很不利；第四，西北的马超、韩遂还在关西骚扰曹军的后方，这是曹军的后患。"周瑜进而分析了曹军的实际兵力，指出："来自北方的曹军只不过有十五六万人，而且，新得刘表手下刚投降的有七八万人，人心还没有完全归顺曹操。"周瑜自告奋勇，愿意率领数万精兵抵抗曹军。

听了周瑜的分析，孙权拔出宝剑，砍掉几案一角，说："如果再有劝孤投降者，就同这个几案一个下场！"

于是，孙权命令周瑜、程普等率领三万士兵对抗曹操，两军在赤壁相遇。曹军因为有疾病，又不习惯水上作战，第一仗就被周瑜手下大将甘宁打败。曹操只好命令军队在江北扎营，周瑜与刘备联军在南岸安营扎寨，两军在对峙中，周瑜发现了曹军的弱点。

周瑜采纳了老将黄盖建议的用诈降的方法，并使用火攻之计将曹军打得大败。曹军的船舶完全被烧毁，曹操仓皇逃走，退回南郡。这一战东吴的军队打出了威风，打出了气势，也打出了周瑜的名声。这一战史称"赤壁之战"，成为军事史上少有的以少胜多的经典战例。这一年，周瑜刚刚 34 岁。

周瑜和程普率军乘胜追击，兵至南郡。在战斗中周瑜的右肋被流矢所伤，伤势非常严重。

曹操手下大将曹仁听说周瑜受了重伤，率军到周瑜军前挑战。周瑜听到曹军的叫骂声，非常气愤，他立即披挂整齐，上阵为将士们打气。曹仁见到周瑜，吓得连忙退走。两军经过一年的激战，周瑜率领的军队终于将南郡拿下。孙权拜周瑜为偏将军。

"赤壁之战"两年后，周瑜奉命西上巴蜀，不料，身染重病，不幸病逝于巴丘。这一年，周瑜刚刚 35 岁。周瑜英年早逝，听说的人都扼腕叹息，孙权穿上素服来吊唁周瑜。将领无不感动落泪。

周瑜是历史上少有的具有人格魅力的青年将领，无数文人墨客赋诗填词歌颂周瑜的功绩与风采。像北宋的大词人苏轼写的《念奴娇 · 赤壁怀古》，就是其中写得最好的一首词。

周瑜之所以能够取得成功，除了他所具有的超凡的胆识与才气以外，孙权对周瑜的无比信任，双方建立的无比和谐的君臣关系，才是至关重要的原因。

南乡子[1]

登京口北固亭有怀

（南宋）辛弃疾

何处望神州[2]？满眼风光北固楼。千古兴亡多少事？悠悠[3]，不尽长江滚滚流！

年少万兜鍪[4]，坐断东南战未休[5]。天下英雄谁敌手？曹刘[6]。生子当如孙仲谋[7]。

【注释】

①南乡子：词牌名。

②神州：原意指中国的中原地区，这里指被金人占领的中原沦陷区。

③悠悠：长远悠久。

④兜鍪：原意指战士的头盔，此处指代士兵。万兜鍪：指千军万马。

⑤坐断：占领、割据。休：停止、此处是停战的意思。

⑥曹刘：指三国时期的英雄曹操与刘备。

⑦生子当如孙仲谋：据《三国志》记载，建安汉献帝十三年（208 年），曹操率领大军南下，进犯东吴。东吴在孙权的领导下，人才济济，兵强马壮。曹军进攻濡须（今安徽省无为县城北），曹操见东吴的舟船众多，队伍整齐，他喟然长叹说："生子当如孙仲谋！刘景升（刘表）的儿子那是像猪狗一样啊！"

【译文】

什么地方能看到中原的神州大地呢？站在北固楼上，满眼都是美好的风光。从古到今，有多少朝代更替、国家兴亡大事呢？不知道，年代太久远了。只有长江水滚滚东流，永远也流不完。

回想当年，吴主孙权在青年时代继承父兄事业，率领千军万马，他能割据东南，坚持对抗曹、刘，从来没向强大的敌人低头屈服过。天下的英雄谁能作为孙权的敌手呢？只有曹操和刘备而已。所以，在濡须之战的时候，难怪曹操见孙权的部队军容整肃，说出这样的话："生子当如孙仲谋。"

词中的故事

生子当如孙仲谋

孙权（182–252），字仲谋，三国时代东吴的太祖皇帝，祖籍是吴郡富春（今浙江富阳），他是春秋时期兵圣孙武的后裔。父亲孙坚是长沙太守，被封为乌程侯。孙权在汉灵帝光和五年（182 年）生于下邳，他的父亲既是东汉官员，也是一位名将，哥哥孙策是东汉末年能征善战的猛将。生活在这样的家庭，孙权从小胸怀大志，希望长大后干一番事业。

东汉末年，爆发了黄巾起义，天下大乱。权臣董卓进京，独揽大权。以袁绍、曹操为首的各路诸侯起兵讨伐董卓，孙权的父亲孙坚也在这些诸侯之中，并在战斗中斩杀了名将华雄（《三国演义》中说关羽斩杀了华雄，实际是把孙坚的功劳算在关羽头上了）。董卓见诸侯联军势大，裹胁着皇帝撤向长安。面对大好形势，联军内部团结却出了问题。各路诸侯心怀异志，孙坚见其他诸侯拥兵不前，便率兵杀进洛阳，得到了传国玉玺。谁知，袁术不发给孙坚粮草，致使孙坚的部队粮草不继。孙坚的部队在讨伐董卓的战斗中，与董卓的部队交战最多，立功最大，最后却受小人袁术辖制，只好率本部人马退出了战斗。后来，孙坚在与刘表的部将黄祖作战时中箭身亡。

孙坚战死后，孙坚余部一千多人竟然落在袁术手里。为了继承父辈的事业，孙策想去找袁术讨回这支部队。孙策以大无畏的勇气去拜访袁术，希望袁术能够把父亲那支部队还给他。袁术知道孙策是一员猛将，只好将这支部队还给了孙策。就这样，父亲的部将程普、黄盖、韩当等一批老将和那一千多人又回到了孙策的麾下。

孙策重用名将周瑜、谋士张昭，带领着这支部队东挡西杀，占领了江东六郡，奠定了东吴的基础。

水调歌头

多景楼

（南宋）陆 游①

江左占形胜，最数古徐州②。连山如画，佳处缥缈着危楼③。鼓角临风悲壮，烽火连空明灭，往事忆孙刘④。千里曜戈甲，万灶宿貔貅⑤。

露沾草，风落木，岁方秋。使君宏放，谈笑洗尽古今愁⑥。不见襄阳登览，磨灭游人无数，遗恨黯难收⑦。叔子独千载，名与汉江流⑧。

【注释】

①水调歌头：词牌名。多景楼：坐落在镇江北固山上的甘露寺内。南宋隆兴二年（1164 年）10 月初，担任镇江通判的陆游陪镇江知府方滋登多景楼，写下这首词。此时，金兵占据淮北，镇江是抗金江防前线。陆游（1125—1210）：字务观，号放翁，越州山阴（今浙江绍兴）人，南宋著名诗人。宋高宗时，陆游与秦桧的孙子同年参加礼部考试，秦桧为了让其孙子中状元，状元的热门人选陆游被淘汰。宋孝宗时，皇帝赐陆游进士出身。陆游中年入蜀投身军旅，官至宝章阁待制。他晚年退居家乡，隐居创作，创作诗歌现存九千多首，著有《剑南诗稿》《渭南文集》《南唐书》《老学庵笔记》等。

②江左：指长江下游，属于现在江苏省东边一些地方。徐州：此处指镇江。东晋南渡，曾以徐州管辖治理镇江，镇江又称徐州或者南徐州。

③缥缈：若有若无的样子。危楼：指高楼。

④鼓角：指军中的战鼓和号角。烽火：古代边防烽火台用于报警的狼烟。明灭：忽明忽暗。孙刘：指三国时代的孙权和刘备，他们曾联合在赤壁打败曹操。

⑤曜（yào）：照耀。戈甲：指兵器和盔甲。灶：军中的炊灶，这里代指营垒。貔（pí）貅（xiū）：猛兽，代指勇猛的士兵。

⑥使君：汉、魏晋时期对州、郡长官的称谓，这里指方滋。方滋，字务德，严州桐庐（今浙江）人，当时担任镇江知府。宏放：豁达豪放。

⑦黯：昏黑。

⑧叔子：西晋镇守襄阳的大将羊祜（hù），字叔子。他曾登临多景楼，晋泰始五年（269年），羊祜以尚书左仆射的职务镇守襄阳，都督荆州的军事事务，在此镇守达十年之久，与东吴名将陆抗对峙。在最初的"西陵之战"中，羊祜吃了败仗，后来，羊祜与陆抗都采取了正确的对策，谁也不能战胜谁。羊祜和陆抗都认为自己遇到了真正的对手，二人惺惺相惜，互相尊重，两军友好地相处了很长时间，士兵减少了无谓的伤亡。羊祜生前，没有赶上消灭吴国的军事行动，这不能不是个遗憾。他在病危时，向武帝司马炎推荐了名将杜预。羊祜死后，杜预指挥晋军渡江灭吴，不到三个月就灭亡了东吴。羊祜为西晋灭吴做好了人事上的准备，功不可没。汉江：指汉水，这条河流经襄阳。

【译文】

江东一带是具有险要形势的好地方，第一要数像屏障般雄伟的南徐州镇江。这里山连着山，就像画一样莽莽苍苍，云雾若有若无的远处，风景最美丽的地方耸立着高高的楼阁。战火又燃起来了，战鼓和号角声迎着劲风是那么悲壮。连天的烽火，忽明忽灭地隔江相望，如烟的往事使人遥想起三国时期的孙权和刘备在这里联合抗曹。当年孙刘联军的军容啊，银戈、金甲闪烁着光芒，千里之外都能看见。士兵野营，万灶腾烟，正像现在抗金的宋军战士们一样。

露珠沾在草叶上，风吹黄叶从树上飘落，此时正是金秋的时光。知府方大人（方滋）啊，你的气魄实在是宏大豪放。古今的忧愁，全被你方大人在谈笑间一扫而光。君不见西晋的儒将羊祜曾经登临过岘（Xiàn）山，观赏过襄阳？后来登山贤士无数，他们心中的遗恨难收，空让人黯然神伤。独有西晋的一代儒将羊祜扬名千年，他的英名如同浩浩荡荡的汉江水一样奔流不息。

词中的故事

敌对双方的两位儒将

羊祜和陆抗是三国后期不同阵营的两位鼎鼎大名的儒将。当时，蜀汉已经灭亡，西晋也已经取代了魏国，只有东吴还在与西晋抗衡。

羊祜是一员儒将，泰山南城（现山东费县）人，出身于汉魏的名门之家。他博学多才，清廉正直。

陆抗是东吴大将陆逊的次子。陆逊在“彝陵之战”中，打败了强大的蜀汉皇帝刘备，却遭小人陷害，受到孙权的怀疑，最后郁闷而死。陆抗勇敢地为父亲申冤，辨明了冤情，孙权让他继续在东吴担任将军。

后来，东吴孙皓当了皇帝。不料，东吴发生了一件大事，镇守西陵的将军步阐叛变。

陆抗奉旨去平定叛乱，在西陵与羊祜交锋。在这次战斗中，陆抗采用了正确的战略战术，不但平定了步阐的叛乱，而且打败了羊祜，陆抗一战成名。

陆抗这一仗后被加封为都护。他虽然立了大功，但是仍然十分谦恭，因此受到将士们的拥戴。陆抗的对手、晋国的主将羊祜却被贬为平南将军。通过“西陵之战”，羊祜领略了陆抗的风采。羊祜遇到陆抗这样的对手，虽然感到棘手，但觉得是他的荣幸。两位将军指挥所部在两国边界长期对峙，二人虽然各为其主，但惺惺相惜，双方都很佩服对手的才能。

羊祜知道，东吴有陆抗这样的儒将，他在短时间内取胜是很难的。

陆抗作为一员名将，对于东吴国势的衰弱有极清醒的认识，所以，他绝不肯轻易地向羊祜的阵地发动进攻，而是采取谨慎防守的策略。而不明战场态势的孙皓经常催逼着陆抗出战。后来，两军即使发生一些零星的战斗，陆抗和羊祜都以心理战为主，二人都将“信义”放在首位，都会在战前派出使者，事先通知对方交战的地点和时间，谁也不搞突然袭击。战斗结束后，双方会把找到的对方士兵的尸体交还对方。两军的主将都严格约束自己的部下，不许主动寻衅生事。有的时候，晋国的士兵越境割了东吴境内的稻谷，羊祜发现后，命令晋国的士兵把相同价值的绢布送给陆抗的部队。晋军的士兵打猎时射中的猎物，到东吴的境内才死去，陆抗让士兵把猎物还给晋军的将士。东吴的军队非常尊重羊祜，称他“羊公”。两员儒将以诚信对待对方，使两国边境的百姓获得了很长一段时间的安宁，战士们也减少了无谓的牺牲。

一天，晋国的使者到东吴的营中来访问，陆抗说：“羊公的器量就是古代的乐毅和前蜀汉的诸葛亮也比不上啊！”他听说羊祜好喝美酒，把自己珍藏的美酒交给使者，请他转给羊祜。羊祜收到美酒后，打开坛子开怀畅饮，还连连称赞：“真是美酒啊！”

羊祜听说陆抗得了病，立即让使者给陆抗送来了药。将士们都劝陆抗不要吃，说这是敌人送来的药，不能不提防。陆抗微微一笑，从容地服下了羊祜送来的药，过了两天，陆抗的病就痊愈了。后来，陆抗对来访的晋军使者说：“羊公送来的药果然有效，只是有点怪味。”

对于两国边境的这种和平景象，有一个人不高兴，他就是东吴的皇上孙皓。他屡次逼着陆抗进攻晋国。他认为陆抗与羊祜和平共处是别有企图。陆抗只好义正词严地抗辩说："县和乡里都不能不讲信义，何况是国家呢？臣为什么要这样做呢？就是要彰显本国的信义，我军不能去伤害有德行的羊祜。"

但是，忠臣良将在历史上向来是独孤的。陆抗所做的一切虽然是忠心为国，却得不到孙皓的理解。陆抗像他的父亲陆逊一样，在被主上的猜疑中郁郁而死。这一年，他只有48岁。

而羊祜的命运要好得多。晋武帝司马炎身边也有小人，羊祜从来也不去巴结那些小人。所幸的是，司马炎对羊祜的信任一直没有改变。在陆抗去世四年后，羊祜因病重还朝。司马炎让这位儒将乘辇上殿，不需要跪拜，他对羊祜是多么尊重啊！司马炎让羊祜无比感动，他知道自己已经不能再上阵指挥战斗了，临终前，他向司马炎推荐了名将杜预取代自己的位置。

陆抗和羊祜这两员儒将，身在不同的国家，却遭遇到不同的命运。相比于陆抗，羊祜是幸运的。历史上多少忠臣良将不是倒在杀敌的战场上，而是死在小人的舌尖下。而他们不同的遭遇，令人扼腕长叹，也发人深省。

羊祜死后，杜预率领晋国大军，向东吴发动了进攻。东吴失去了陆抗那样的忠臣良将，就等于失去了擎天柱，旋即灭亡。

章台柳①

（唐）韩翃②

章台柳，章台柳！昔日青青今在否③？纵使长条似旧垂，也应攀折他人手④。

【注释】

①章台柳：词令名，《章台柳》又名《忆章台》，本是一首小令。此词令为唐代韩

翃（hóng）所作。韩翃有宠姬柳氏，韩翃在赴长安参加科举考试中第，回家省亲，与柳氏分别，后发生“安史之乱”，战乱平定后，柳氏被番将沙咤利劫去，韩翃在街上偶遇柳氏，韩翃写此令寄柳氏，柳氏也写此小令回寄韩翃。后人以韩翃的这首词的首句“章台柳”取为小令的调名。章台：汉长安章台街名，出自《汉书·张敞传》：“然倘无威仪，时罢朝会，过走马章台街……”后指花街柳巷。

②韩翃：（生卒年月不详），字君平，南阳（今属河南）人，唐代诗人，“大历十才子”之一。天宝十三年（754 年）考中进士，宝应年间在淄青节度使侯希逸幕府中任从事，随侯希逸返回长安。后受唐德宗赏识，被提拔为中书舍人。韩翃的诗笔法巧妙，写景别致，在当时传诵广泛。著作有《韩君平诗集》。

③青青：（当年）柳枝繁茂的样子，暗喻柳氏当年的美貌。

④“纵使长条似旧垂”两句：章台街上长长柳枝上的枝条若还像昔日一样垂下来，也应该被他人攀折去了。

【译文】

长安章台街上的柳树啊，长安章台街上的柳树啊！郁郁葱葱的样子，今天还有吗？即使长长的柳条像当年那样垂到了地上，大概也被他人的手随意攀折去了（暗指柳氏已经成为他人的妻妾）了。

词人的故事

柳枝词促破镜重圆

唐代宗李豫当皇帝的大历年间（766 － 778），天下有十位有才华的读书人，这十位书生号称“大历十大才子”。这十位才子非常擅长写诗，他们的诗歌有一个共同的特点，就是非常讲究诗歌的写作技巧，讲究的程度丝毫不亚于前代苦吟派诗人贾岛。韩翃也是“大历十大才子之一”。

早在唐玄宗当皇帝的年代，韩翃赴京城长安参加科举考试期间，结识了李生，二人成为要好的朋友。这位李生很重朋友之间的友情，他十分富有，也十分慷慨。

一天，韩翃与李生喝酒，李生请柳氏为他俩弹琴唱歌。这位柳氏长得十分美丽，而且会吟诗填词。她唱的歌都是她自己填的词，词的风格清丽婉约。她听说李生请的客人是大名鼎鼎的韩翃，不禁怦然心动，于是，柳氏唱得格外用心。

柳氏的歌如燕语莺声，韩翃听得心都醉了。在酒宴上，二人不免眉目传情。那李生也是位风流人物，怎能瞒得了他呢？柳氏虽然住在他家，并不是他的妻子，也不是他的妾，而是他养在家中的歌伎。在唐代，官员和士大夫在家中养歌伎成风，李生也不例外。他发现韩翃看上了柳氏，柳氏对韩翃也有意，就很想促成这段姻缘。李生的确大度，他不但把柳氏赠送给了韩翃，还拿出许多金钱，为二人操办了婚事。今天的人对这事无论如何也理解不了，李生既然养着柳氏，怎么会把自己喜欢的女子随随便便送人呢？这是因为李生有钱有势，他养着柳氏不是因为爱情，仅仅是喜欢柳氏的美色。他今天让出了柳氏，第二天就可能另有新欢，把更美丽的其他女子接到府中。表面看起来，李生风流倜傥，实则内心灵魂十分丑陋。而韩翃娶的柳氏，也不算他的正妻，仅仅算他的妾。

成婚后，韩翃与柳氏在一起度过了一段美好的时光。二人天天耳鬓厮磨，赋诗填词，十分恩爱。但是，韩翃没有忘记自己此行是干什么来了。他想参加第二年的科举考试，为此，韩翃进行了认真的准备，他苦读经史、诸子百家。第二年，考试的时间到了，韩翃信心百倍地奔赴了考场。他不愧是位才子，一举中第。

考场折桂，金榜题名，对于韩翃来说，是天大的喜事，韩翃要回乡省亲，把这件喜事告诉父母。但是，他不能带柳氏回乡。那时，婚姻大事需要父母之命，媒妁之言。他们俩成亲都一年多了，家里竟然不知道，何况柳氏是一名歌伎，门第低微，家里能接受她吗？好在柳氏非常通情达理，她愿意留在长安等夫君回来。就这样，韩翃告别了柳氏，回乡探亲去了。

韩翃走后，柳氏日夜思念韩翃，每天掐算着夫君的归期。

然而，柳氏盼来的不是夫君，而是席卷大半个唐王朝的“安史之乱”。战乱初期，叛军来势汹汹，官军疲于招架。不久，两京（东都洛阳和西京长安）都陷入敌手，百姓苦不堪言。貌美如花的柳氏一个人孤苦伶仃地躲在家里，没有一个可以依靠的人，每天担惊受怕，时时刻刻都有叛军到家中来骚扰，家里已经不是可以避风的港湾了。她怕受到乱兵的凌辱，只好剪去了秀美的长发，把美丽的脸颊弄得污浊不堪，然后，逃到寺院里当了尼姑。柳氏的身进了寺院，但是，她的心还是牵挂着自己的夫君韩翃。

韩翃眼下在什么地方呢？国家有难，匹夫有责，他去投了军。一个手无缚鸡之力的书生在军队里能干什么呢？他来到淄青节度使侯希逸的军队中当了从事（书记官）。韩翃与柳氏天各一方，他也很思念柳氏，牵挂柳氏的安危。他千方百计地寻找柳氏。一次，他打听到了柳氏的下落，派人带着金银去寻访她，并让去的人带着一首他写的小令《章台柳》。

柳氏收到了这首小令。柳氏是位冰雪聪明的女子，立即读出夫君的词中对她不仅有牵挂，也有无端的猜测。她不禁捧着信笺抽泣起来，她一边流泪，一边提笔给她魂牵梦萦的夫君公回信，她在回信中也回了一首小令《杨柳枝》，词中说：

杨柳枝，芳菲节。所恨年年赠离别。一叶随风忽报秋，纵使君来岂堪折！

韩翃收到回信后，知道在他离开长安的三年里，柳氏吃了不少苦。于是，他渴望着与柳氏相见的日子。

后来，官军渐渐占了上风，收复了长安。韩翃跟随淄青节度使侯希逸的大军回到了长安，却再次失去了柳氏的音信。

韩翃哪里知道，柳氏竟然为番将沙吒利所劫，并强纳柳氏为妾。当时，驻扎在长安的不只是唐朝的官军，还有曾经协助官军平定叛乱的番兵番将。那些番兵番将仗着协助唐朝平定叛乱有功，非常霸道，胡作非为。番将沙吒利听说柳氏长得貌美如花，竟然带人把柳氏抢了去。

韩翃回到长安后，来到故园，却不见柳氏的踪迹。一天，他偶然路过一个叫龙首冈的地方，见一位老者赶着一辆牛车，韩翃不经意地跟在牛车后面。突然，一个女子从车中探出头来问韩翃："您不是韩员外吗？我是柳氏啊！"柳氏向韩翃讲述了自己被沙吒利抢去强占为妾的遭遇。柳氏知道沙吒利的威势，让韩翃快走，然后，她向韩翃挥了挥手，纱袖轻摇，眉目传情，流露出不舍之意。韩翃一下子崩溃了，心情跌到了谷底。他是一个文弱书生，怎么敌得过骄横的番将呢？但是，作为一个大男人，又如何忍得下这夺妻之恨呢？

恰在此时，淄青节度使侯希逸在酒楼举行庆功宴。侯希逸请韩翃也去参加宴会，韩翃勉强来到了酒楼。在宴会上，将士们觥（gōng）筹交错，尽情饮酒，只有韩翃默默不语。在座的有一位年轻的将领叫许俊，是燕京（今北京）蓟州（今河北蓟县）一带的壮士。他见韩翃垂头丧气的样子，忍不住问："韩公一定是遇到什么麻烦，说出来，我替您出气！"

韩翃不得已把柳氏的遭遇告诉了许俊。许俊大怒，说："番将欺人太甚，您给我写一封给夫人的信，我立即帮您把她夺回来！"

二人来到另一间小屋，韩翃连忙给柳氏写了一封信札(zhá)，交给许俊。

许俊是位说话算话的勇士，他骑着骏马来到沙吒利的府第。许俊想：那沙吒利也算是一位能征善战的大将，府上一定有许多士兵，我不能这样蛮干，应该智取。他等到沙吒利出了府门，并且走远了，才来到府门前，对门吏说："将军出门后得了恶疾，命我来接夫人！”

所幸的是，沙吒利的正妻不在长安，门吏慌忙带着许俊去见柳氏，许俊拿出韩翃写的信札交给柳氏，柳氏见了信札，惊慌地问许俊：“我该怎么办？”

许俊说：“事不宜迟，请夫人立即跟我去见韩相公！”

说罢，许俊带着柳氏来到门外，大手一伸，把柳氏挟在臂弯里，翻身上马，狠命一抽马鞭，那匹骏马绝尘而去。

许俊带着柳氏来到酒楼，把柳氏交给韩翃，他微笑着对韩翃说：“幸而不辱使命！”

在座的将士都大惊失色。

韩翃和柳氏互相拉着手，忍不住哭泣起来。

在座的有人说：“沙吒利仗着平叛有功，正受到皇上恩宠，许将军这下闯了大祸了！”

韩翃听了，非常惊慌。他怕给许俊惹来麻烦，更担心柳氏再回到沙吒利身边去，只好据实向节度使侯希逸禀报了这件事。

侯希逸听了大吃一惊，对许俊说：“我平生也有不敢做、并有做不到的事情，许俊，你是什么事都敢做呀！”

许俊连忙赔罪说：“恩公，末将不敢！只是沙吒利欺人太甚，末将气不过！”

“哼！原来你也有不敢为的事情！”侯希逸沉吟片刻说，“如今皇帝对番将胡作非为也很恼火，事已如此，本帅得把此事禀报皇上，请皇上定夺吧！”

侯希逸立即上朝，向皇帝奏本说：“万岁，臣的属下员外郎韩翃长期担任参谋佐将，屡立功勋。他的妾柳氏，在动乱岁月为避乱兵凌辱，到寺院为尼，依靠名尼作为靠山。京城收复后，将军沙吒利凭恃微功，恣肆妄为，劫掠有功人员之妾室柳氏。臣部将许俊原本是蓟州壮士，仗义夺回柳氏，归还韩翃。虽然这是感人的好事，但是，事先毕竟没有得到皇上的恩准，现在，臣特来禀报万岁，请万岁定夺！”

皇帝上听了，沉吟片刻，他知道侯希逸所奏肯定不会有假，他也听到过大臣们多次向他告番兵番将的状。长安毕竟是大唐的京城，他也正想惩戒一下番兵番将，苦于找不着机会，听到侯希逸的奏本，立即准奏说：“侯爱卿所奏极是，就让那柳氏回归到韩翃身边，让他们夫妻团聚吧！不过，对那番将还是要安抚一下，朕就赏他二百万银钱吧！”

侯希逸听了皇帝的旨意，松了一口气，回到自己的府衙，把皇帝的圣旨告诉韩翃。韩翃和柳氏这才松了一口气，他们连忙向侯希逸道谢：“谢恩公的大恩大德！”

侯希逸说：“得，你们要谢，还是谢皇上吧！”

壮士许俊抱怨说：“怎么，二位不谢我呀？”

韩翃连忙说：“当然要谢将军！”

侯希逸笑着说：“哼！你们还谢他呢！他给老夫捅了多大的娄子呀？倘若不是皇帝正想惩戒一下番兵番将，怎肯下这样的圣旨？老夫还不知怎么收场呢！那样的话，许俊，你就准备把脑袋搬搬地方吧！即使这样，皇帝还给了那番将沙吒利二百万银钱呢！”

许俊吓得吐了吐舌头，这才知道，原来自己干了件捅破天的大事。

从此，柳氏回到了韩翃的身边，夫妻两个高高兴兴地回家去了。韩翃在朝中为官，后来，当上了中书舍人。

这段故事在唐代许尧佐写的《章台柳传》和孟綮（qǐ）写的《本事诗》中都有记载，韩翃和柳氏的事迹流传甚广。

菩萨蛮①

（唐）温庭筠②

小山重叠金明灭，鬓云欲度香腮雪③。懒起画蛾眉；弄妆梳洗迟④。

照花前后镜，花面交相映。新帖绣罗襦，双双金鹧鸪⑤。

【注释】

①菩萨蛮：原本是唐教坊曲，后人用为词牌，亦叫菩萨鬘（mán），又名子夜歌、重叠金等。唐宣宗时大中年间，女蛮国派使者前来进贡，她们身上披着珠宝，头戴金冠，梳着高高的发髻，号称菩萨蛮队，教坊据此制成《菩萨蛮曲》，后来菩萨蛮成为词牌名。

②温庭筠（约 812–866）：唐代词人，名岐，字飞卿，太原（今属山西）人。温庭筠文思敏捷，恃才放荡不羁，好讥刺权贵，多犯忌讳，参加科举考试屡不中，终生不得志，官做至国子助教。温庭筠精通音律，诗与李商隐齐名，世称“温李”，词与韦庄并称“温韦”，

为“花间派”词人鼻祖，对词的发展影响较大，存世作品有《温飞卿集》《金奁（lián）集》。晚唐词人的作品，以温庭筠的《菩萨蛮》14首最为有名，是词史上划时代的丰碑式的作品。

③小山：指古代女子化眉妆的一种，叫小山眉，指弯弯的眉毛。还有一种解释：小山指屏风上的图案，屏风是折叠的，因此说小山重叠。金：指唐代女子眉际化妆的额黄。明灭：若隐若现的样子。金明灭：阳光照在屏风上金灿灿的样子，或者说是唐代女子眉宇间画的梅花图案的额黄或明或暗，还有一种说法是女子头上戴的饰金的小梳子亮闪闪的样子。鬓云：指云朵似的鬓发。形容发髻蓬松的样子。度：指覆盖。鬓角延伸到脸颊，像云彩一样渐淡。欲度：半遮未掩的样子。香腮雪：指雪白的面颊。

④蛾眉：古代女子眉毛的一种化妆式样。也可以解释为眉毛细长弯曲，像蚕蛾的触须，称蛾眉。还有一种说法，指元和（唐宪宗李纯的年号）年间流行的一种新眉式“蛾翅眉”。弄妆：指女子起来后梳妆打扮，修饰自己的仪表。

⑤罗襦（rú）：指丝绸短袄。鹧鸪：指短袄上贴绣上去的鹧鸪图。这是唐代的衣饰，是用金线绣好花样，再贴绣在衣服上，称为“贴金”。

【译文】

美丽的女子将小山眉的式样画染在额眉处，叠盖上部分额黄，她头上云朵似的鬓发飘过。女子香腮洁白似雪，她懒懒地起来，画一画秀美的蛾眉，整一整衣裳，慢腾腾地梳洗打扮，心情慵懒，面露倦态，意迟迟的样子。

对着镜子，照照头上新插的花朵，照照前面，又照照后面，红花与女子的容颜交相辉映。刚刚穿上的绫罗短袄，上面绣着一双双金色的鹧鸪图案。

词人的故事

才高累身温庭筠

“凤凰诏下虽沾命，鹦鹉才高却累身。”这是纪唐夫为词人温庭筠送行的两句诗，是对温庭筠当时处境的真实写照。

温庭筠是晚唐时期的大才子，著名诗人和词人，是“花间派”词人的鼻祖。唐朝时，词这种文学形式并不兴盛，到了温庭筠手里才被人们重视起来，到了五代与宋代，文人墨客竞相填词，终于使词在中国文坛上蔚为大观，在宋朝进入鼎盛时期。

温庭筠的先人温彦博出身于太原温氏，早年，曾在隋朝担任文林郎、幽州司马，跟随罗艺归唐，历任幽州长史、中书舍人、中书侍郎（相当于中书令）、雍州治中、御史大夫、封西河郡公。温庭筠他们家曾经是名门望族，可是，到了温庭筠这一代，其家族已经衰微。

温家曾经有过显赫的身世，照理，温庭筠应该非常重视建功立业，考取功名。不知什么原因，温庭筠参加科举考试比较晚。在唐朝，科举考试是选拔人才的主要途径，如果在科举考试中不能金榜题名，在官场上基本上得不到重用。

温庭筠同一切有成就的读书人一样，自幼好学，苦心研习经史典籍、诸子百家。另外，温庭筠还是一位多才多艺的学子。他善于弹琴、吹笛子，尤其擅长赋诗填词。《旧唐书》中这样形容温庭筠："不修边幅，能逐弦吹之音，为侧艳之词。"

看来，年轻的温庭筠是那个时代"不修边幅"、甚至有些邋（lā）遢（ta）的文艺青年。因为他会"逐弦吹之音"，因此成了秦楼楚馆的常客，教坊歌女的知音。在社会上，他的行为比较另类。温庭筠自视甚高，对一般人不屑一顾。这是因为，他的祖上曾经是名门望族，到他这一代，家境虽然衰败了，俗话说，瘦死的骆驼比马大，他年轻时，还不至于穷到为衣食而发愁的地步，而祖上所拥有的文化基因，却早已渗透进温庭筠的基因里被保存下来了。他的祖上，请教坊歌女到家里来唱唱歌，那是常有的事。温庭筠请不起歌女到家中来唱歌了，只好亲力亲为，自己在家中弹琴、吹笛子。在当时人看来这不叫家道没落，这叫多才多艺。当朝皇帝唐玄宗李隆基还擅长打羯（jié）鼓，被戏剧界奉为梨园行的鼻祖呢！

说温庭筠有文艺家的细胞，那还真不是浪得虚名，不管什么曲子，他一听就会。他不但会弹唱，还会按照曲牌的韵律填词，创作出新歌，这是一般乐工和歌女都做不来的。温庭筠还自创了一些曲牌。很快，他创作的新歌就在教坊间流行起来。这些作品多是些词风清丽的艳词，雅士们也都喜欢到花街柳巷、青楼妓院听他所创作的歌。后来，一批追风的文人们也效仿温庭筠，写起这种花间教坊盛行的曲子词来。这些人把温庭筠视为擅长写曲子词的鼻祖和领袖，这批人创作的词，辞藻艳丽，格调清雅，让休闲者听起来十分入耳，后人把他们创作的词辑录成一部辞书，称为《花间集》。这部书中一共收录了温庭筠 66 首词作，其中有 14 首《菩萨蛮》是词坛丰碑式的作品，也堪称他的代表作，包括这首《菩萨蛮》。

唐朝初期和中期，词这种文学体裁是不成气候的，文人们多是偶尔为之，谈不上流派。温庭筠把词这种文学形式提到了与诗并存的高度，这是温庭筠对词的一大贡献。文学界把以温庭筠为代表的这批文人称为“花间派”词人。后世的冯延巳、周邦彦、吴文英等都受到过他的影响。

温庭筠不愧是位才子，他填词的娴熟程度达到了信手拈来的地步。《北梦琐言》中说温庭筠“才思艳丽，工于小赋”，只要他交叉八次手而成八韵，就吟出一首词作来。前人都说三国时代的才子曹植七步能诗，连晋代的谢灵运都为之叹服，于是流传曹植“才高八斗”之说。与温庭筠比，曹植之才不过如此。

才能出众之人，难免对自己缺乏正确认识，目中无人。在温庭筠看来，当代无论朝堂官员，还是布衣百姓，无人能与他相比。所以，他每每出语轻狂，屡屡伤人，有时候甚至伤及官员。

温庭筠作为文化界的名人，希望通过自己的奋斗光耀门楣，恢复温家昔日的辉煌。但他必须参加科举考试，通过金榜题名来实现这一目标。唐朝参加科举考试的考生要经常到显贵家中拜谒，向他们递上自己的诗文，希望这些名人向朝廷推荐自己。考生们甚至得向考官递上自己的作品，让考官加深对自己的印象，这种做法叫“行卷”，这样做是不违法的，温庭筠也得这样做。

这就把温庭筠逼成了一个性格矛盾的人。他既看不起尸位素餐的当朝官员，又不得不捏着鼻子跟他们来往，然而，他又不善于跟这些人来往，难免闹出一些无法收拾的乱子来。唐文宗开成四年（839 年），温庭筠 39 岁才参加科举考试。温庭筠没有考中，只在京兆府考试中了个副榜，意思是他还必须参加省试，才能取得会试的资格。温庭筠没有去参加省试。有人说，他在太子无故死亡一案中受到了牵连，不得不到外地避祸去了。

唐武宗会昌元年（841 年）温庭筠又去参加考试。在这次考试中，温庭筠竟然捅了一个大娄子。起因是温庭筠在上一次考试中，做出过轻率的不智之举。他自作聪明，在考场上帮助人，给同考场的人指点文章，这不是作弊吗？为此，温庭筠还得了个绰号叫“救救人”。谁知，这个绰号竟然传到了这届主考官沈询的耳朵里。沈大主考官对温庭筠区别对待，特地来到温庭筠考场的帘前单独考他。温庭筠不计后果，大闹考场，惹怒了主考官沈询。沈询认为温庭筠的人品有问题，当然，温庭筠又没有考上。

温庭筠个人必须承担这次考试落榜的后果。从古到今，任何考试应该是很严肃的事情。科举考试诞生于隋朝，唐朝初年，唐太宗李世民为了笼络天下英才，恢复了科举考试。

李世民私下里去视察御史府（考进士的场所），见新考取的进士们鱼贯而出，他得意地说道：“天下英雄，入吾彀（gòu）中矣！”这句话的意思是说：“天下有才能的英雄都已进入了我的圈套了！”李世民为什么得意？因为他通过考试把天下英才都选拔到朝廷做官来了，并让这些英才为他服务。科举考试本来就是朝廷选拔人才的举措，选拔的人才首先政治上要靠得住。温庭筠却公然在考场上作弊“帮助”他人，此举不是公然蔑视考场纪律吗？他还大闹考场，哪个主考官会录取这样“政治上不可靠”的人呢？

温庭筠的低级错误还让他得罪了当朝宰相令狐绹（táo）。令狐绹是个才气不高，却爱附庸风雅的人。他听说温庭筠是词坛的领军人物，就主动结交这位才子。从此，温庭筠常常出入令狐绹府第，受到欢迎的规格很高。令狐绹听说，温庭筠近期新填了14首《菩萨蛮》，唱遍了长安城。偏偏当朝皇上唐宣宗特别喜欢曲子词，尤其喜欢《菩萨蛮》。令狐绹让温庭筠新写一首《菩萨蛮》，然后以他令狐绹的名义献给皇上。温庭筠对令狐宰相这种做法感到很厌恶，但他处理得也有问题。他竟然照着令狐宰相的指令去做了，可事后，他又把这件事给捅出去了，这不等于说令狐绹让他代为“捉刀”，说宰相无能嘛！

唐宣宗是一位喜欢赋诗吟词的皇上。有一次，他写了一首诗，诗的上句里有“金步摇”，让没有考上进士的举子们说出下句对什么。在场的举子们谁也答不出。唐宣宗有些失望。温庭筠说：“陛下，晚生对‘玉条脱’，不知可否？”

唐宣宗大喜，当场给予温庭筠奖励，通过这件事，皇帝也知道了温庭筠有才气。这下，宰相令狐绹不高兴了，他不知“玉条脱”出自什么典故，还以为是温庭筠自已杜撰，然后到朝堂上来胡说的呢！要是抓到温庭筠这方面的把柄，那温庭筠就犯了欺君之罪。于是，他小声问温庭筠：“你那个‘玉条脱’出自何典？本相怎么不知道？”

温庭筠不冷不热地说：“玉条脱”“出自《南华经》一书，此书流传甚广，并不是什么无人问津的书，令狐宰相在百忙之中，也应该抽空读点书呀！”令狐绹听了，鼻子都快气歪了！更有甚者，温庭筠还说“中书省内坐将军”，中书省是宰相办公的地方，这话不是更加直白地说宰相胸无点墨吗？

此时，正值温庭筠大闹考场之后，朝臣们对温庭筠的微词颇多，这位令狐宰相也不失时机地给温庭筠上了“眼药”，在朝中议事时，他对皇上说：“那位温庭筠的确有歪才，但他有才而无德，品行实在是太差了！”

皇上完全同意令狐绹的奏本。就这样，令狐绹彻底击碎了温庭筠希望通过科举考试而光耀门楣的梦想。

温庭筠49岁那年，来到了淮南。这时，他名声更大了，却依然穷困潦倒。曾经在京城当过宰相的令狐绹正好放外任，在淮南当封疆大吏。温庭筠与令狐绹是旧交，但是孤傲的温庭筠就是不肯去拜访这位“老相识”。一天夜里，温庭筠喝醉了酒倒在外面，由于他违反了宵禁的法令，竟然被一个士兵打了几记耳光，以致打掉了牙齿。据说，温庭筠本来相貌就不怎么样，现在，变成了缺牙露齿的老翁，就更“惨不忍睹”了。他告到令狐绹那里，那兵丁指控温庭筠当时的种种“劣迹”，令狐绹完全听信了那士兵的话，温庭筠百口莫辩。而这种名声竟然不胫而走，传到了京城。温庭筠不能释怀，只好亲自到京城长安，走动于官宦与公卿之间为自己辩解。一个51岁的老者竟然奔走上千里为自己正名。他徒劳的辩解没有使自己从困境中解脱出来，此行没有达到目的，却使他在长安住了下来。

因为温庭筠的名声太大了，咸通六年（865年），皇上让温庭筠当上了国子助教。第二年，他以国子助教的身份主持国子监的考试。这本是温庭筠施展自己才能的机会，却被他处理得一团糟。因为他在以往的考试中屡屡受压，为了表示自己的主考风格与以往的考官不同，他精选了30个考生的卷子，并张榜公布于众。所公示的都是指斥时政的卷子。他在考试中做到了“以文判等”，公正透明，在当时传为美谈，却遭到了过去操控考场的权贵们的不满。事后，此时的宰相征得皇上同意后，将温庭筠贬为方城尉。

温庭筠国子助教的椅子还没有坐热，就要被贬出京。温庭筠虽然受到了降职处分，但他又一次名声大噪，文人雅士们争着赋诗填词为他饯行。其中，诗人纪唐夫在为其送行的诗中说：“凤凰诏下虽沾命，鹦鹉才高却累身。”

词人在咸通七年（866年）冬天，在困顿失意中死去。

人们在研究温庭筠的生平事迹、文学成就的时候，总要说上几句：他蔑视权贵，备受压制，仕途多舛，生活坎坷。但是，造成温庭筠这种人生悲剧的原因，一方面来自朝廷权贵们对他的迫害与压制；另一方面，也要归于他性格上的缺陷。他既要在朝廷规定的体制内痛苦挣扎，又试图挣脱朝廷罗织的大网，自由自在地发展。为了达到改换门庭的目的，他要攀附达官贵人，又蔑视缺才少德的权贵们龌龊的灵魂。岂不知，这二者怎么可以兼得？这个问题，温庭筠晚年也有所醒悟，他曾经写过“因知此恨人多积，悔读《南华》第二篇”的诗句，此时发出这样颇有悔意的感慨，已经于事无补了。

如果温庭筠像黄巢那样科举考试落第后，有那种打碎旧世界的勇气，发出“他年我若为青帝（引自黄巢《题菊花》）”的吼声，他得到的应该是“报与桃花一处开（引自黄巢《题菊花》）”的快乐，即使是在战争中血染沙场，也能感受到潇洒走一回的畅快。

温庭筠一辈子在官场上没有得到与他才气相称的地位，然而，这正是他合情合理的归宿。温庭筠就是温庭筠。一个被誉为“花间派”词人魁首的文人，要求他与权贵做彻底的切割，几乎没有这种可能。他只能在自己营造的花前月下、温柔之乡赋诗填词。这种氛围造就了文学史上千古不朽的词人温庭筠，后世没有忘记这位词坛上的集大成者，也没有忘记他在词坛上所起的开拓者的作用。

虞美人[①]

（五代·南唐）李 煜[②]

春花秋月何时了，往事知多少？小楼昨夜又东风，故国不堪回首月明中[③]。

雕栏玉砌应犹在，只是朱颜改[④]。问君能有几多愁[⑤]，恰似一江春水向东流。

【注释】

①虞美人：原来是唐朝教坊的曲子，后用为词牌名。据说，楚汉相争时，项羽的宠姬虞美人死后，地上开出一株鲜花，这种花以虞美人命名，此曲最初为歌咏虞美人而创作的。

②李煜（937–978）：五代十国时南唐国主，字重光，初名从嘉，号钟隐、莲峰居士，彭城（今江苏徐州）人。南唐元宗李璟的第六个儿子，于宋建隆二年（961 年）即位，世称李后主。北宋攻打南唐时，宋军攻破南唐都城，李煜递降表降宋，被押至宋都汴梁（今河南开封），被封为左千牛卫上将军、违命侯。后来因为作怀念故国的词《虞美人》而被宋太宗赵光义毒死。李煜艺术才华非凡，精通书法和音律，擅长绘画，诗文有相当造诣，以词的成就最高，《虞美人》《浪淘沙》《乌夜啼》等作品享誉词坛，被称为“千古词帝”。

③故国：指南唐故都金陵（今南京）。

④雕栏玉砌：指金陵的南唐宫殿。砌：指宫中的台阶。应犹：另一版本作“依然”。朱颜改：指所怀念的人已衰老。朱颜，红颜，少女的代称，这里暗指南唐旧日宫中的美女。

⑤君：这里是词人自称。能：还能的意思。

【译文】

春天去了，秋天来了，这样的时光什么时候才能了结，往昔的事情知道有多少？昨天夜里，关押我的小楼上又吹来了春风，在这明月当空的深夜里，怎么承受得了回忆故国的伤痛啊！

故国都城的宫殿中，精雕细刻的栏杆、汉白玉石头砌成的台阶应该都还在，只是所怀念的美女红润的脸色已经衰老。要问我心中有多少愁怨，就像这滔滔不尽的春水滚滚向东流去。

词人的故事

千古词帝的悲剧

建隆元年（960年），赵匡胤（yìn）发动了陈桥兵变，建立了宋朝，史称北宋。

赵匡胤很快就稳定了国内的政局，但他的统一大业远远没有完成。宋朝的管辖范围外，北方有辽国和北汉，西南有后蜀，岭南地区有南汉，浙江地区有吴越，江南地区有南唐。五代时期形成的这种分裂局面是不利于宋王朝统治的。

赵匡胤采取了先南后北、南攻北守的战略。南方有个实力较强的南唐，赵匡胤很想一举征服南唐，把南唐纳入大宋的版图。他派兵先后推翻了后蜀、南汉等割据政权，东南方向的吴越王见势不好，连忙向宋朝表示臣服。这样一来，南唐就处在三面被围的险恶环境中。赵匡胤在灭亡南汉后，就开始为攻取南唐做准备。他使用离间计，让南唐皇帝李煜对其大将林仁肇产生了怀疑，致林仁肇被其错杀。这对李煜来说，无疑是自毁长城的行动。

李煜不但多疑，还是个软弱无能的皇帝。他知道，自己的国家比起大宋来要弱得多，难以与大宋抗衡。

其实，从赵匡胤推翻后周时起，北宋就构成了对南唐的巨大威胁。南唐物产丰饶，李煜如果是贤明的君主，就应该励精图治，使南唐成为一个地区强国。可惜的是，他的父亲李璟选错了接班人。李煜根本不是当皇帝的料，他具有极高的艺术天分，但他不懂政治，治国乏术，甚至厌恶烦琐的国事。李煜即位当了皇帝后，竟然把国事和政务让手下人徐铉（xuàn）、张洎（jì）去处理。自己每天与美艳绝伦又才情超群的周皇后或赋诗填词，或抚琴鼓瑟，致使国事荒废。

一天，周皇后生了病，周皇后的妹妹进宫探视姐姐。这位周小妹与她姐姐一样，也是具有沉鱼落雁之容，闭月羞花之貌的女子，并像她姐姐一样有才气。一来二去，李煜竟然看上了周小妹。在周皇后生病期间，李煜竟然留周小妹住在宫中。那是一个男权统治的社会，周小妹对于当皇帝的姐夫的爱情攻势怎么拒绝得了呢？

不久，周皇后发现了夫君与妹妹之间的情爱，照理君王之家有三宫六院也不为过，但毕竟爱情是自私的，周皇后对于李煜和妹妹这样做很不高兴，病势更重，她在郁郁寡欢中去世了，一朵娇艳的花过早地凋谢了。

后来，李煜正式纳周小妹为后，人们把她称为“小周后”。李煜依然故我，每天与小周后或沉溺在管弦丝竹之中，或卿卿我我地在一起赋诗填词，国事和政务仍然被李煜搁置在一边，南唐国力日衰。

南唐也有一些忧国忧民的臣子，见国力日衰，非常忧虑，希望李煜有一天能够振作起来。李煜也觉得每天这样浑浑噩噩地过日子不是皇帝所为，但是，他没有亲近贤臣，而是听信了内史舍人潘佑的谏言。潘佑感到南唐国力衰弱，连上八疏，推荐了一个叫李平的人担任要职。这当然引起了原来把持朝政的徐铉、张洎的不满。李平青年时期是个道士，并没有治国之策，常给皇帝讲些方术符箓（lù）、仙人鬼神的荒诞邪说，还主张按照周礼恢复井田制度，李平官至卫尉卿、户部侍郎。徐铉、张洎说李平妖言惑众，煽动潘佑犯上，李煜也觉得李平的主张太不靠谱，要把李平和潘佑打入大狱。潘佑闻讯自杀于家中。李平后来在大狱中自缢身亡。李煜对国事的草率处置，使国家失去了最后的自强自保的机会。

李煜终于感受到了来自北方的“狼”的喘息声，他一方面把兵力布置在长江中下游的南岸，防备大宋来进攻；另一方面对大宋的态度非常谦恭，主动派遣使者到宋京汴梁请求册封，向宋朝表示臣服。这让赵匡胤很难找到攻打南唐的理由。

赵匡胤是军旅出身的强势皇帝，他认为，“卧榻之侧，岂容他人酣睡？”没有讨伐南唐的理由可以制造理由。赵匡胤着手进行了两手准备。他一面下令在荆州、湖广一带制造战船数千艘，准备征讨南唐在长江上架设浮桥时使用；一面派遣使者到南唐，命令李煜入朝。李煜哪里敢去呀？他只好以生病为由拒绝前往宋都。这下，赵匡胤可找到了进攻南唐的理由。开宝七年（974 年），赵匡胤派兵分三路进攻南唐。东路由吴越王钱俶率领数万人马由杭州出发，北上策应。中路由大将曹彬和监军潘美率领，从江陵（今属湖北）沿着长江向东进发，西路军牵制湖口（今属江西）的南唐军队，以保障中路的宋军全力攻打南唐。

当北宋的三路大军的滚滚铁流向南唐逼来的时候，李煜才慌了手脚，不得不仓促应战。在防御战中，李煜又过分依赖长江天险，没有做出有效的防御。

宋朝大将曹彬率领的中路军沿江北岸东下。宋军的舰船在长江中出现的时候，南唐军队竟然误认为宋军例行巡江，未加任何阻截，致使曹彬军队顺利通过湖口。南唐的部队坐失了利用宋军渡江时反击的战机，宋军顺利地渡过了长江。两军在采石、秦淮河、皖口进行了三次激战，大宋的军队三战皆胜，南唐在长江中游的精锐部队全部丧生。

曹彬的大军攻至金陵城下，吴越军队攻陷金陵东面的门户润州（今镇江）。南唐都城金陵陷入两面被合围的境地，李煜连忙下诏命令外地军队勤王，救援金陵。

然而，这一切都为时过晚。由于平时南唐的军队疏于训练，朱令赟率领的十五万南唐水军在湖口一战中几乎全军覆没。

金陵的外援被切断了，成为一座孤城。直到这时，李煜才表现出来一点点抵抗的意志，执意守城到底。被包围的金陵城中粮食匮乏，将士们士气低落。

入冬，北宋大将曹彬的军队开始从三面攻城，南唐的五千士兵进行了最后的拼搏，夜袭宋军北寨，企图挽回败局，偷袭未果。

宋军终于破城，走投无路的李煜只好投降，南唐灭亡。

这时，宋朝的开国皇帝赵匡胤故去，他的弟弟赵光义即位当了皇帝，就是宋太宗。李煜被俘后，他和心爱的妻子小周后被押往宋京汴梁，随后，他们夫妻就被赵光义软禁了。

李煜被赵匡胤封为左千牛卫将军、违命侯。什么叫“违命侯”呀？就是与天命相违逆的侯爵。这实际上是一种带有污辱性的爵位，而没有侯爵爵位之实。

李煜的妻子小周后的命运就更惨了，赵光义听说小周后不但天生丽质，天姿国色，而且是不可多得的才女，他多次以种种理由把小周后召进宫去进行污辱，一连好几天不让回来。这对于小周后来说，简直是奇耻大辱。小周后回到李煜被软禁的地方，每次都大哭大闹。

李煜作为一个亡国之君，自身的安全尚且不能保证，他对于爱妻受辱，又能有什么表示呢？他只能在痛苦与郁闷中打发时光，寄情于诗赋，抒发他的亡国之痛、受辱之苦闷。

李煜是一个不称职的君王、糊涂透顶的政治家，至死他都没弄明白，他是怎么落到这步田地的。一天，宋太宗赵光义命令李煜的旧臣徐铉去探视李煜。李煜竟然说：“当初我错杀潘佑、李平，悔之晚矣！”难道李煜丢掉了天下，沦为阶下囚，连自己心爱的妻子都保护不了，仅仅是因为错杀了潘佑和李平吗？他这样来总结自己政治上的失败，如果历史能够再给他一次机会，他还是难逃这种厄运的！

痛不欲生的李煜在囚禁他的小楼里写出了《虞美人》这首词，抒发他的亡国之痛，离乡之苦。

赵光义听了徐铉的汇报，又听到李煜的词作《虞美人》在民间传唱，人们对李煜和小周后的命运寄予深切的同情后，大怒，竟然派人毒杀了李煜。

李煜死后不久，小周后也在悲痛与苦闷中死去。

赵光义夺去了李煜和小周后的生命，但是，李煜作为一个命运坎坷的艺术家，他的艺术生命却得到了永生。李煜被后世誉为“千古词帝”。他活着的时候，写出了《望江南》《子夜歌》《虞美人》等流传千古的不朽词作。李煜作为一个杰出词人的地位是不可撼动的。

相见欢①

（五代·南唐）李 煜

无言独上西楼，月如钩②。寂寞梧桐深院锁清秋③。剪不断，理还乱，是离愁④。别是一般滋味在心头⑤。

【注释】

①相见欢：词牌名。

②“无言独上西楼”两句：开宝八年（975年），北宋灭亡南唐，李煜亡家败国，袒露上身向宋军递上降表，李煜和他的妻子小周后被押往京城汴梁，软禁于宋京。因为李煜曾经守城抗拒过宋军，宋太祖赵匡胤封他为“违命侯”。李煜忍辱含垢地度过了三年的囚徒生活后，被宋太宗毒死。在被软禁期间，李煜写了大量的怀念故国的词作，这些作品都感人至深。西楼：软禁李煜的小楼在西边，李煜在一些词作中，把软禁他的小楼称作“西楼”。月如钩：一般是指月亮由满月变成蛾眉月的时候，或者由没有月亮到出现弯弯的蛾眉月的

时候。此时的月亮很美，但显得很凄清。

③锁清秋：被深深的秋色所笼罩。

④离愁：指南唐灭亡之后，笼罩在李煜心头的去国离乡之愁。

⑤一般：一种。

【译文】

默默无言的我，身边连个宫女也没有，孤孤单单地独自一人缓缓地登上了空空的西楼。抬头望望夜空，天上只有弯弯如钩、冰冷的月亮相伴。低头俯视，只见那棵梧桐树寂寞孤立地耸立在院子中，深深的庭院笼罩在清冷凄凉的秋色之中。

那剪也剪不断，理也理不清，让我心乱如麻的，正是去国离乡的愁苦。那缕缕愁思缠绕在我的心头，却是另一种无法言说的痛苦滋味。

词人的故事

“西楼”囚徒

开宝八年（975年），北宋大将曹彬率领宋军攻进了南唐首都金陵。南唐皇帝李煜在进行了一番于事无补的抵抗后，见大势已去，只好袒露上身向宋军递上降表。李煜和他的妻子小周后被押往京城汴梁。从此，只经历了三代皇帝的南唐灭亡，后世称李煜为“李后主”。

因为李煜在金陵城破前曾经进行了一番抵抗，宋朝开国皇帝赵匡胤任命李煜为右千牛卫上将军，封他为违命侯。古时候，无数人或效命疆场，或者寒窗苦读，都想出将入相，称王封侯，作为一个亡国之君，李煜能够享受侯爵，这个结局应该不错呀？非也。

李煜降宋后，在人屋檐下，怎敢不低头？他未尝不想顺应历史的潮流，学学三国末年蜀汉的亡国之君刘禅的样子，做一个苟全性命的亡国之君。

三国末年，蜀汉灭亡后，刘禅投降了魏国。当时，把持魏国大权的晋王司马昭封刘禅为安乐公。从表面看，安乐公也算是贵族，可刘禅并没有贵族之实。刘禅虽然昏庸，但没有糊涂到什么都不懂的地步。他看得出来，“安乐公”这个爵位，司马昭就是要他不要有非分之想，就是安享清福。刘禅做到了，他一天到晚吃喝玩乐，不但不问政事，连世事都不问，表面看起来，他像幼童一样单纯。

一天，晋王司马昭请刘禅吃饭。席间，乐伎表演了蜀地的歌舞，刘禅原来蜀汉的旧臣都很难过，只有刘禅无动于衷，在那里谈笑风生。

事后，司马昭对手下的贾充说："想不到刘禅这个人无情无义到这种地步。即使是诸葛亮那样的贤臣活着，也不能辅佐他很长时间，何况辅佐他的还是不如诸葛亮的姜维呢！"

翌日，司马昭问刘禅："还思念蜀地吗？"

刘禅说："不想，此间乐。"

刘禅的旧臣郤（Xì）正悄悄地对刘禅说："以后，晋王再问主公这个问题，主公应该哭着说，我的先祖都埋在蜀地，没有一天不思念蜀地的，这样，晋王可能还能放您回蜀地。"

不久，晋王果然再次向刘禅问起这个问题，刘禅照着郤正的话回答了司马昭。

司马昭说："这话怎么像是郤正说的呀？"

刘禅吃惊地说："我就是照着郤正教我的说的呀？"

司马昭和他手下的人听了大笑。

由于刘禅有上述表现，所以，司马昭认为，刘禅对自己构不成任何威胁，于是，司马昭让刘禅苟全性命，安享清福。

南唐的亡国之君李煜能做到刘禅那样随遇而安、保全性命吗？他不能。他对于自己成为亡国奴，作为宋朝的高级囚徒的境遇不满意。他把关押自己的小楼称为"西楼"，而他本人，如果没有宋朝皇帝的旨意，他不能离开"西楼"一步，这座"西楼"就是关押他和小周后的牢笼。他和小周后要想逃离"西楼"的樊篱，比登天还难。

李煜虽然是亡国之君，但他不是刘禅那样的平庸之辈，他是在艺术上有天分、有才情的人。他多愁善感，于是，把自己的伤感、愤懑全都宣泄于纸上，在他的词作中表现了出来。他创作出了许多享誉后世的词作，比如《相见欢》。

在没有自由的"西楼"里，李煜最怕度过的是雨夜，潺潺的雨丝带给他的是无尽的惆怅与哀愁，于是，他写出了《浪淘沙》这样的词作：

帘外雨潺潺，春意阑珊。罗衾不耐五更寒。梦里不知身是客，一晌贪欢。
独自莫凭栏，无限江山，别时容易见时难。流水落花春去也，天上人间。

在这首词作中，李煜把自己比喻成"客"，而隐去了自己囚徒的身份，在春梦中竟然还贪恋旧日的欢乐。回到现实中后，他又发出"无限江山，别时容易见时难""流水落花春去也，天上人间”的哀叹。

“西楼”囚徒的这些亡国之音在北宋统治者看来，不就是不甘于失去昔日的天堂吗？不就是赤裸裸的妄图复辟的语言吗？

赵匡胤死后，赵光义当了皇帝，赵光义要打垮李煜的意志，对他的人格进行摧毁性的打击。他频频把李煜的爱妻小周后召入宫中留宿，百般凌辱，李煜虽然表面不敢言，但他的内心却在流血，在燃烧。

被囚禁了三年之后，李煜再次在沉默中爆发，写出了《虞美人》。李煜作为一个君王，当然是不合格的，但他作为一个词人，以自己的遭遇写出的作品却有感天地、泣鬼神的力量。世上没有不透风的墙，李煜这些词作流传到民间以后，人们对于李煜和小周后的遭遇寄予深切的同情。

宋朝皇帝赵光义再也不能容忍李煜在“西楼”之中，频频发出怀念故国的呻吟了。赵光义终于命令人杀害了李煜。不久，小周后也在郁闷中死去。

“西楼”的囚徒生活使李煜失去了自由，失去了昔日的天堂，但也成就了他在词坛上的成就。“西楼”囚徒死了，是李煜的解脱，但也结束了“西楼”词帝的艺术生命。

望江南①

（五代·南唐）李 煜

多少恨，昨夜梦魂中②：还似旧时游上苑③，车如流水马如龙④，花月正春风⑤。

【注释】

①望江南：词牌名。这首词调名在《花草粹编》注中说：“一名《梦游仙》《梦江南》《江南好》。”《全唐诗》《词谱》等典籍中都为《忆江南》。

②梦魂：古代人认为，人在睡梦中，灵魂会离开肉体，所以，词中称“梦魂”。

③还似：《花间集补》中为“还是”。上苑：上林苑的简称，上林苑是古代皇家园林建筑，汉武帝刘彻于建元三年（前138年）在秦代一个旧苑址上扩建而成上林苑，规模宏伟，有多种游乐设施，现已不存在。这里指金陵供李煜和皇族玩乐、打猎的园林。

④车如流水马如龙：车子接连不断像流水一样奔驰而过，马匹络绎不绝，像一条龙一样走动。这句话出自袁宏《后汉纪·孝章皇帝纪》：“建初二年（马）太后诏曰：‘吾万乘主……前过濯龙门，见外家车如流水马如龙……’”太后诏书的话是比喻车马络绎不绝，热闹非凡。

⑤花月正春风：形容春天鲜花怒放，春夜月光明朗，春风微拂的情景。花月：花儿和月亮，这里泛指美好的景色。

【译文】

昨天晚上的梦里，存有多少恨啊！梦境中的景象，像以前我还是故国土地上的君王时，常在上林苑中游玩，车辆像流水一样通过，马队像长龙那样川流不息。正是百花盛开的春天，还吹着暖融融的春风。

词人的故事

愧对江山社稷的李煜

《望江南》这首词是李煜在南唐被大宋灭掉后，和小周后一起被押往宋京汴（Biàn）梁，成为“西楼囚徒”后写出的怀念江南故国的词作。像这样的作品李煜写了不止一首，比如，还有我们常读到的另一首词作《望江南》，李煜在这首词中写道：

闲梦远，南国正清秋：千里江山寒色暮，芦花深处泊孤舟。笛在月明楼。

读李煜这些回忆江南的作品，我们能体味到他作为一个词人对故国无限怀念的情愫。但是，作为一国之君，李煜是愧对故国江山社稷和故国的臣民的。为什么这样说呢？让我们看看宋朝灭南唐前双方的君主都做了些什么，就能理解了。

北宋统治者赵匡胤是军旅出身的皇帝，为了攻打南唐，他事先做了周密的准备。他深知，南唐在南方的割据政权中实力是最强的，而且有长江天险作为屏障。赵匡胤没有先攻打南唐，而是先灭掉了南汉。

这样一来，处在南唐东边的吴越王向宋朝派出使者，表示臣服，要求宋朝对他进行册封。赵匡胤为了集中力量对付南唐，答应了吴越王的请求。赵匡胤在灭掉南汉后，就开始为攻取南唐进行准备。他使用离间计，让南唐皇帝李煜对其大将林仁肇产生怀疑并且错杀了林仁肇。

为了集中力量对付南唐，赵匡胤怕北方强大的辽国包抄自己的后路，主动派遣使者与辽国修好，解除了后顾之忧。赵匡胤要打南唐，他最顾虑的还是南唐凭借长江天堑据险固守。赵匡胤命令一支部队调集工匠在荆州和湖北、湖南制造了数千艘战船，以备在进攻南唐架浮桥时使用。

这些信息当然传到了南唐国主李煜的耳朵里。李煜是一位艺术天分很高的人，如果他不当皇帝，会成为一位杰出的艺术家。无奈历史把他推到了皇帝的位置上。当他知道宋军紧锣密鼓地进行战争准备的消息后，为求自保，也想学吴越王，向宋朝派出使者，主动要求削去国号，去掉皇帝的名号，自称“江南国主”，向大宋表示臣服。李煜暗中派兵在沿江布防，准备抵抗宋军的进攻。但是，比起赵匡胤的战争准备，李煜的备战比“有国无防”略强一点，有“临时抱佛脚”的味道。

赵匡胤怎么能允许李煜还自称“江南国主”呢？在做好了各种准备以后，赵匡胤向李煜派出使者，要李煜到京城汴梁来朝拜自己。李煜哪里敢赴汴梁呀？只好以自己生病加以推托。

赵匡胤可找到了进攻南唐的口实，他发兵十几万，战船数千艘，联合吴越，进攻南唐。他命令大将曹彬、潘美率领水陆军十几万由江陵（今湖北荆沙）进军，命令吴越王领兵数万从杭州进军北上，配合宋军进攻金陵。为了万无一失，赵匡胤另派一支军队牵制湖口（今属江西）以西的南唐军队，保证曹彬、潘美的主力东进。

曹彬率领的水陆军沿长江顺流东下，预备渡江时架浮桥的船只在后面跟进。可笑的是，南唐军队久不打仗，竟然认为宋军是例行巡江，根本没有防范，让曹彬的部队兵不血刃地通过了屯有十万南唐部队的湖口。宋军接连攻克了铜陵、芜湖、当涂（今都属安徽）等沿江重镇。南唐派两万重兵在采石企图阻挡宋军，被宋军击败。曹彬命令将士们三日内架起浮桥，准备渡江。

如果李煜此时急调湖口的重兵前来救援，也许能挽回危局。谁知，李煜闻讯竟然错误地认为，长江江宽水急，宋军必定不能架起浮桥。他只派两支军队阻挡宋军，结果被宋军杀得大败。

另一支宋军在鄂州（今武昌）大败南唐部队，曹彬分兵攻克溧水（今属江苏），继而主力攻打金陵。李煜这才明白，南唐已经到了最危险的时候，他命令南唐水陆军十万依托秦淮河背水一战，试图挽回败局。宋朝大将潘美率部强渡秦淮河。另一支宋军舰载芦苇，顺风纵火，攻进南唐水寨，杀敌八千。各路宋军进逼城下，将金陵合围。吴越王率领的军队从东南方向攻克常州，直逼润州。

李煜最初自恃有长江天险，企图以大江沿岸的固垒，让久攻不克的宋军因疲惫而撤军。后来，见长江天堑靠不住，就把兵权委托神卫统军指挥使皇甫继勋，自己竟然一天到晚讲易诵经，不再过问军事。一天，李煜偶尔登城巡视，才知道宋军已经兵临城下，一怒之下，竟然诛杀了皇甫继勋。

李煜派遣使者急召都虞侯朱令赟（yūn）率领湖口守军向东进发，驰援金陵。朱令赟受湖口宋军牵制，不敢贸然东进。李煜又命令侍卫都虞侯刘澄赶赴润州，加强金陵以东的防御，抵御吴越王的部队。谁知刘澄怯战，临阵投降，润州被吴越王的部队占领。这时，南唐部队实力犹存，如果指挥得当，胜负难料。朱令赟奉李煜命令东进，不料，在皖口（今安庆西）中了宋军的埋伏。南唐军队主将想起三国时期名将周瑜用火攻大败曹兵，也套用周瑜的计谋，用火攻破宋。谁知，竟成东施效颦，事先没有搞清风向，大火烧了自己的部队。溃败之中，主将朱令赟被俘。李煜见大势已去，急忙派遣使者奔赴宋京，请求和谈。

赵匡胤以“天下一家，卧榻之侧，岂容他人酣睡”为由，拒绝了李煜的请和谈判。

宋军从三面发动了强攻，金陵终于城破，李煜只得袒露上身，具表投降。

这一仗，大宋的军队由于进行了周密的准备，大获全胜。在战斗中，宋军使用架设浮桥渡江，这在中国军事史上是一个创举。这样的举措对于宋军迅速渡过长江天险起了保障作用。

反观李煜统治下的南唐，虽然投入的总兵力并不少于宋军，然而，兵贵精，而不在多。赵匡胤派出的战将曹彬和潘美等人都是久经战阵的宿将，而南唐仅有林仁肇一员战将算得上是能征惯战之将，还被李煜错杀了。李煜战前虽然稍做了一些准备，但他并没有认真地进行备战，而过分地依赖长江天险。当长江这一屏障被攻破后，李煜没有看到人民的力量，而是借助于讲易诵经，希冀靠神道的力量和奇门遁甲退敌。

当李煜成为俘虏，被押往汴梁，成为“西楼囚徒”的时候，多愁善感的李煜没有认真地反思自己施政中的过失，而只是在他的词作里抒发自己去国离乡的哀愁。其实，李煜更多的不是觉得对不住他的故国和臣民，更多的是哀叹自己的不幸和遭遇。对于这样一个亡国之君，我们给予他的不应该只是同情，而是可怜。

李煜面对强敌北宋的步步紧逼，与其事后悲悲切切地感伤，为什么当初不奋发图强，担负起江山社稷、臣工百姓赋予自己的责任？历史是给过他这种机遇的，可惜都被他白白地浪费了。从这个意义上说，李煜是愧对南唐的江山社稷、臣工百姓的。

浣溪沙[①]

（北宋）晏 殊[②]

一曲新词酒一杯，去年天气旧亭台[③]。夕阳西下几时回[④]？

无可奈何花落去，似曾相识燕归来[⑤]。小园香径独徘徊[⑥]。

【注释】

①浣溪沙：唐教坊曲子曲牌，“沙”或作“纱”。又名《小庭花》《玩丹砂》《减字浣溪沙》《醉木犀》等。

②晏殊（991–1055）：北宋著名文学家、政治家，字同叔，抚州临川（今江西抚州）人，14岁以神童身份参加科举考试，被皇帝赐同进士出身，担任秘书省正字，官至右谏议大夫、集贤殿学士、同中书门下平章事兼枢密使，宋太宗至和二年（1055年）病逝于京中，被追封为临淄公，赐谥号“元献”，后世称他为“晏元献”。晏殊词享誉文坛，尤其擅长写小令，词风含蓄婉丽。晏殊与他的儿子晏几道被称为“大晏”和“小晏”，又与欧阳修并称为“晏欧”。他原有集子问世，已经散佚。现在存世的只有《珠玉词》《晏元献遗文》《类要》的残本。

③去年天气旧亭台：是说天气、亭台都和去年一样。这一句引用五代郑谷的诗“流水歌声共不回，去年天气旧池台”的句子。晏殊这首词中的“亭台”二字有的版本为“池台”。去年天气：是说跟去年这个时候一样的天气。旧亭台：应该理解为曾经到过的，或者熟悉的亭台楼阁。旧：指旧时。

④西下：向西边落到地平线下。几时回：什么时候回来。

⑤无可奈何：不得已，毫无办法。花落去：花谢了，落在地上。似曾相识：好像曾经见过，指见过的事物再次出现。“似曾相识”后世用作成语，就是出自晏殊这句词。燕归来：指燕子从南方飞回来，这是春天常见的景物，年年如此。

⑥小园香径：芳香的小路，或指落花散香的小径。独徘徊：惆怅地独自徘徊。

【译文】

听上一曲用新词创作的歌，饮一杯美酒。现在是跟去年这个时候一样的天气，曾经到过的亭台依然存在。但西下的夕阳已经落下去了，不知什么时候再回来。

春天的花朵在无可奈何之中正在渐渐凋落，这是不可逆转的。去年好像曾经见过的燕子，现在又飞回它们的旧的巢穴中来了。我禁不住在花园中散发着落花芳香的小路上惆怅地独自徘徊。

词人的故事

从“神童”到一代名相

晏殊，字同叔，宋太宗淳化二年（991 年）生于抚州临川。抚州临川是个出才子的地方，晏殊就是这个地区涌现出来的一位大才子。晏殊小时候十分聪明，也非常好学。

景德二年（1005 年），北宋名相张知白作为朝廷官员巡视江南，并在各地选拔人才。当地有官员在他面前推荐了晏殊，说晏殊是当地的“神童”，说这孩子 5 岁时就能写诗，7 岁时就能写文章。这一年，晏殊只有 14 岁。张知白召见了晏殊，对他进行了面试。晏殊果然名不虚传，对张知白的提问对答如流。张知白立即将晏殊带到了宋朝京城汴梁，将他推荐给了皇帝宋真宗。

在宋朝，一个少年如果以“神童”的身份被官府推荐，不需要进行考试，直接可以接受朝廷的任命，担任官职。

晏殊为了检验自己是否具有真才实学，非要像普通考生一样参加考试。晏殊通过了考试，并取得了到皇宫参加殿试的资格。晏殊得到过好几位名师的指点，那次的初试题目他曾经做过。这样，他不费力气就从上千名考生中脱颖而出。但晏殊并没有隐瞒这个情况，他在接受皇帝的殿试时，如实地告诉了皇帝，并要求另出题目现场考试。皇帝与大臣们商议后出了一道难度更大的题目，让晏殊当场写文章。晏殊在动笔前，神色从容，顺利地写完了文章。结果，他的文章还是受到了皇帝的夸奖。

皇帝发现这个少年不但才华出众，而且非常诚实，十分赏识他，赐给他进士的功名。

有进士的身份，就有了在朝为官的资格。晏殊最初担任的是秘书省正字。这个职务不高，但却是个非常重要的角色。晏殊的活动经常进入皇帝的视野。由于晏殊非常正派、诚实，经常受到皇上的夸奖。

开始，晏殊的官宦生涯还是十分顺利的。大中祥符元年（1008年），晏殊担任兴禄寺丞；第二年，担任召试学士院集贤校理；第三年，担任著作郎。到第七年时，他随宋真宗到太清宫祭祀，被皇帝赏赐了绯衣银鱼。后来，他步步高升，先后担任户部员外郎、太子舍人、权知制诰等职务。天禧四年（1020年），晏殊担任了翰林学士、左庶子。因为晏殊学识渊博，办事干练，深受宋真宗赏识。皇上只要一遇到疑难的事情，就给晏殊写一张小纸条向他咨询。晏殊总是将答案认真地封好，呈送给宋真宗。晏殊向宋真宗提的建议，多数都被采纳，他成了宋真宗离不开的年轻顾问和参谋。所以，晏殊被视为股肱之臣。

为了让晏殊担负更重要的职务，宋真宗暗中派官员对晏殊广泛关注，从各方面对他进行考察，甚至观察晏殊平日的交友情况，看他都交些什么样的朋友。

北宋初年，社会上渐渐刮起了奢靡之风，晏殊的同事们闲暇时经常聚在一起进行宴饮和游乐活动。晏殊当官之后，家里的经济负担依然不轻。他虽然身处灯红酒绿的京城，却继续保持着勤俭的生活习惯，从不参加宴饮和游乐活动，每天办完公事回到家里，总是闭门读书。

皇帝得知晏殊这样的表现，非常欣赏。这时，皇帝正在物色东宫太子的老师，认为晏殊德才兼备，非常适合担任这个职务，就选择了晏殊，并且表扬晏殊说："近来群臣经常游玩宴饮，只有你闭门读书，你这样严谨持重，正适合做太子的老师。"

晏殊连忙向皇帝谢恩，并如实对皇帝说："陛下，臣不是不想参加宴饮和游乐活动，谁不想享乐呀？我是因为家里没有钱，才不去参加那些宴饮和游乐活动的。臣实在是愧对皇上的夸奖。"

皇帝听了晏殊的话，大笑不已。他觉得晏殊这样讲，恰恰说明他为人实在，表里如一，不弄虚作假，觉得晏殊既有学问，又十分质朴、诚实，依然坚持对晏殊的选择和任命。也正是由于晏殊这样诚实，宋真宗觉得他不但有真才实学，还是一个非常靠得住的官员，这为他后来的升迁做了铺垫。

乾兴元年（1022年），欣赏并倚重晏殊的宋真宗去世了，年仅12岁的宋仁宗即位当了皇帝。主上年幼，当朝宰相和枢密使想乘机独揽大权，朝中官员心中不满，议论纷纷，却束手无策。晏殊也反对少数权臣专权，他提出来由太后"垂帘听政"的建议，得到多数大臣的赞成和支持。为此，晏殊升任为右谏议大夫兼侍读学士、兼任给事中，后来，又升任枢密副使。到此为止，晏殊当官的路都是十分通达的。

然而，晏殊的为官之路不能总这样一帆风顺，太后要提拔张耆（qí）担任枢密使，晏殊坚决反对。晏殊这个举动惹恼了太后，恰逢此时，晏殊由于愤怒做了一件不太理智的事情，用上朝的笏（hù）板撞折了宫中侍从的门牙，他受到了御史的弹劾。天圣五年（1027年），晏殊以刑部侍郎的身份担任宣州知州，后来改任顺天府的知府。

从朝中重臣被贬为地方官，晏殊并没有消沉，他在地方上干了不少实事。从五代开始，学校就已经被废止了，北宋初年，教育事业非常凋零。晏殊知道，国家需要人才，所以，他非常重视教育。他大力扶持应天府书院，这个书院又叫"睢阳书院"。书院是宋朝培养高级人才的地方。为了提高办学质量，晏殊还力邀著名学者和官员范仲淹到书院讲学。在晏殊的积极扶持下，应天府书院办成了与白鹿洞、石鼓、岳麓并列的宋初"四大书院"。由于晏殊的大力提倡，北宋初年，教育得到了大发展，培养了大批人才。

《宋史》称赞晏殊说，自五代以来，天下的学校废止，兴学自晏殊开始。晏殊所兴的官学成就卓然，著名的学者、名士、高官很多人都出于应天府书院。在他的倡导下，宋朝育才成风，用才公平，基本上杜绝了人事上的腐败。

明道元年（1032年），晏殊又回到朝廷，升任参知政事（副宰相），并兼任尚书左丞。

没想到，西夏的李元昊造反了。他建立了西夏国，自称皇帝，并出兵陕西一带，而宋朝守边部队节节败退。晏殊认真分析了边防的军事形势，他从战事的失利中寻找原因，发现宋朝军队有两个不可思议的现象：守边大将实际手中没有权，真正的大权掌握在监军手中，而且，大将没有因时因地指挥作战的权力，一切战略方针都由坐在皇宫里的皇帝来制定，宋朝将领根本不可能有效地处理瞬息万变的战场上的形势。晏殊有针对性地向宋仁宗提出了四点建议：撤销军中的监军，使军队统帅有权决定军中的大事；招募训练弓箭手，以备守边大将调遣；清理宫中积压的物资，充实边关军饷；追讨被各个机构侵吞的物资，充实国家府库。由于晏殊的这四点建议的有效实施，宋军很快就打退了西夏的进犯。

明道二年（1033年），当朝太后要"服衮（gǔn）冕以谒太庙"，江山易改，禀性难移，晏殊再次提出反对意见。他又一次触怒了太后，被贬为亳州、陈州知州。五年后，才被召回朝中担任刑部尚书，兼任御史中丞。

庆历二年（1042年），晏殊又回到了朝廷，担任枢密使加平章事，此时，晏殊的地位相当于宰相。庆历三年（1043年），晏殊当了宰相，他与枢密副使范仲淹一起，倡导在县里办官学，官学设教授的职位，并改革教学内容。从此，从京城到郡、县都有官学，这就是影响深远的"庆历兴学"，晏殊对于宋朝教育的普及与发展功不可没。

到了庆历四年（1044年），晏殊因为修撰李宸妃事迹的文本，又遭到孙甫、蔡襄的弹劾，被贬为工部尚书，到颍州担任知州，后来，又以礼部、刑部尚书的级别担任陈州、许州的知州。晏殊官运不顺，总是在皇上的后宫事情上倒霉，他一生中两次得罪了太后，一次又因写李宸妃事迹的文本而遭贬官。这是因为性格使然。他一生坦荡，不会拐弯抹角，即使面对身份高贵的太后，他也不会因为对方地位高贵而放弃自己的政治见解。

晏殊 60 岁时，以户部尚书、观文殿大学士的身份担任永兴军（今陕西西安）的知府。63 岁时，以兵部尚书的身份担任河南知府，被封为临淄公。

因为年事已高，64 岁的晏殊因病回京看病，并留在京城给皇帝讲授经史，他享受的礼仪、待遇都跟宰相完全相同。至和二年（1055 年），这位德高望重的名相逝世于首都汴梁。宋仁宗亲自前往祭奠，赠予他的谥号为“元献”。皇帝亲自为他题撰墓碑上的文字，这是一个大臣得到的最高荣誉。

晏殊从一个“神童”到成为一代名相，尽管走的路十分坎坷，总的来说，还是十分成功的。他的成功不是偶然的，外因是他遇到了一位明君和一位名相。这正应了那句话，任何时候，都不缺千里马，千里马之所以不能从成群的驽马中脱颖而出，是因为它没有遇到认识千里马的伯乐。如果不是最初的名相张知白巡视到江南，有人向张知白推荐了 14 岁的晏殊，晏殊很有可能埋没在抚州临川的乡野之中了。如果张知白没有慧眼识珠的眼光，只是敷衍了事地表扬他几句，晏殊纵有三头六臂，也无法很快出人头地，成为人中龙凤。

再就是晏殊遇到了宋真宗这位会选拔人才的明君，正是因为宋真宗有识人之明，不拘一格地选拔和使用人才，才让张知白的推荐没有落空，才让晏殊有机会踏上北宋初年的政治舞台，才有机会展现其才能。

晏殊成功的内因是，他聪明伶俐、刻苦好学。他 5 岁能赋诗，7 岁可以写文章，14 岁就被当地官府举为“神童”。所以，当他在一代名相张知白到抚州巡视，官府把他推荐到这位国家重臣面前时，他能从容应对。当他被张知白带到京城，带到皇帝面前时，他才能自如地尽展其才。如果他不是这样一个才华横溢的人，再好的机会也会在他面前白白流失了。所谓“机会是留给有准备的人”这句话在晏殊身上得到了证明。

晏殊成为朝廷高官后，从来没有颐指气使，依然保持着平易近人的本色。他在选拔人才时像张知白那样做到了唯贤是举，名臣范仲淹、孔道辅、王安石都出自他的门下；韩琦、富弼、欧阳修等人都接受过他的栽培、引荐，这些人都受到了朝廷的重用。韩琦连任宋仁宗、宋英宗、宋神宗三朝宰相。晏殊在举荐人才时，做到了举贤不避亲。富弼是他的女婿，晏殊当宰相时，富弼担任枢密副使，后来，也官拜宰相。晏殊为了避嫌，提出要辞去自己的官职，皇帝没有同意。

晏殊公正无私，淡泊名利，谦虚谨慎，为官能做到能上能下。他一生中三起三落，在事业遭受挫折的时候，他能以国事为重，为地方兴学，做了很多实事。他听说学者刘恕才学过人，就带着自己的属下一起去听刘恕讲解《春秋》。他不在乎自己年长位高，正是因为他礼贤下士，能屈能伸，为他这位北宋时期的官场不倒翁奠定了根基，也为北宋初年，端正官场风气起到了榜样的作用。

晏殊一生位高权重，身上却没有官僚习气。他是一位才学精深、博学多才的政治家和文学家，他的文学造诣达到极高的高度，他在北宋初年的文坛上占有重要地位。他写的文章文风秀丽，还特别擅长写诗。他所填的词婉约动人，尤其擅长写小令，词作意境深远，为后世留下了“无可奈何花落去，似曾相识燕归来”“昨夜西风凋碧树，独上高楼，望尽天涯路”（《蝶恋花》）这样脍炙人口的千古名句。

晏殊为官，留下了好的名声；他为文，留下了隽永的文字；他做人，也留下了好人缘。由于晏殊取得的成就和他的为人，他赢得了世人的尊敬。比如，北宋名臣范仲淹后来成为一代名相，他一生以学生对待老师的礼节对待晏殊，在晏殊面前总是自称“门生”。在北宋官场上，像这样敬重晏殊的朝廷重臣可不只是范仲淹一人，晏殊受到这样的推崇，可谓实至名归，这正是晏殊人格魅力之所在。

生查子①

元夕

（北宋）欧阳修②

去年元夜时，花市灯如昼③。月上柳梢头，人约黄昏后④。

今年元夜时，月与灯依旧。不见去年人，泪满春衫袖⑤。

【注释】

①生查子：曲牌名。元夜：指元宵之夜。农历正月十五为元宵节。中国自唐朝起就有

了观灯闹元宵的民间风俗。北宋时，元宵节是从正月十四到十六，古代到了夜里是实行宵禁的。在这三天里，宵禁就解除了，市民游灯街花市，通宵达旦歌舞。这三天也是年轻男女相约幽会、谈情说爱的好时机。

②欧阳修（1007–1072）：北宋著名的政治家、文学家，字永叔，号醉翁、六一居士，吉州吉水（今属江西）人。因吉州原属庐陵郡，词人常以“庐陵欧阳修”自居，官至翰林学士、枢密副使、参知政事，去世后谥号文忠，世称欧阳文忠公，被朝廷追赠太师、楚国公。后人将欧阳修与韩愈、柳宗元和苏轼合称“千古文章四大家”。将他与韩愈、柳宗元、苏洵、苏轼、苏辙、王安石、曾巩称为“唐宋八大家”。《醉翁亭记》是其散文名篇。

③灯如昼：灯火如同白天一样。

④月上：月亮升到。一种版本为“月到”。

⑤见：看见。春衫：青春年少时穿的衣服。

【译文】

去年的正月十五元宵节时，花市的灯光如同白天一样明亮。当天晚上月儿升起来了，高高地悬在柳树梢的上空，我们俩相约在黄昏以后见面，共叙衷肠。

今年的正月十五元宵节时，月亮的光和灯光同去年一样明亮。可是，再也看不到去年见过的情人，泪珠不知不觉湿透了我的衣衫。

词人的故事

乐观豁达的“醉翁”

北宋时期著名的政治家和文学家欧阳修，被后人称为“唐宋八大家”。欧阳修能取得这样的成就，跟他幼年时期刻苦学习是分不开的。

欧阳修 4 岁时父亲就去世了，他随叔父在湖北随州长大。他的母亲郑氏一直没有改嫁，在家中亲自教导欧阳修学习。父亲的去世导致家里十分贫穷，母亲没有钱给欧阳修买书本和纸笔。小小的欧阳修非常懂事，他就趴在地上，用芦荻的秆当笔，在地上写字。就这样，他学到了很多知识。

小欧阳修听说城南李家有很多藏书，便常到李家借书来抄。他天资聪明，又刻苦认真，往往书还没有抄完，就已能背诵下全书。欧阳修从少年时代起就作诗填词，写文章。他的文笔老练，行文如同成年人一样。叔父从欧阳修身上看到了家族振兴的希望，曾对欧阳修的母亲说道："嫂嫂不用为家里穷、孩子小而发愁，这是个优秀的孩子啊！他长大了不只光耀咱们的门庭，日后必定显赫于世。"

欧阳修10岁时，从李家借到了唐代大文豪韩愈的《韩昌黎文集》六卷，他非常喜欢韩愈的文章，每天手不释卷，这为欧阳修日后主持北宋诗文革新运动打下了基础。

欧阳修在艰苦的条件下长大了。他要去参加科举考试，但他夺取功名的道路并不顺畅，曾经两次考试落榜。天圣七年（1029年），欧阳修考中监元和解元。第二年，在礼部考试中获得第一名，通过了省试。在参加殿试的时候，他以为自己定能够获得状元，谁知，他被宋仁宗点为第14名进士，而状元被王洪辰夺走了。担任主考官的晏殊对人说，欧阳修没能夺得状元，主要是因为他的锋芒过于显露。众考官为了让他趋于成熟，特意要挫挫他的锐气。

宋代高官都喜欢在新科进士中挑选"乘龙快婿"。在金榜题名的同时，欧阳修也迎来了洞房花烛的大喜事，他被恩师胥偃选为女婿，与胥氏结为夫妻。

欧阳修被朝廷任命为西京（今洛阳）推官。他与尹洙（zhū）、梅尧臣等人结为文友，常在一起切磋，互相唱和。当时，他们的上司是吴越忠懿王钱俶之子、西京留守钱惟演，这位上司很理解欧阳修等年轻人，对他们十分宽容，为他们营造轻松的学术氛围。欧阳修和尹洙、梅尧臣常在一起游山玩水，吟诗填词。这几位年轻人写出了不少诗文佳作。从此，欧阳修、尹洙、梅尧臣等人的诗词、文章名扬天下。

此前，北宋初期文坛上流行骈文，文风华丽，但是免不了说一些套话。欧阳修在参加科举考试时，写的就是这种骈文。在西京，他和文友们可以毫无压力地写作了，他们试图打破陈腐的文风，效法先秦、两汉古人的文风，复兴"古文"。在钱惟演的支持下，欧阳修等人的文风一改往日死板、沉闷的风气，这批文人留下了无数千古名篇。

欧阳修在西京度过了一段最美好的时光。后来，钱惟演在政治上失意，被迫离开了西京。欧阳修等人为钱惟演饯行，欧阳修和钱惟演都流下了惜别的泪水。

景祐元年（1034年），28岁的欧阳修回京做了馆阁校勘，参与编修《崇文总目》。他在京中，"座上客常满，樽中酒不空"。此时的欧阳修，不再是那个尽情享受青春的少年，他开始担负起社会责任。

此时，北宋著名政治家范仲淹批评时政，被贬饶州。欧阳修认为范仲淹的观点是对的，义无反顾地为范仲淹辩护，得罪了权贵，被贬为夷陵（今湖北宜昌）县令。

后来，欧阳修回京担任谏官，庆历三年（1043年），著名政治家范仲淹、韩琦、富弼等人为了富国强兵，推行“庆历新政”，欧阳修积极参与新政的实施。不料，范仲淹的“庆历新政”冒犯了既得利益者，受到打击报复，被贬饶州。韩琦、富弼也都遭到贬谪，“庆历新政”宣告失败，各项改革举措都被废止。

欧阳修作为新政派的积极参与者，极力为范仲淹、韩琦、富弼等人辩解，因此被贬为滁州（今安徽滁州）太守。后又改当扬州、颍州（今安徽阜阳）、应天府（今河南商丘）知州。

欧阳修在滁州写下了不朽的名篇《醉翁亭记》，他这篇以“古文”风格写就的散文达到了新的高度，至今人们都在学习这篇优秀的散文，此作曾经被选入当代中学课本。

在当地方官的时候，欧阳修实施“宽简”的施政方针，让老百姓和自己都过得轻松。他在滁州的时候就是这样做的，这样做，反而把一个州的事务处理得井井有条。欧阳修喜欢饮酒，自称“醉翁”。他酒量不大，浅饮辄醉，“醉翁”能与民休戚与共，做到与民同乐。《醉翁亭记》这篇散文就是欧阳修与属下到滁州郊外踏青时，饮酒，与老百姓同乐的写照。

欧阳修每到一个地方为官，都能让百姓得到切切实实的好处。所以，当他离开的时候，都有不少属下和百姓去给他送行。他在颍州当太守，朝廷调他离开颍州时，许多百姓和下属来为他送行，“醉翁”吟诗安慰大家说：“我亦只如常日醉，莫教弦管作离声。”

欧阳修虽然为官之路不顺畅，一再遭到守旧派的打击，多次遭到朝廷的贬谪，但他的诗词文章在社会上影响却越来越大。即使偏远地方的歌伎也会唱欧阳修的词。在颍州，一次，欧阳修饮酒时，官吏找来一位歌伎助兴，官吏让歌伎好好唱。没想到，歌伎一张口，唱的全是欧阳修的词。可见，欧阳修的词影响有多么深远！

皇祐元年（1049年），欧阳修回朝，先后担任翰林学士、史馆修撰等职。谁知，在京做了高官的欧阳修，又遭受诬陷被贬往同州（今渭南市大荔县）当地方官。当他去跟宋仁宗辞行的时候，宋仁宗却说：“爱卿不要去同州了，留下来修《唐书》吧！”就这样，欧阳修留下来与宋祁一起修《新唐书》，后来，又参与修《五代史》（《新五代史》）。

欧阳修很乐意主持修史的工作，做起来也得心应手。他的同僚宋祁是位老前辈，干起这件事来常常费力不讨好。因为，当时复兴古文的运动发展得有点过火，参与修史的不是一两个人，有不少人总爱咬文嚼字，常常把一件很简单的历史事件写得非常艰深难懂。宋祁也是这样的人，碍着面子，欧阳修不好说他，只好用很婉转的方式对宋祁进行规劝。一天，欧阳修在修史馆的门上写了“宵寐非祯，札闼洪休。”这几个字。宋祁来了，仔细看了半天，问欧阳修：“这不就是‘夜梦不祥，题门大吉’的意思吗？干吗写得这么费解？”

欧阳修笑着说：“我在模仿您修《唐书》的文风呢。您撰写的列传把‘迅雷不及掩耳’

都写成‘震霆无暇掩聪’了。”

宋祁听了，不禁莞尔一笑，他愉快地接受了欧阳修的劝告，以后写文章也通俗易懂了。

嘉祐二年（1057年），已近天命之年的欧阳修做了礼部考试的主考官，以翰林学士的身份主持进士考试。他在阅卷中提倡平实的文风，录取了苏轼、苏辙、曾巩等人，这件事对北宋文风转变有很大影响。

当时有个文学派别叫“太学体”，这个流派的文人就爱玩弄古书里的生僻字词。欧阳修提倡的古文是通俗平易地表达作者的主张，反对“太学体”的文风。阅卷时，欧阳修见一份试卷中写道：“天地轧，万物茁，圣人发。”用字十分别扭，意思其实很简单，无非是想表达天地交合，万物产生，圣人就出世了。欧阳修看了一笑，就按着这篇文章的韵脚，风趣地续写道：“秀才剌（意思为乖张），试官刷！”意思是这后生的学问不行，主考官不会录取的。

欧阳修看到一份很好的答卷，文字语言流畅，条理清楚。欧阳修原以为是自己的学生曾巩的，他觉得，这种文风应该提倡，但曾巩是他的学生，怎么好录取为第一呢？于是，欧阳修把这份卷子录取为第二。试卷是密封的，试卷拆封后，欧阳修才发现这份卷子是苏轼的。与苏轼一起被录取的还有他的弟弟苏辙。欧阳修以他卓越的识人之明，为北宋文坛做出了杰出的贡献。

苏轼高中进士后，给前辈欧阳修写了一封感谢信。欧阳修极力称赞苏轼的文章写得好，并对人说，读了苏轼的信，“不觉汗出”，认为苏轼今后前程不可限量。苏轼没辜负恩师欧阳修的期许，成为继欧阳修之后又一位文化巨人。

朝廷发榜时，那些写“太学体”的考生发现自己没有被录取，纷纷闹事，甚至有人宣称，要到街上截住主考官欧阳修，痛打他一顿，但最终没有胆量实施他们的计划。皇帝充分信任欧阳修的人品和卓越的判断力，给予他极大的支持。文学史也最终证明了欧阳修的选择是正确的。由于欧阳修等一批文学巨匠的身体力行，文学界一改五代和宋初华而不实的文风。就连“太学体”的领袖刘几也抛弃以往的文风，更名刘辉，重新参加考试，最终取得了功名。

欧阳修到了晚年，还经常拿出自己年轻时写的文章进行修改。他的夫人曾经心疼地规劝道：“你这么大岁数了，还费这么大力气，难道你是小孩子，怕先生责骂你吗？”

欧阳修笑道：“老夫不怕先生骂，却怕后生笑啊！”欧阳修以这种认真的态度，使他成为那个时代的文学大师。

欧阳修作为一代文坛领袖、文学巨匠、散文大家，像许多才子一样，内心的感情世界十分丰富。他的私人生活应该是非常幸福的。欧阳修考中进士后所娶的胥氏夫人，婚后不久便去世了。欧阳修在被贬官后，娶了已故宰相的女儿为妻，他两次成为名臣的“乘龙快婿”，才华横溢的他从来也没有刻意去攀龙附凤，而是高官们选择了这位才子。第二位妻子与他也没有白头偕老。

有文献推断，欧阳修享誉词坛的词作《生查子·元夕》，是为纪念第二位夫人而写的，这是一首歌咏爱情的作品。这首词写的是在元宵节上，一位与情人相约的女子如约来到灯市上，却没有找到她要找的情人。泪水打湿了衣袖，她失望而归。与其说是词人为纪念第二位夫人而写的，倒不如说词人是为了歌颂真正的爱情而塑造了这样一位痴情的女子，到元宵灯会来赴约，而她却没有等到她要找到的人。失望而归的女子应该得到人们的同情。到底这首词是为谁而写的并不重要，值得庆幸的是，词人为我们留下一首值得反复咀嚼、反复体味的爱情词作。

熙宁五年（1072 年），欧阳修逝世，享年 66 岁。皇上追封他为太子太师，后来，又追赐他谥号“文忠”。熙宁八年（1075 年），欧阳修被安葬在开封府新郑县旌贤乡。乐观豁达的“醉翁”、文学巨匠欧阳修受到人们世世代代的景仰膜拜。

蝶恋花①

（北宋）柳 永②

伫倚危楼风细细，望极春愁，黯黯生天际③。草色烟光残照里，无言谁会凭阑意④。

拟把疏狂图一醉，对酒当歌，强乐还无味⑤。衣带渐宽终不悔，为伊消得人憔悴⑥。

【注释】

①蝶恋花：词牌名。

②柳永（约984－约1053）：北宋著名词人。崇安（今福建武夷山）人，原名三变，字景庄，后改名柳永，字耆卿，排行第七，又称柳七。柳永在宋仁宗时中进士，官至屯田员外郎，世人称他为“柳屯田”。他自称“奉旨填词柳三变”，并以“白衣卿相”自诩，以毕生精力作词。其词多描绘城市风光和男女之间的爱情，词风语言通俗，音律谐婉，在当时流传极其广泛，人称“凡有井水饮处，皆能歌柳词”。他是婉约派最具代表性的人物之一，他的词对宋词的发展产生了重大影响。

③伫倚危楼：长久地倚立在高楼的栏杆旁。伫：久立。危楼：指高楼。望极：极目远眺。黯黯：心情沮丧忧愁。生天际：自遥远的天际升起。

④烟光：指飘忽不定的云霭雾气。会：理解、懂得。阑：同“栏”。意：意图、想法。

⑤疏狂：狂放不羁的性格。对酒当歌：语出曹操的《短歌行》“对酒当歌，人生几何”。当：与“对”的含义同。强乐：勉强露笑容。强：勉强。

⑥衣带渐宽：指人逐渐消瘦，衣带渐渐地宽松了。伊：指她，所钟情的女子。消得：值得，忍受得了。

【译文】

我长久地倚立在高楼的栏杆旁，迎着一丝丝拂面的微风，极目远眺，不尽的愁思，从无边的天际升起。碧绿的青草色，飘忽不定的雾霭掩映在落日的余晖里，我默默无言，谁理解倚靠在栏杆边人的心情呢？

打算把放荡不羁的自己灌醉，当我在高歌中举起酒杯时，强装欢笑反而觉得索然无味。我日渐消瘦，衣服的带子都觉得宽松了，却始终不后悔，为了她，我承受得了面容憔悴。

词人的故事

承上启下的词人柳永

柳永是北宋婉约派词人的代表人物，崇安（今福建武夷山）人，在科举考试中，屡试不中。在他51岁那一年，才考中进士。他为官时间不长，官至屯田员外郎，世人都称他为“柳屯田”。柳永以毕生精力作词，他的词多描绘城市风光和男女爱情生活。词作语言通俗，音律和谐婉约，在当时流传极广。只要柳永一有作品问世，就会在社会上传唱开。他的词对宋词的发展产生了重大影响。

柳永的父亲柳宜原是南唐官吏，自从归宋后，先后任雷泽、费县县令，后任濮州城令。

柳永生于父亲为官的任上，后来，他随父亲来到扬州。至道三年（997年），柳宜成为国子博士。柳宜是个大孝子，让自己的弟弟回到故里崇安，以慰藉在家的母亲。柳永跟着叔叔回到了崇安。

当地的府志中录有柳永一首《题中峰寺》。咸平元年（998年），11岁的柳永游览家乡的名胜中峰寺，写了一首诗《题中峰寺》，这首诗应该属于柳永的处女作。那么小的孩子能够写这样一首诗，他应该算是当地的“神童”了。

此前，柳永读到过无名氏写的词作《眉峰碧》，他十分喜爱这首词，将它题写在墙壁上，日日吟诵，夜夜欣赏。在他看来，填词并不难。柳永深深地喜爱上了这种文艺体裁。他觉得，以这种长短句为表现形式的词，比写诗更自由，更能抒发自己的思想感情。柳永这辈子竟然与词结下了不解之缘，填词使他成为词坛大家。但在后来的科举考试中，他屡屡因为词风“浮靡”而受挫，这真是“成也填词，败也填词”。

柳永的父亲和叔父们都曾在科举考场上取得过功名，他们家堪称是“书香门第”。到了柳永这一代，他和两个哥哥都擅长诗文，号称“柳氏三绝”。他的哥哥柳三复在天禧二年（1018年）就考中了进士。柳永如果想做一番事业，也必须在考场上考取功名，才有机会施展自己的抱负，别无他途。为此，柳永经历了十几年寒窗苦读。

柳永在经史典籍的陪伴下度过了他的童年，渐渐地步入了青年。柳永不是苦苦地抱着经典的书虫。他学得轻松自如，闲暇时，还有雅兴吟风咏月，

咸平五年（1002年），柳永计划进京去参加礼部的考试。柳永开始了一段一边读书，一边游历，一边拜谒官宦雅士的宦游生活。柳永由家乡来到钱塘，进入繁华的杭州。杭州是东南一带的经济文化中心。杭州优美的青山绿水，繁华的都市令他陶醉。他在这里滞留了一些日子。柳永为了减轻旅途中的劳顿，有时，来到歌楼瓦舍当中消遣。在这里，让他有机会接触一些青楼女子。这些歌女们唱的歌曲开阔了柳永的眼界，使他看到了社会的另一面。同时，柳永也尝试着按照前人留下的曲牌创作一些词作。然后，请这些歌女们试唱他的作品。这种合作让柳永品出了词作的优劣，在这里，他找到了知音。

柳永虽然沉醉于这种听歌买笑的浪漫生活中，但他没有忘记此行的目的。他要博取功名，必须在沿途结识各级官宦与社会名流。咸平六年（1003年），孙河正在杭州当知府，孙府门禁甚严，一般人谁也无法进入大门。柳永想：我一定要叩开孙府的门禁，不然，这杭州府我不是白来了吗？用什么办法叩开孙府的大门呢？要钱，柳永是一介书生，他哪里来的钱呢？柳永寻思，那孙知府也是一位读书人，天下读书人之间还是惺惺相惜的！于是，柳永来到孙府，呈上自己的新作《望海潮》，说：“崇安晚生柳永求见！”

柳永还算走运，门吏没有刁难他，对柳永说：“我向孙大人呈上你的帖子，我们家老

爷见不见你，那可就看你的运气了！”

门吏将柳永的词作呈到知府面前，孙知府展开柳永的词作，词中曰：

东南形胜，三吴都会，钱塘自古繁华。烟柳画桥，风帘翠幕，参差十万人家。云树绕堤沙。怒涛卷霜雪，天堑无涯。市列珠玑，户盈罗绮，竞豪奢。

重湖叠巘（yǎn）清嘉。有三秋桂子，十里荷花。羌管弄晴，菱歌泛夜，嬉嬉钓叟莲娃。千骑拥高牙。乘醉听箫鼓，吟赏烟霞。异日图将好景，归去凤池夸。

读了柳永的词，孙知府大惊失色，连忙对门吏说："此间有这样的人物，快请！快请！"有了孙知府这样的知音，这首词很快就在杭州传开了，再借着教坊歌女们口口传唱，一下子唱响了大江南北，柳永也因此名噪一时。《望海潮》大概是柳永最早的成名作了。

住了些时日，柳永离开了杭州，前往苏州、扬州。无论是头一次抵临的苏州，还是故地重游的扬州，柳永都不感到陌生。因为，他的名声早已响遍了江淮一带。不管到了哪里，都有一些神交已久的朋友为他接风洗尘，许多文人雅士都争着一睹柳永的风采，与他切磋诗词歌赋。柳永的足迹抵达何处，都有新作问世。因为，一路上，总有一些文人墨客争着索要他的词作和墨宝。

柳永创作了许多以青年男女爱情为主题的词作，比如，《蝶恋花》，这首词一写出来，在社会上就迅速流传开来，受到青年男女的喜爱。

这种题材的词作还有享誉词坛的不朽名作《雨霖铃》。

春风得意的柳永来到了京城汴梁，准备迎接他人生中的大考，他要在科举考场上一展风采，考取功名。

在秦楼楚馆，他结识了谢玉英和陈师师等名妓。有趣的是，无论柳永在外地，还是在京城，都有一些歌女、名妓与柳永往来，京城哪个名妓如果说不认识柳七官人，就会被同行耻笑，她们是在传唱柳永的词作中结识柳永的。在她们的心目中，柳永是当朝第一才子，谁都以结交这位既帅气又有才的青年相公为荣。当时，汴梁城里的青楼瓦舍流传着这样的俚语："不愿穿绫罗，愿依柳七哥；不愿君王召，愿得柳七叫；不愿千黄金，愿中柳七心；不愿神仙见，愿识柳七面。"

其实，柳永受到青楼女子的欢迎，有更深层次的原因。当时，士大夫阶层和知识界对妓女有深刻的偏见，那些人既把妓女们视为玩物，又认为她们是社会的毒瘤和渣滓。开始，柳永也是到青楼瓦舍消遣的。当歌女们争着传唱柳永的作品后，他发现这些歌女是真正懂他的，能够理解他的作品。他把歌女们视为知音，诚心诚意地愿意当她们的代言人。

歌女和妓女们也发现，在这个社会，尤其是上流社会中，还有一个像柳永这样活得比较真实的人。柳永与其他文人、士大夫不同，他尊重她们这些下层女子的人格和劳动，他不会在她们的伤口上撒盐，能够聆听到她们内心呼喊的心声。所以，柳永也赢得了她们的尊重与喜爱。后来，有些妓女竟然拿出自己的私房钱，供他日常生活使用，供他去迎接人生的大考。

上层人物中有不少人对柳永有偏见，把柳永视为举止轻浮的人，没有走一般青年人考取功名的正路。其实，他们的看法错了，柳永是认真地迎接人生大考的，为此，他已经付出了十几年的艰辛。

大中祥符二年（1009 年），正是宋真宗当皇帝的时候。春闱（春天的进士考试）在即，志在必得的柳永踌躇满志，他自信“定然魁甲登高第”。谁知，柳永竟然遇到了他人生中最大的“克星”——皇帝宋真宗。等到考试时，宋真宗下诏，“属辞浮靡”都受到他的严厉谴责，柳永的作品被列入“浮靡”之作，他初试落榜了。

被失望、愤慨情绪笼罩的柳永一气之下，写出了《鹤冲天》：

黄金榜上，偶失龙头望。明代暂遗贤，如何向？未遂风云便，争不恣狂荡？何须论得丧。才子词人，自是白衣卿相。

烟花巷陌，依约丹青屏障。幸有意中人，堪寻访。且恁偎红倚翠，风流事，平生畅。青春都一饷。忍把浮名，换了浅斟低唱！

在这首词中，柳永虽然发了一些牢骚，说“忍把浮名，换了浅斟低唱”，词人似乎不再介怀，到秦楼楚馆寻找他的“意中人”“偎红倚翠”，寻找知音的慰藉去了。但事实上，他并没有从这次失利中释怀，因为，他对科举考试还抱有希望。

大中祥符八年（1015 年），这时正是宋仁宗初年，柳永第二次参加礼部考试。柳永的试卷本来已经过关，但是，他的词作《鹤冲天》传到了宫中，被宋仁宗听到了。这首词成为宋仁宗从榜上删掉柳永名字的口实，他批示说 :“且去浅斟低唱，何要浮名？”一代才子又一次落榜了！

这次，柳永真的恼了，但他面对来自皇帝的批示，又能有什么表示呢？从此，柳永便自称“白衣卿相”，填词的时候，在落款处题写上“奉旨填词柳三变”。不止于此，他还无所顾忌地出没于妓馆、酒楼，致力于教坊新词的创作。皇帝也没有想到，科举考试中的失利，倒成全了风流才子词人柳永，让他的艺术才华在词的创作上得到充分发挥。当时，教坊乐工和歌女每得到新曲牌，都请柳永填词，然后才去传唱，这样，柳永的词作得到听众的广泛认同。他创作的新词有不少是跟教坊乐工、歌女合作的结晶。

然而，柳永并没想从功名场上彻底抽身，天禧二年（1018年），他的哥哥柳三复在科举考试中考中了进士，而柳永却第三次榜上无名。

天圣二年(1024年)，柳永第四次落第，羞愤难当的他愤而离开京城。

奇怪的是，每次碰得头破血流的柳永在愤怒地发泄一通之后，过一段时间，他又依然故我，混迹于秦楼楚馆，该填词填词，仿佛什么事情都没有发生过。这要得益于与他朝夕相处的歌女和名妓。她们依然无怨无悔地支持、资助柳永，她们不相信她们所钟爱的柳七官人会老死山林。在妓馆里得到安慰和资助后，柳永又奔赴名利场去拼搏，去厮杀了。柳永这种屡败屡战的精神终于得到了回报。景祐元年（1034年），在他51岁那一年，皇帝特开恩科，对历届落榜的举子放宽了录取尺度。这时，柳永正在鄂州，他连忙奔赴京师。这一年柳家双喜临门，柳永和他的另一个哥哥柳三接一起登上了进士榜，他被授予睦州团练推官。

经历了无数磨难的柳永对于这迟到的功名喜悦不已。可见，在科举考场上考取功名这件事，柳永并不像坊间传的那样放浪不羁，无意功名。出身于书香门第的柳永在考取功名这件事上不可能那么潇洒。另外，考场中第，对那些全力支持、资助他，并对他寄予厚望的青楼女子也是一个交代。在宋朝，说一个人有才华，没有其他硬指标，只能到科举考场上去拼搏，只有金榜题名是看得见、摸得着的标准。

入仕后，柳永是尽职尽责的，他希望当一个好官。他当官只有两年时间，就被后世载入了《海内名宦录》。他曾经去过福建沿海，亲眼看见过盐工煮盐的劳动，特地写了《煮海歌》，这是他少有的为劳动人民写的歌。在歌中，他对劳碌的盐工寄予深切的同情。

可惜，恣肆放荡惯了的柳永不被官场所容，屡遭排挤。后来，他离开了官场。晚年的柳永穷愁潦倒，死时一贫如洗，无钱下葬。还是生活在社会最底层的那些歌女没有忘记他，谢玉英和陈师师等京城名妓凑钱才将其安葬。出殡时，名妓悉数到场，谢玉英为他披麻戴孝，京师"半城缟素，一片哭声"。

奇怪的是，柳永的亲族竟然没有一个人为他送葬，友人更不必说了。这是因为，士人阶层认为，柳永生前放浪形骸，出入青楼瓦舍丢了他们的脸。造成这种局面，柳永怪不得别人，他对于自己行为的不检点应该负有责任，常常出入青楼瓦舍，什么时候也不是光彩的事情。

不久，谢玉英因为思念柳永而离世。以后，每年清明节，歌伎们都相约来到柳永的坟前祭奠他，后来顺延成为习俗，她们把这个日子称为"吊柳会"。柳永死了还拥有这么多红颜知己，拥有这么多"追星族"，他的灵魂还会感到孤独和失落吗?

令人欣慰的是，文学界公认柳永是北宋年间的词坛大家。柳永对于词的贡献不只是在词的创作方面为后世留下了二百多首优美的华章，还在于他对曲牌和词令的创作与改造。

在唐、五代时期和北宋初年，词牌和词令不是那么丰富，这使词的创作受到极大的限制。柳永在创作实践中，改造了许多原有的词牌和词令，使之更适合演唱的要求。同时，他还创作了一些新的词牌和词令。在柳永之前，词坛上流行的更多的是小令，慢词很少。这使词人的创作显得非常拘谨。柳永创作了许多慢词的词牌，大大地提高了词这种文学体裁的表现力。而新创词牌不是人人都可以为之的，创作出来的词牌不但要好，还得能得到大家的认可。除了柳永这样才华横溢的才子谁能胜任？

柳永在词的创作上还有一个重大的贡献，就是在词作中使用了许多通俗的语言。所以，柳永的作品一经问世，不但能在青楼馆舍里得到传唱，还在社会上广为流传。

在词的创作上，柳永上承唐、五代词的艺术表现形式，下启北宋新的词风。他的出现影响了两至三代词人，他是一个无人能替代的承上启下的人物。

后世的苏轼、辛弃疾在文学上的影响要大于柳永，但他们谁没有从柳永的词中得到过启示与营养？受柳永影响较深的抑或还有黄庭坚、秦观和周邦彦。有学者认为，没有柳永新创的慢词的词牌和拓展的创作空间，就不可能有后世苏轼、辛弃疾等词坛大家的出现，也就没有宋词的辉煌。这个评价不过分。

水调歌头

丙辰中秋，欢饮达旦，大醉，作此篇。兼怀子由[1]。

（北宋）苏 轼

明月几时有？把酒问青天[2]。不知天上宫阙，今夕是何年[3]。我欲乘风归去，又恐琼楼玉宇，高处不胜寒[4]。起舞弄清影，何似在人间[5]！

转朱阁，低绮户，照无眠[6]。不应有恨，何事长向别时圆[7]？人有悲欢离合，月有阴晴圆缺，此事古难全[8]。但愿人长久，千里共婵娟[9]。

【注释】

①丙辰：指宋神宗熙宁九年（1076年），这年，苏轼在密州任知州。达旦：到天亮。子由：指苏轼的弟弟苏辙。

②把酒：（词人）端起酒杯。把：端着、执、持。

③天上宫阙：指月亮上的宫殿。古时候，人们对月球不了解，认为月亮上有宫殿，是神仙居住的地方。阙：古代城墙后面的石台阶。今夕是何年：现在是什么年月呢？古人认为，月亮上的时间与人间不一样，民间有“天上方一日，世间已千年”的民谚。所以，词人才发出月亮上现在是什么年月的诘问。今夕：现在、今天晚上。

④归去：回去。词人此处是指回到月宫里去。显然词人此时已经是以神仙自诩了。又恐：一种版本为“唯恐”。琼楼玉宇：美玉砌成的楼宇。此指词人想象中的仙宫。不胜：经受不了。胜：承担、承受。

⑤弄清影：身体做出的各种舞蹈姿态在月光照射下映出的影子。弄：摆出了，也可以理解为赏玩。何似：何如，哪里比得上。

⑥转朱阁，低绮户，照无眠：月亮移动了，转过了朱红色的楼宇，低低地挂在雕着花纹的窗户上，照着没有睡意的我。朱阁：朱红色的华丽楼阁。绮户：雕饰华丽花纹的门窗。

⑦不应有恨，何事长向别时圆：明月不该有什么怨恨吧，为什么偏偏在人们分离的时候圆呢？何事：为什么。

⑧月有阴晴圆缺：月亮在晴天显现，阴天隐去，每月也有变圆变缺的时候。此事：词人是指人的“欢”与“合”和月的“晴”与“圆”。

⑨但愿：只愿。长久：长长久久。千里共婵娟：只希望与弟弟苏辙两人年年平安，虽然相隔有上千里，也能共同欣赏这美好的月亮。共：共同欣赏。婵娟：指月亮。

【译文】

解题：在丙辰年的中秋节这天晚上，我高兴地喝酒，直到第二天早晨，喝得大醉，写下了这首词。同时怀念弟弟子由（苏辙）。

明月从什么时候开始出现在夜空的？我端着酒杯遥问天穹。不知道天上神仙住的宫殿，现在是何年何月。我想驾驭清风回到天上去，又恐怕在月亮上美玉砌的仙人住的楼阁中，承受不了九天的严寒。翩翩起舞，玩赏着舞蹈的清影，哪里如在人间呢？

月亮转过朱红色的楼阁，低低地挂在雕花的窗户上，照着没有一丝睡意的我。明月不该有什么怨恨吧，月亮为什么偏在人们离别时才圆呢？人有悲欢离合的情感变化，月亮有阴晴圆缺转换的自然现象，这种事情自古以来难以周全。只希望世上所有的亲人都能平安健康，即便相隔千里，也能像你我一样共享这美好的月光。

词人的故事

两位苏学士

苏轼和他的弟弟苏辙都是北宋有名的文学家,他们同为“唐宋八大家”之一。“大苏”和“小苏”的父亲苏洵在文学上也是很有造诣的人，他在学习上起步很晚，却很有成就。《三字经》中赞誉他：“苏老泉，二十七，始发愤，读书籍。”世人称他们父子三人为“三苏”。

苏轼和苏辙虽为兄弟，二人性格大不相同。苏轼热情奔放，苏辙恬淡沉静。两个人小时候一起出去游玩，凡是遇到山，苏轼抬腿就爬；见到水，迈腿就涉。而他的弟弟苏辙总要先停下脚来，看看有没有危险，然后，才跟在哥哥后面跋山涉水。

虽然兄弟二人性格不同，却相处得非常融洽。读书写字时，苏辙总是一步不离地跟着哥哥。他跟着哥哥学习，一是因为哥哥年长，二是因为哥哥聪慧，能少走不少弯路。兄弟二人长大了，苏轼要是得到一幅名人的墨宝，往往高兴得手舞足蹈、欢呼雀跃。而当弟弟的苏辙却能做到沉稳地欣赏，细细地把玩，从不喜形于色。

他们的父亲苏洵有这么两个有出息的儿子，心中该是多么骄傲呀！

苏洵为两个儿子起名字费了不少心思。他曾经写过一篇《名二子说》，足见苏老爷子望子成才，连起名字都特地写一篇文章。苏轼和苏辙的名字跟车都有关系。轼是车子前面的扶手，相当于现在车子的制动器、方向盘。辙是车子走过时压出的痕迹。苏老爷子见大儿子心直口快，遇事不平，张嘴就说，难免惹上口舌之祸，所以，给大儿子起名为“轼”。古人除了名，还有字，苏老爷子给苏轼起的字叫“子瞻”，大约是希望口无遮拦的苏轼遇事要瞻前顾后，不要惹是生非。苏老爷子给小儿子起的名字叫“辙”，他看到小儿子遇事稳重，四平八稳，难免会缩手缩脚，所以，给他起了个字叫“子由”，老爹是希望小儿子胆子大起来，敢于迈出自己的步伐，而不要总沿着别人的脚步走。

按理说，“知子莫如父”，苏家的两个儿子人生旅途应该按照苏老爷子给他们规定的线路图去发展，可惜，事与愿违。苏轼进入官场后，从来不隐瞒他的政治观点，所以，他的人生道路几经坎坷。苏辙也没有按着苏老爷子给他规定的人生路线图去发展，他从来没有跨越雷池一步，一生没有惹什么大娄子，在文学上取得的成就，总比哥哥苏轼差那么一截。

北宋中期，王安石在皇帝的支持下实行变法。王安石变法的初衷是为了富国强兵，这本是好事，但是，变法措施在推行中，不免会触动豪门和既得利益者的利益，因此引起了许多达官贵人的反对。这些反对者中不乏一些名人雅士，像司马光、苏轼都卷入到了反对派阵营中。

而推行变法的官员中也出现了分化，有一部分变法派以变法的名义推行自己的“私货”，使变法运动变了味儿。这样一来，支持变法者和反对变法者之间的矛盾变成了新旧党争。新党对旧党人士进行了无情的打击。苏轼也受到了新党的整治，因而在京城汴梁无法栖身，他对于党争政治感到厌倦，于是，主动要求“放外任”，到外地去当官。

熙宁四年（1071 年），苏轼到杭州担任通判。三年以后，熙宁七年（1074 年），苏轼又到密州担任知州。这时，苏辙也在外地当官，苏轼与苏辙已经有七年没见面了。苏轼十分思念与他感情深厚的弟弟。几年中，兄弟二人书信往来不断，而且常有诗赋互相唱和。在苏轼给苏辙写的诗词中，有许多题目中标有“子由”名字的作品，比如，《别子由》《和子由诗》《示子由》，这样的作品有一百多首。苏轼在密州为官的时候，总希望皇帝能够开恩，让他和弟弟苏辙离得近一些，两个人好有个照应，但这个愿望始终没能实现。

丙辰年，宋神宗熙宁九年（1076 年）中秋节的夜晚，月亮慢慢地从东边爬上来。苏轼在府衙中摆上酒菜，独酙独饮，通宵达旦，不觉喝得大醉。借着酒意，词人文思涌动，端着酒杯，吟咏出这首流传千古的《水调歌头》。

苏轼把这首词寄给了弟弟，希望能与苏辙共勉、共享。

苏辙同他的哥哥苏轼一样，无时无刻不在思念自己的哥哥。苏辙一生中，与哥哥苏轼携手并肩，患难与共，时刻牢记着哥哥对他的帮助与提携。他曾经说过：“扶我则兄，诲我则师”，可见，苏轼在苏辙心目中的地位与恩师一样高，这种感情贯穿了苏辙的一生。《宋史·苏辙传》这样评价苏辙与苏轼的关系：“辙与兄轼……无不相同，患难之中，友爱弥笃……近古罕见。”

两位苏学士之间的兄弟情堪为人间表率，令人钦敬。我们在学习苏轼的词作时，也不要忘记缅怀苏辙。他的忠厚与持重也是后人看重的长处，应该受到人们的肯定。

鹊桥仙[1]

（北宋）秦 观[2]

纤云弄巧，飞星传恨，银汉迢迢暗渡[3]。金风玉露一相逢，便胜却人间无数[4]。

柔情似水，佳期如梦，忍顾鹊桥归路[5]。两情若是久长时，又岂在朝朝暮暮。

【注释】

①鹊桥仙：词牌名。

②秦观（1049–1100）：北宋词人，字少游，一字太虚，号淮海居士，曾担任秘书省正字、国史院编修官等职。他在政治上倾向于旧党，被视为元祐党人，在宋哲宗绍圣年间（1094–1097）被贬谪。他擅长写诗词，词多写男女情爱，也有许多作品是感伤身世之作，风格委婉含蓄，清丽雅淡。文章诗词被苏轼赏识，是“苏门四学士”之一。有《淮海集》四十卷、《淮海居士长短句》（又名《淮海词》）。

③纤云：轻盈的薄薄的云彩。弄巧：指云彩在空中变换出各种巧妙的花样。飞星：指流星。也有另一种说法是指牵牛星和织女星。银汉：指天上的银河。迢迢：遥远。暗渡：悄悄渡过（银河）。

④金风玉露：指秋风白露。暗引李商隐《辛未七夕》中“由来碧落银河畔，可要金风玉露时”的典故。

⑤忍顾：怎么忍心回视。

【译文】

轻盈的薄薄的云彩在空中变换出各种巧妙的花样，天上转瞬即逝的流星传递着相思的愁思。流星悄悄飞过银河。在秋风白露时节的鹊桥，牛郎织女相会，胜过了尘世间那长相厮守却貌合神离的夫妻。

牛郎织女柔情似水的短暂相会如梦中的幻景一般，分别的时候不忍回过头去看那鹊桥路。只要双方的情意至死不变，又何必贪恋卿卿我我的一朝一夕的欢乐呢？

词人的故事

“苏门学士”秦观

北宋时期著名文学家、诗人、词人秦观受到苏轼的赏识，与黄庭坚、张耒（lěi）、晁（Cháo）补之被世人称为“苏门四学士”。

元丰元年（1078 年），秦观写了《黄楼赋》，苏轼看了，说秦观“有屈（原）宋（玉）之才”。而屈原和宋玉都是战国时期楚国的才子。后来，苏轼向时任宰相的王安石推荐了秦观，王安石也很欣赏秦观，说他具有“鲍（照）、谢（灵运）清新之致”。

因为秦观常得到名师的指点，再加上他的天赋，所以取得的成就非常可观。秦观元丰八年（1085 年）考中进士，最初担任定海主簿、蔡州（今河南省汝南）教授，又被苏轼推荐担任太学博士，后来，担任秘书省正字，兼国史院编修官。这两个职务，是担任重要职务的阶梯。

然而，秦观并没有往上爬的主观意愿，他专心致志地做学问，写诗填词。

秦观的散文擅于发表议论，《宋史》评论他的散文“文丽而思深”。秦观的词继承了五代婉约派的词风，成为北宋后期著名的词人。他的词多数是描写男女情爱和抒发仕途失意的作品，文字纤巧精细，音律谐美。然而，他的词婉约有余，格调过于纤弱。秦观的代表作有《鹊桥仙》《望海潮》《满庭芳》等。

秦观是位多情相公，且才情过人，又加上他是“苏门四学士”之一，民间有很多关于秦观的传说。明代冯梦龙编纂的小说集《醒世恒言》中有一篇《苏小妹三难新郎》，小说的男主人公就是秦观。这部小说把苏轼写成了他的大舅子，他娶了苏家的苏小妹。故事写得很美，也很诙谐，作为故事还是很值得一读的。《苏小妹三难新郎》的故事是这样的……

苏轼的妹妹叫苏小妹，长得非常漂亮，一看就是一个聪慧的女孩子。苏小妹从小受父兄影响学习诗文，称得上是才貌双全的小女子。苏小妹 16 岁时，上门提亲的人就踏破了门槛。

苏小妹可不愿意随随便便把自已嫁出去，说亲的人太多了，又不能贸然拒绝人家。于是，苏小妹想了一个办法，只要求婚的人答对了三道题就嫁给他。

苏小妹出的题很刁钻，把许多条件不错的公子都给挡回去了。这下，苏小妹的婚事就耽误下来了。就在家人为苏小妹的婚姻着急的时候，他的兄长苏轼认识了从高邮来的年轻人秦观。秦观，字少游。秦家本是殷实之家，到秦观这代家道中落，田园的收入已经不足以养家。年轻的秦观希望通过读书改变命运。苏轼发现秦观不但文章写得好，诗词歌赋也很出众。他虽然在科举考试中还没中第，在京城的文化界已经大名鼎鼎。

秦观两次来到首都汴梁参加考试，但是都失败了。秦观第三次来到京城，这时，他结识了苏轼，成了“苏门四学士”之一。多亏了苏轼的指点与帮助，秦观考中了进士，并且留在京城做官。他初做太学博士，五年后被提拔为秘书省正字，兼国史院编修。

这期间，秦观经常出入苏家，才子秦观慢慢地引起了苏小妹的注意。一天，她在哥哥的书房里看到了秦观的诗文，不由得发出由衷的赞叹，苏小妹服过谁呀？她能称赞秦观，这是十分罕见的事。苏小妹的父兄心里有了数，于是，很想促成苏小妹和秦观的婚姻。

苏轼请“苏门四学士”之中的另一位才子黄庭坚当媒人，向秦观去提亲。秦观早就听说过苏小妹的才名，但是，不知苏小妹的相貌品性怎么样。当他听说苏小妹一天要去庙里烧香许愿，就装扮成化缘道人来到庙里，偷眼观看苏小妹。见苏小妹长得如花似玉，秦观心里乐开了花，找到黄庭坚，说他同意这门亲事。苏家人得到回信，这才告诉苏小妹。苏小妹也含羞答应了。

因为秦观在京城没有落脚处，婚事自然在苏家办，秦观当了上门女婿。

别的新娘子在新婚之夜只会怀着羞涩、喜悦和焦急的心情在洞房中等待，可古灵精怪的苏小妹却别出心裁，在迎亲当夜写了两首诗和一副对联的上句，让丫鬟拿给新郎官秦观看，答对了才能进洞房，不然，就要被罚在卧室外读书三个月。

秦观看了，莞尔一笑。他想：都说入赘当上门女婿日子不好过，没想到，这种情况竟然发生在我秦少游身上了。

苏小妹的第一首诗道：“铜铁投烘冶，蝼蚁上粉墙。阴阳无二义，天地我中央。”

秦观想：原来新娘子知道了我假扮道人到庙里化缘，去偷看过苏小姐。此四句不是暗含“化缘道人”这四个字吗？于是，秦观取来笔，在苏小妹的诗笺后面也写诗一首：“化工何意把春催？缘到名园花自开。道是东风原有主，人人不敢上花台。”他的诗每句头一个字合成“化缘道人”四个字。

苏小妹的第二首诗是：“强爷胜祖有施为，凿壁偷光夜读书。缝线路中常忆母，老翁终日倚门间。”

秦观略加思索，在诗下注明：“第一句说的是孙权，第二句说的是孔明，第三句说的是子思，第四句说的是太公望。”

第三关苏小妹出了一副对联的上联“闭门推出窗前月”让秦观来对。秦观怎么也想不出该对什么。

苏轼到洞房门前来打听妹夫和妹妹的情况，见秦观在院中急得团团转，一边转嘴里一边念叨着“闭门推出窗前月”七个字。苏轼见院中有一口大缸，缸里贮满了清水，秦观转了半天，转累了就倚着水缸。

苏轼笑着嘟囔说：“应该有下联了，我帮帮这呆子吧！”他捡了一块小砖片投向缸中。激起的水花溅在秦观身上。水中的天光月影立即变得乱纷纷的。

秦观立即醒悟，于是提笔写道：“投石冲开水底天。”

秦观请丫鬟把诗和对联送进洞房。苏小妹见新郎官全回答出来了，命令丫鬟把秦观请进洞房。秦观凭借敏锐的才思，连闯三关，终于能与苏小妹共度良宵。

这段故事未见于苏轼任何诗文记载，也未见于秦观的存世文字。从文风看，故事的蓝本可能出于“说书人”编撰的通俗话本，被明代作家冯梦龙记录下来，收入到《醒世恒言》中。

词人秦观也是一位情圣。他写了大量歌颂爱情的诗词，他的词作《鹊桥仙》是这些佳作中的一首。

这首词不像其他词人的作品那样，大量引用古代经史中的典故，而是引用了古代民间故事《牛郎织女》中的情节。秦观在这首词中表达了这样的爱情观：爱情不独属于才子佳人，也属于劳动者。《牛郎织女》是这样一篇家喻户晓的故事……

传说，织女是王母娘娘的孙女，每天都要和姐妹们在织布机上织五彩的云朵，织女爱上了天上的星宿牵牛星。天宫的仙女是不许随便谈情说爱的。王母娘娘一怒之下，把牵牛星贬到凡间。

织女不断地辛勤织锦云，希望能通过劳动感化祖母王母娘娘，让牵牛星早早返回天宫。

这天，织女的几个姐妹恳求王母娘娘，允许她们到人间的碧莲池去游玩。王母娘娘同意了。众姐妹说希望织女能跟她们一起去。王母娘娘也心疼受罚的织女，就同意了，并吩咐她们快去快回。

牵牛星被贬下凡后，降生到一个农民家里，当了牛倌。父母死去后，他跟着哥哥嫂子过日子。牛郎的哥哥嫂子对牛郎特别刻薄，非要跟牛郎分家。哥哥嫂子只分给牛郎一条老黄牛，其余财产都被他们霸占了。

牛郎和老黄牛在荒地上开荒种地，勉强可以度日。牛郎不知道，那条老黄牛是天上的星宿金牛星。这天，老黄牛对牛郎说话了：“你快去碧莲池，有几个仙女在那里洗澡，你把那件红色衣裙藏起来，穿红衣的仙女将会成为你的妻子。”

牛郎问道：“老黄牛，你说的是真的吗？”

老黄牛点了点头。

牛郎悄悄地来到碧莲池，藏在了芦苇里，等待着仙女们到来。

很快，几个仙女飘然而至，她们脱下罗裙，进入碧莲池中洗澡。

牛郎从芦苇丛钻出来，悄悄地拿走了红色的衣裙。仙女们洗完澡，穿起衣服，返回了天庭，只有织女发现自己的衣裙不见了，她着急地寻找衣裙。牛郎露出脑袋说："只要仙女肯当我的妻子，我就把衣裙还给你。"

织女偷看牛郎，他不正是自己日思夜盼的牵牛星吗？织女含羞答应了。

牛郎和织女结婚后，男耕女织，日子过得非常幸福。不久，织女生了一儿一女，两个孩子十分可爱。

谁知，王母娘娘知道了这件事，立即派遣天神捉拿织女回到天宫治罪。

这天，下地的牛郎匆匆跑回了家，他悲痛地告诉织女："老黄牛死了，老黄牛要我在它死后将牛皮剥下来收好，我披上牛皮就能飞上天去。"

织女让牛郎剥下牛皮，埋葬了老黄牛。

一天，狂风大作，天神、天将从天而降，捉拿织女飞上了天空。织女听到了牛郎的喊声："织女，等等我！"

牛郎用箩筐挑着一对儿女，披着牛皮赶来了。孩子们张开双臂，大声呼叫着"妈妈"，眼看牛郎和织女又能相逢了。

就在这时，王母娘娘驾着云彩赶来了，她拔下玉簪往他们中间一划，刹那间，一条天河横在织女和牛郎之间。

泣不成声的织女望着牛郎和孩子们，牛郎和孩子也哭得死去活来。王母娘娘深深地叹了口气，同意让牛郎和他的儿女留在天上。每年农历七月七日，允许他们和织女相会一次。

牛郎和他的儿女住在天上，隔着天河与织女遥遥相望。在秋夜的天空，人们可以看见银河两边有两颗较大的星星，那就是织女星和牵牛星。在牵牛星两边还有两颗小星，那是他们的一儿一女。后来，人们把牵牛星称为牛郎星。

每年农历的七月七日，成群的喜鹊飞来为牛郎和织女搭桥。牛郎和织女在鹊桥上团聚，织女和牛郎有千言万语要说，有无限的深情要倾诉啊！

传说，这天晚上，人们在葡萄架下静静地听，能隐隐听到仙乐齐鸣，织女和牛郎在深情地交谈。后来，每到这天晚上，姑娘们会来到花前月下，仰望星空，寻找牛郎星和织女星，乞求上天让自己能像织女那样心灵手巧，乞求自己能有美满的婚姻，这天被定为七夕节，也叫乞巧节。

秦观在词作的最后强调说："两情若是久长时，又岂在朝朝暮暮。"他认为，真正的爱情，是任何力量阻隔不了的，又怎么害怕短暂的分离呢？又怎么会贪恋朝朝暮暮在一起呢？

临江仙①

（北宋） 晁补之②

绿暗汀州三月暮，落花风静帆收③。垂杨低映木兰舟④。半篙春水滑，一段夕阳愁⑤。

灞水桥东回首处，美人新上帘钩⑥。青鸾无计入红楼⑦。行云归楚峡，飞梦到扬州⑧。

【注释】

①临江仙：词牌名。

②晁补之（1053–1110）：字无咎，号归来子，济州巨野（今属山东）人，北宋著名文学家。晁补之出身文学世家，是宋真宗时太子少傅晁迥的五世孙。晁补之受苏轼影响很深。他擅长书画，能吟诗、填词，为“苏门四学士”，与张耒并称“晁张”。《鸡肋集》《晁氏琴趣外篇》为其传世作品。

③汀州：汀指水边的平地，州指水中的沙洲。

④木兰舟：用木兰树的木材造的船。这里指的船并不一定真的是用木兰树的木材造的，“木兰舟”是对船的美称。

⑤篙：指撑船用的竹竿或木杆。滑：指春天江水上涨时，在江里行船非常顺利。一段夕阳愁：太阳西下时，游子又增加了一丝愁绪。

⑥灞水桥：地名，此地在长安城东。唐朝时，人们离开京都，多在这里折柳枝赠别。后来，“灞水桥”就成了与亲友话别地的代称。美人新上帘钩：美人也挂起帘钩，卷帘伫视。

⑦青鸾：传说中类似凤凰的神鸟，即青鸟，传说中的信使。红楼：指美人居住的屋子。

⑧行云归楚峡：战国时，楚国的宋玉在《高唐赋》序里有楚怀王梦见巫山神女和他欢会的事。此后，文人们多用巫山云雨比喻男女恋爱欢会。楚峡：指巫山。飞梦到扬州：只

能于梦中飞到扬州和你相会。

【译文】

正值三月的暮春时节，江水边和江水中的小片陆地上长满了青草，呈现出一片暗绿。岸上的花儿已开始凋谢，没有一丝风，船上的帆都卷起来了。高高的垂柳下，小船横斜在江边。江水暴涨，有半篙深，水深正利于行船，夕阳西下，游子又增加了一丝愁绪。

当年，在长安的灞水桥分别，我回过头眺望时，只见美人刚刚挂起帘钩，她在卷帘伫立凝视。如今我在江边，多希望传递信件的青鸟能为我传信到红楼啊！过去相爱的日子已像楚怀王和神女的巫峡梦游那样，而今，我也只能在梦中飞到扬州去与你相会了。

词人的故事

师生链条上的明珠

北宋著名文学家和词人晁补之出身于文学世家，是宋真宗时期太子少傅晁迥的五世孙，他父亲晁端友是一位诗人。有文献记载，自他的先祖晁迥开始，晁氏家族的人都有文集问世。

晁补之非常聪明，小时候十分用功，能“日诵千言”。他很想通过刻苦研读经史，达到光耀门楣的目标。他父亲晁端友是北宋的官员，少年时代的晁补之随着做官的父亲游历四方。治平二年（1065 年），晁补之 12 岁时，跟着父亲来到会稽（今浙江绍兴）。他游历过曹娥江，到上虞观过大海。这个时期，晁补之一直在江南探幽揽胜。这一切，使晁补之开阔了眼界。

晁补之在父亲的熏陶下，诗文大为精进。晁端友每到一个地方做官，都要与当地的文人交往，结为文友，晁补之常常与父亲一同前往。这些活动对晁补之的成长产生了积极的影响。

熙宁三年（1070 年），晁补之刚刚 17 岁，晁端友赴杭州新城担任新城令。此时，苏轼正在杭州担任通判，晁端友久慕苏轼大名，之前没有机会拜谒，既然到了杭州，焉能放弃结识苏轼的机会？父亲要去拜访苏轼，晁补之也要求跟着前去拜访这位大文豪。

来到苏轼府上，晁补之非常注意倾听苏轼的谈话，他很希望能够得到这位享誉全国的苏大学士的指教。回来后，他根据来到杭州后见到的钱塘景物，写了《七述》一文。晁补之再次随父亲拜访苏轼的时候，他不失时机地向苏轼呈上自己的新作《七述》。苏轼读了此作，说自己有记述钱塘景物的想法很久了，读了这孩子的《七述》，“吾可以搁笔矣”。苏轼又夸奖晁补之“于文无所不能，博辩俊伟，绝人远甚，将必显于世”。苏轼的称赞，使少年晁补之的名声大噪。这使他有了更多的机会与苏轼交往，成为“苏门四学士”之一。与苏轼的交往，对晁补之的成长产生了深远的影响。

熙宁九年（1076年），晁补之的父亲晁端友病逝于京城。这一年，晁补之才23岁。他与老母亲回归故里巨野，一边耕地，一边读书度日。他常常为家中贫穷、衣食短缺而叹息。这一段痛苦的岁月在他心中留下了深刻记忆。

宋神宗元丰三年（1080年），晁补之27岁。他参加了开封和礼部考试，都获得了第一。他考取了进士，开始进入仕途。晁补之先担任澶州司户参军，后改任北京（北宋时大名府）国子监教授。

元祐元年（1086年），宋哲宗即位，高太后执政。晁补之被召到京城为官，经考试后担任秘书省正字、校书郎。黄庭坚和张耒这时也在京城为官，苏轼担任翰林学士，晁补之和其他“苏门学士”与老师经常在一起饮酒、吟诗、填词，互相唱酬。他们这些人被世人称为“元祐党人”，赞成他们政治主张的人称他们“元祐贤人”。晁补之度过了他一生中最惬意的时光。

晁补之生性耿介，不善于与人交往，他的生活一直也没有摆脱困境。秘书省正字、校书郎这两个职务虽然不高，却是步入高官的阶梯。晁补之在京为官五年，却一直没有高升。元祐五年（1090年），他因为官俸微薄，不足以养家，于是，乞求到外地为官。在得到朝廷批准后到扬州担任通判。晁补之担任扬州通判时，恰好他的老师苏轼被贬为扬州知府，这使晁补之有了更多的机会向苏轼请教，两个人之间有不少诗词唱和之作。

在后来的日子里，宋朝的官场党争不休，新党和旧党你刚唱罢我登场。晁补之同他的老师苏轼一样被视为旧党，因此，他的职位也跟苏轼一样，上上下下，起起伏伏。

两年后，晁补之被召还朝，担任秘书省著作佐郎。宋哲宗亲政后，宋王朝政局大变，新党又重新上台，章惇为宰相，把所谓在朝旧党官员尽数驱逐。晁补之也在被逐之列，绍圣元年（1094年），晁补之担任济州（今山东济南）知府。

晁补之的本意是愿意当地方官的，但是，在这种情况下让他离开京城，心里自然十分郁闷。

晁补之上任之初，正遇到当地社会混乱，盗贼猖獗。晁补之明察暗访，最终将盗贼一网打尽，社会恢复了安宁。后来，又遇上河北受灾，灾民涌入济南，晁补之为灾民搭建席棚，赠送药品，全力赈济灾民，受到百姓好评。他享受到了“为官一任，造福一方”的乐趣。

不久，宰相章惇又兴事端，说晁补之在京为官的时候，撰写的《神宗实录》失实。于是，把晁补之降为应天府（今河南商丘）通判，后又改任亳州通判。

朝堂上的党争越来越激烈，绍圣四年（1097年），新党再次大肆整治旧党官员，晁补之又没能幸免。他被贬到处（今浙江丽水）、信（今江西上饶）二州监管盐酒税收。晁补之哪里懂得税收呀？但他也只能匆匆地收拾行装，奔赴任所。不料，刚走到丹阳途中，他就听到了母亲去世的噩耗。他便立即回乡，安葬母亲。服丧期间，他闲居在家。晁补之因为家乡偏僻贫穷，生活艰辛，就迁居到金乡（今山东金乡县）城东。第二年，他的丧假期满，继续担任信州监管盐、酒税务的官员。

宋哲宗死后，宋徽宗即位，皇太后执政，又起用旧党。晁补之被召回京城，担任著作郎。之后，改任礼部员外郎、哲宗实录检讨官、神宗国史编修官。其实，晁补之当京官都当怕了。他实在不愿意再进入皇帝和权臣们的视野，像个面团似的被揉来搓去。他再三上表辞谢对他的任命，要求到外地去做官。朝廷没有允许，只是让他改任吏部郎中。

不料，向太后去世，党争又起。元祐年间，皇帝任用的诸位名臣再次受到打击。旧党的人都被指斥为“奸党”，晁补之也没能幸免。他被贬为河中（今山西永济）担任知府。其实，这正符合晁补之的心思。他到任后，修河架桥，造福百姓，得到当地百姓的热烈拥护，当地民众自愿为他画像，在祠堂里供奉。晁补之本想在河中府踏踏实实地干下去，但是，他到任才几个月，朝廷又让他改任湖州（今浙江湖州）知府。

其后，晁补之因为新党、旧党互相倾轧，在几任地方官任上都没有做多久。崇宁五年（1106年），奸相蔡京把旧党120人打成了“奸党”。黄庭坚、秦观和晁补之都被打成了“奸党”成员。正在江州任地方官的晁补之这年刚刚50岁，他从官场上退了下来，返回金乡的家中闲居，从此，他过起了长达8年的退隐生活。

晁补之长年为官，仕途坎坷，屡遭贬谪，到处漂泊，深感宦海沉浮难料，他打算不再出仕为官了。于是，他潜心修葺田园，把自己的田园命名为“归来园”，自号“归来子”。此时，他非常羡慕东晋陶渊明那种“采菊东篱下，悠然见南山”的生活，这个阶段，词人诗、词、文创作取得了可喜的成就，获得了大丰收。

大观二年（1108年），时局有所缓和，晁补之一心想过退隐的生活，朝廷却没有忘记他，又召他到吏部报到，听候调遣。后来，朝廷让他当达州知府，还没有上任，又改任命他当泗州知府。

晁补之到任后没有多久，还没有大展宏图，就病逝于官任上。

词人晁补之出身于文学世家，却进入了仕途。他不会逢迎，不善于交往，当官为宦，他当得很累，想为百姓干些实事，却难遂其愿。

晁补之多才多艺，会填词，能诗善文，还工于书画。他的画虽然没有同时代的文同（文与可）那么大的名气，但他与文同能够成为好友，说明他的画也是相当不错的。他曾经为文同画的竹子题写过诗句，如果不是晁补之的字和画都相当出色，文同怎么同意别人在自己的画作上题写诗句呢？

当然，从事文学创作还是晁补之最擅长的事情，晁补之少年时期就以一篇《七述》崭露头角，受到大文豪苏轼的赏识，并使他成为“苏门四学士”之一。这个头衔可不是哪个文人随随便便可以得到的呀。在文学的领域里，他能做到慧眼识珠，发现了中国第一才女李清照，并把她培养成为享誉词坛的女词人。在两宋词坛上，形成了罕见的以苏轼、晁补之、李清照的师生链条。在这个师生链条中，每位词人都是一颗璀璨的明珠，而晁补之正是承上启下的那颗明珠，因而，晁补之具有不可小觑的地位，他的作用是不可或缺的。

卜算子①

（北宋）李之仪②

我住长江头，君住长江尾。日日思君不见君，共饮长江水。

此水几时休，此恨何时已③。只愿君心似我心，定不负相思意④。

【注释】

①卜算子：词牌名，又叫《百尺楼》《眉峰碧》《楚天遥》。据说，是借用唐代诗人骆宾王的绰号而制成的词牌。骆宾王写诗时好用数字取名，人们给他起绰号叫“卜算子”，这种说法仅作参考。北宋时期此曲盛行。《卜算子》这首词选自李之仪的《姑溪词》。它被选入《宋词三百首》。

②李之仪（1038-1117）：北宋词人，字端叔，号姑溪居士、姑溪老农，宋哲宗年间为枢密院编修官，原州通判，后跟随苏轼在定州当幕府，朝夕与苏轼以诗词唱酬，又因得罪权贵蔡京，贬官太平州（今安徽当涂），后遇赦复职，晚年住在当涂。其著作有《姑溪词》《姑溪居士前集》和《姑溪题跋》。

③休：停止。已：完结、停止。

④定：此处为陪衬的字，不具有实际意义，在这首词里可以理解为“一定”，但不必非得翻译出来。在词的句式中，规定的字数外增添一两个有关联而没有实际意义的字，以便更好地表达词意，这叫作“衬字”，也叫作“添声”。“定”字就是“衬字”。相思：互相想念，思念。

【译文】

我居住在长江上游的源头，你居住在长江的下游。天天想念你啊，却见不到你，我们共同饮用长江里的水。

长江的水啊慢慢地向东流去，不知什么时候才能休止，我的相思离别之苦啊，也不知道什么时候才能停歇。就希望你的心思啊，像我的心思一样，我们就一定不会辜负这互相思念的心意。

词人的故事

人间自有真情在

在山东庆云县城西北部，南临渤海路，西接青年路有一个北海公园。这个公园也叫李之仪公园，它是为纪念北宋词人李之仪而修建的。庆云的人们依山傍水，在这里建起了“爱情长廊”。每年七夕节的时候，青年男女都到这里来举办鹊桥会和集体婚礼。人们以各种形式纪念为我们留下隽永词作的李之仪。

李之仪是一位有成就的北宋词人，约在宝元元年（1038年），生于无棣（今山东庆云县）。

李之仪幼年的时候，随做官的父亲迁居楚州（今属江苏淮安市），受业于“山阳学宫”。在先生的教导下，李之仪成为一个学问好、重情义的好学生。在这个学宫里聚集着莘莘学子，其中有一个叫张耒的学生，他跟李之仪成了好朋友，二人天天在一起切磋学问，都进步很快。后来，张耒成为苏轼的弟子，成为“苏门四学士”之一。

长大后，李之仪又结识了另一个“苏门四学士”之一的才子秦观，秦观虽然是苏轼的学生，他的词作与老师的词风却迥然不同。他是北宋时期有名的婉约派词人，作品讲究文字工巧，词句婉约，韵律和谐，被当时的词坛推为“词家正宗”，意思是说，秦观的词才是真正的词作。苏轼认为，李之仪的词“与秦观上下”，意思是二人的词作水平不相上下。当时，有其他文人也认为李之仪的才情“不减秦观”，他们俩被视为“词坛双璧”。

李之仪与另一位“苏门四学士”之一的黄庭坚也建立了深厚的友谊。黄庭坚是北宋著名的诗人和词人，他建立了“江西诗派”。李之仪与黄庭坚早年就很熟识，俩人互相敬重。崇宁元年（1102年），黄庭坚到太平州当知府。不久，因为宋徽宗起用奸臣蔡京为宰相，黄庭坚被免去了知府职务。李之仪来到当地后，两人来往密切，常有诗词唱和。黄庭坚被贬官到宜州（今广西宜山），不得不离开太平州。李之仪与黄庭坚难舍难分。黄庭坚不久死于宜州。李之仪十分思念老友，后来，他广泛搜集黄庭坚的诗作，为老友的诗词写了多篇的序、跋，抒发对友人的思念。

李之仪与“苏门四学士”关系这样好，他却没有成为苏门弟子，这不说明他与四学士的老师苏轼的关系疏远，相反，他与苏轼的关系更非同一般，二人之间建立的是亦师亦友的关系，之间常有诗词唱和。李之仪不但自己与苏轼关系密切，就连他第一位妻子与苏轼的关系也很好。

李之仪的第一位妻子叫胡淑修，字文柔。胡家是金陵的大户人家，胡淑修品行高洁，志趣高雅，精通经史、诗词，向善礼佛，还精于算术。就连当时的大科学家沈括遇到算术方面的疑难问题，都要向胡淑修请教。沈括非常佩服她，经常叹服地说：“胡氏如果是位男子，吾益友也。”可见，胡淑修在算术方面的造诣不是常人能比的。

李之仪和胡淑修年轻的时候结为伉（kàng）俪（lì）。后来，李之仪去参加科举考试，二人情意绵绵，难分难舍。胡淑修劝丈夫放心前去，早日取得功名，在家中奉养老人是她做妻子的职责。

李之仪在外面有很多友人，胡淑修本是精于诗词歌赋的女子，她常常阅读丈夫这些友人的诗文。在众多的文人雅士中，胡淑修独推崇苏轼的诗文。《姑溪集》中记载，胡淑修曾经对丈夫说："子瞻（苏轼的字）名重一时，读其书，使人有杀身成仁之志。"她还建议丈夫要多跟苏轼这样的人打交道。

有一次，苏轼到李之仪家中拜访。以前，胡淑修没见过苏轼，现在，这位大诗人到自己家来了，胡淑修难免好奇。可那时男女有别，胡淑修怕贸然上前攀谈有些冒失。于是，她在屏风后面打量苏轼，倾听丈夫与苏轼交谈。苏轼走后，她对丈夫说："以前，我曾经认为，苏轼难免有一般文人尚清谈，喜欢写空洞文章的毛病。今天他到咱家来，我见他办事果决，一丝不苟，谈吐不俗，相信他是一位真正的豪杰啊！"

李之仪听了妻子的话，也很高兴，妻子与自己对苏轼的认识完全一致，他也认为苏轼是一个具有侠肝义胆、值得交往的人。

后来，苏轼因为党争遭受迫害，被贬到定州当知府，苏轼邀请李之仪到定州当自己的幕僚。李之仪欣然同意，并且带着自己的妻子胡淑修一起前往定州。这下，苏、李两家来往更加密切了。在公务之余，苏轼与李之仪常常在一起饮酒攀谈，吟诗填词。胡淑修跟苏轼的小妾朝云年龄差不多，俩人经常在一起坐禅诵经，两家建立了更亲密的友谊。可惜，这一段时间不长，苏轼被贬到英州，他还没有到任，朝廷又贬他到岭南的惠州。一个月之内，他三次接到调令。可见，反对他的人对他的迫害越来越变本加厉了。原先追捧苏轼的一些人避之而唯恐不及，李之仪和胡淑修却依然如故地与这位走"背"字的大文豪来往。

苏轼临行前，胡淑修亲手为苏轼缝制衣服。有些胆小的人不理解，胡淑修却不在意，她说："我一个女子，能有幸结识苏轼这样的人，还有什么遗憾呢！"

如果说，胡淑修身上有一股侠气，那是丝毫不过分的。胡淑修的侠气还表现在她的丈夫李之仪受奸臣蔡京迫害落难之后。事情的起因要从李之仪的老师范纯仁之死说起。范纯仁是北宋名臣范仲淹的儿子，他为人正派，官至右仆射兼中书侍郎（相当于右宰相）。范纯仁学问渊博，谦虚温和，平易近人。李之仪拜范纯仁为师，范纯仁也非常器重李之仪，把他视为最重要的学生，二人之间建立了深厚的情谊。

后来，老师范纯仁不幸病逝，李之仪把范纯仁的遗言整理成表章呈送给皇帝，还给老师写了传记。这时，北宋党争达到空前激烈的程度，朝中是号称新党首领的奸臣蔡京在执政，旧党备受打压，范纯仁被视为旧党。蔡京等人说李之仪上报的范纯仁的遗言中攻击了新党，竟然把李之仪逮捕了。

一般人听说夫君遭受囹（líng）圄（yǔ）之灾，早就吓得没了主意。胡淑修却不同，她听到这个消息，立即前往汴梁，上下活动，疏通关系，想营救丈夫的办法。然而，她的一切努力都无法救出丈夫。因为蔡京一伙要置李之仪于死地，硬说范纯仁根本就没有临终遗言，所谓临终遗言不过是李之仪自己杜撰出来攻击新党的伪作。

胡淑修想：现在，范老先生临终遗言的手稿就成了拯救丈夫的关键。她听说，范纯仁的遗言手稿掌握在一位官员手里，她来到那位官员家，请那位官员公示手稿。那位官员害怕蔡京等人的淫威，不肯拿出手稿。

胡淑修此时表现出来超凡的侠气，她用重金买通了那位官员家中的仆人，弄清了范纯仁手稿的藏匿之处。然后，她趁没人时，一个人悄悄地潜入那位官员的家，将范纯仁的手稿盗出，此时，她完全不像一位柔弱的女子，而是一位善于穿堂入室的女侠。

拿到手稿的胡淑修毅然来到朝堂上，为丈夫鸣冤叫屈。这事震动了朝野，士大夫对胡淑修的举动无不称奇。胡淑修铤而走险盗手稿为夫君辩冤的事迹都惊动了太后。太后居然把她召到宫中，予以安慰。

这下，奸臣蔡京没办法了，只好将李之仪释放，但是，却给李之仪的案子留了个“尾巴”，说李之仪死罪免了，活罪难饶，他毕竟还是帮助范纯仁整理了手稿，将他从朝官中除名，并编管到太平州（今安徽当涂）。什么叫“编管”呀？就是流放到太平州，被编管的人没有人身自由，相当于监督管制。但不管怎么说，胡淑修毕竟把丈夫从大牢里救出来了。她去接李之仪的时候，李之仪对于自己勇敢的妻子非常佩服。胡淑修问丈夫：“夫君深陷囹圄，肯定受了不少苦，我发现，你的脸上怎么还胖了一些呢？”

李之仪笑着说：“我有女侠一般的妻子，我怕什么？”

谁知，就在李之仪迁徙到太平州的第二年，陪伴了他四十多年的爱妻胡淑修竟然撒手人寰，离他而去。李之仪十分悲痛。他面对“蓬壁”潸然泪下，他提起笔来，撰写《姑溪居士妻胡氏文柔墓志铭》。他在这篇墓志铭中说：陪伴了我四十多个春秋的妻子胡氏不幸病故，她上自六经、司马迁的《史记》及诸子百家都有所涉猎，还常作些诗词小令，尤其精于算术，面对萧然的墙壁，我还能与谁说话呢……

李之仪被贬谪太平州，词人的人生降到了最低谷。谁知，他又遭受了两次沉重的打击，他的女儿和儿子又相继去世了。孑然一身的李之仪孤苦无依，穷困潦倒的他看不到任何希望。这时，他结识了歌伎杨姝，杨姝是当涂有名的歌伎，是一位才情出众的女子。杨姝曾经为被贬的词人黄庭坚弹唱过名曲《履霜操》，而她这样做是不求任何回报的，因此受到文人士大夫广泛的称赞。杨姝为黄庭坚唱《履霜操》时，李之仪也在场，那时，杨姝只有13岁。李之仪非常欣赏杨姝这位出于污泥而不染的脱俗女子。

杨姝除了会唱歌，还会赋诗填词。人间自有真情在，共同的爱好使她和李之仪心心相印，这样，二人结为百年之好。他们的婚事在太平州引起了极大的轰动，因为，李之仪毕竟比杨姝大三十多岁呀！共同的志趣让杨姝义无反顾地与李之仪走到了一起。

他们成亲的时候，杨姝也为李之仪弹奏了《履霜操》。这首曲子是周宣王时代留下来的一首古曲，相传是周宣王的上卿尹吉甫的儿子为自己辩冤时所作。到了唐代，韩愈曾经依照《履霜操》的曲牌，创作了10首歌词。这首歌历来被文人雅士视为雅乐，会唱它的人都是高雅的人，会欣赏它的人也都是高雅之士。李之仪从杨姝唱的《履霜操》中获得了无穷的力量。

婚后，杨姝柔情似水，给予多灾多难的李之仪无微不至的关爱和细心的照顾，李之仪和杨姝虽然过着穷困的生活，但是，他们的内心世界是富足的。

一个秋天，李之仪和杨姝来到长江边，望着滚滚东流的长江水，李之仪感慨万千，写出了《卜算子》。

李之仪的这首词是写给心爱的人杨姝的，它成为抒发爱情情愫的千古绝唱。这首词真切地表达了词人对杨姝的忠贞爱情，数年后，李之仪老来得子，杨姝先后生下了一儿两女。词人做梦都没有想到，自己在遭受一系列人生悲剧后，还能享受这难得的天伦之乐。这是词人应该得到的幸福。

满江红①

（南宋）岳　飞②

怒发冲冠，凭栏处、潇潇雨歇③。抬望眼，仰天长啸，壮怀激烈④。三十功名尘与土，八千里路云和月⑤。莫等闲、白了少年头，空悲切。

靖康耻，犹未雪。臣子恨，何时灭⑥！驾长车，踏破贺兰山缺⑦。壮志饥餐胡虏肉，笑谈渴饮匈奴血⑧。待从头收拾旧山河，朝天阙⑨。

【注释】

①满江红：词牌名。

②岳飞（1103–1142）：字鹏举，南宋抗金名将，著名的军事家、战略家，位列南宋“中兴四将”之首。岳飞年轻时就立下报国之志，北宋末年，北方的金军大举入侵，岳飞投军，名将宗泽对他非常器重。十余年中，他的部队与金军进行了上百次战斗，所向披靡，官至枢密副使。岳飞的岳家军纪律严明，战斗力极强，金军中流传着“撼山易，撼岳家军难”的评价。绍兴十年（1140 年），岳飞挥师北伐，收复郑州、洛阳，在郾城、颍昌大败金军，进军朱仙镇。以宋高宗赵构和秦桧为首的投降派下令退兵，岳飞被迫回师。绍兴十一年（1142 年），在秦桧、张俊等人的陷害下，岳飞和他的儿子岳云、部将张宪被捕入狱，并以“莫须有”的罪名将岳飞、岳云、张宪杀害。直到宋孝宗时，岳飞才被平反，追谥号为武穆，后又追赠谥号忠武，封为鄂王。

③潇潇：形容雨下得很大很急的样子。

④抬望眼：就是抬眼望，有远望的意思。

⑤三十功名尘与土：年纪已经过了 30 岁，功名犹如尘土，诗人感叹报国之志还没有实现。八千里路云和月：十多年来，我披星戴月地东挡西杀，转战南北八千多里。

⑥靖康耻：是指宋钦宗靖康元年（1126 年），北宋首都汴梁（今河南开封）被金兵攻陷，宋徽宗和宋钦宗两个皇帝被金兵俘虏的奇耻大辱。

⑦贺兰山：在宁夏银川西北，当时是西夏国统治的地区，此指被金兵占领的地方。

⑧匈奴：指北方入侵宋朝的民族，实际指金兵。

⑨天阙：指皇帝住的宫殿，这里是指国家、君王。

【译文】

我愤怒得头发都竖起来了，倚靠着栏杆向外望去，刚才还下得很大很急的雨稍稍停歇。我抬起眼睛远望，仰起脸长叹一声，无限感慨，壮志满怀，充满了激烈的豪情。我已经三十多岁了，视功名如尘土一般，为了抵抗金兵，我东挡西杀、南征北战，至今壮志未酬。不要虚度光阴，从一个翩翩少年成了白发老人，才悲叹功业未就。

靖康元年，金兵攻破首都，两位皇帝被俘虏的耻辱还没有洗雪；当臣子的心头之恨，什么时候能消除呢？我一定要驾驶着战车，踏破贺兰山的山口，立壮志，饿了要饱餐敌人的肉，渴了要和将士们在谈笑中喝敌人的血（诗人并不是真的要吃敌人的肉，喝敌人的血，是表达作者歼灭敌人的决心和勇气）。让我们从头再来，收复祖国原有的大好河山，等到胜利的那一天，到皇宫里向朝廷报捷。

词人的故事

精忠报国的岳飞

12世纪前后，北宋王朝软弱无能，北方的金国越来越强盛，中原地区经常受到来自北方铁骑的践踏。民族兴亡，匹夫有责。宋朝军民奋起抗击金兵的入侵，涌现出一批抗金英雄。岳飞就是这些志士仁人中最杰出的一位。

岳飞，河南汤阴人，自幼丧父，与母亲过着清贫的日子。岳飞非常好学，自幼苦读《左传》《孙子兵法》，勤练武功。为了节省笔墨费用，他用细沙当纸，用树枝在上面写字。岳飞练就一身好武艺，他善使长枪，令对手防不胜防。

北宋末年，金兵大举南下，祖国的大好河山沦丧敌手。年轻的岳飞再也待不下去了，决心弃农从军，报效国家。岳飞的母亲深明大义。临行前，一再叮嘱岳飞英勇杀敌。传说，岳母在岳飞的背上刺了“精忠报国”四个大字，母训成了岳飞一生恪守的格言，从此，开始了他抗金的戎马生涯。

靖康元年（1126年），金兵再次大举南下，乘着黄河冰冻封河之际，渡过了黄河，攻克了北宋的首都汴梁，俘虏了宋徽宗、宋钦宗两代皇帝，北宋宣告灭亡。史学家把这一历史事件称为“靖康之难”。

宋徽宗的第九个儿子赵构在河南商丘登基建立南宋，他就是宋高宗。宋高宗畏敌如虎，不思收复沦丧的国土，一味地向金国乞和。

岳飞从军后，作战勇敢，很快被提拔为秉义郎。岳飞看到金军到处烧杀抢掠，沦陷区军民在痛苦中呻吟，秉性耿直的岳飞不顾位卑言轻，以极大的热情越级向朝廷递上数千言的奏折。他在奏折中痛斥投降派的谬论，请宋高宗“亲率六军”讨伐金军，收复失地。谁知，竟让投降派抓到了把柄，以“小臣越职”的罪名将岳飞革职，赶回老家。

年轻的岳飞蒙受巨大的冤屈，但没有丧失报国的热忱。他在家里没待多久，又去投奔河北张所的部队，当了中军统领。他跟随张所在河北太行山一带跟金兵作战，屡建军功。张所的抗金行动受到朝中投降派的嫉恨，张所被朝廷罢免。岳飞来到开封留守抗金名将宗泽的帐下。宗泽很器重文武双全的岳飞，任命他当了武功郎。岳飞很想在抗金名将宗泽领导下有一番作为。

不幸，宗泽身染重病去世，岳飞十分悲痛。接替宗泽的是杜充。金兵再次进犯中原，谁知，杜充竟是一位胆小如鼠的逃跑将军，金军主帅兀术不战而占领了黄河以南大片土地。金军一举追过了长江，杜充无耻地投降了金军，宋军失去主将，溃不成军。只有岳飞领导的一支部队完整无损。

在严峻的形势下，岳飞召集众将士，心情沉重地对大家说："军人应在战场上建立功名，以青史留名。如果投降敌人，苟且偷生，将身败名裂，遭到万世唾骂。今天国难当头，我们应当以死报效国家！"

将士们振臂高呼："愿听岳将军指挥，以死报效国家！"

从此，岳飞成了独当一面的抗金将领。在战场上，他始终战斗在最前线。岳飞以牛头山为据点，有力地牵制了金军的主力。

建炎四年（1130 年），金军统帅兀术下海追赶宋高宗，没有追到，于是抢掠了大量财物，准备退回北方。金军在镇江受到抗金名将韩世忠、梁红玉的截击，在黄天荡被围困 45 天。金军侥幸逃出后，途经牛头山。

岳飞得知消息，准备给金军以有力的打击。他选了一百多名精兵，让战士们穿上黑色衣服，趁着夜色杀进金营。宋军将士一阵猛冲猛打，杀得金兵晕头转向。金兵以为天上降下来天兵天将，于是自相残杀，死伤无数，不得不连夜拔营起寨，向北逃窜。金军路过新城时，没想到，岳飞在这里埋伏着两千精兵，宋军将士对溃不成军的金兵又进行了一次截杀，消灭金兵三千多人，俘虏一千多人，缴获的刀枪、军械、粮食不计其数。金军经过这次受挫，不得不放弃建康，岳飞一举收复了这一江南重镇。

岳飞和韩世忠协同作战，把金军赶出了江南，保住了宋朝的半壁江山，也大大地鼓舞了宋朝军民抗金的士气。岳飞、韩世忠两位将军威名远扬。

岳飞统率的部队作战神勇，军纪严明，受到人民的爱戴，百姓把岳飞的部队亲切地称为"岳家军"。宋高宗赵构特地奖给岳飞一面锦旗，上面绣着宋高宗手书的四个大字——"精忠岳飞"。

如果宋军乘胜北伐，收复失地，此时是绝好的时机。宋高宗却是个满足于偏安一方的软弱君王。他定都临安，只要能享乐一时，就不再进取。

金军首领为了巩固在中原占领区的统治，扶植叛徒刘豫在山东建立了伪齐政权，金国统治者让伪齐政权的军队作为向南进犯的"马前卒"。岳飞一直想教训一下刘豫这个叛徒。绍兴四年（1134 年），"岳家军"在荆州、襄阳一带与伪齐政权展开了激烈的战斗。"岳家军"在战斗中大获全胜，战败了刘豫的十万大军，半年内收复了襄阳、郢州、随州、唐州、邓州、信阳六州。宋高宗封岳飞为武昌郡开国侯，此时岳飞年仅 32 岁，岳飞的战功，在众将中是最突出的。

这时，“岳家军”成为南宋抗金的主力部队，岳飞也成为南宋军队中的高级将领。他没有因为成为高官而安享富贵，而是时刻不忘洗雪国耻，战斗在抗金的最前线。他常常对部将们说：“文官不爱财，武官不怕死，则天下太平矣。”

绍兴六年（1136 年），岳飞挥师北伐，五战五捷，连续收复了伊阳、洛阳、商州、虢州。“岳家军”在战场上顺利推进，黄河流域沦陷区的人民看到了希望，在迎接“岳家军”的时候，无不欢呼雀跃。

令人意想不到的是，朝廷却命令岳飞撤军。“岳家军”的将士谁也不知道这是为什么。

原来，宋高宗赵构心里有自己的小算盘，要是岳飞真的完全击败了金军，把被金军俘虏的两位皇帝迎回来，自己还当得成皇帝吗？窃取朝中宰相之职的投降派秦桧抓住了赵构这个心理，力主跟金国和谈，这种主张非常对赵构的心思。于是，赵构派秦桧同金朝统治者签订了和约，约定以淮河为界，南宋每年向金国纳贡称臣。

岳飞望着将士们用鲜血和生命夺回来的土地得而复失，愤慨不已。他上书皇帝，以辞官表示抗争。此时，岳飞、韩世忠等忠勇的抗金将领同以秦桧为代表的投降派之间形成了尖锐的矛盾。

绍兴十年（1140 年），金朝统治者背弃和约，分四路大军南下，刀已经搁在了脖子上，宋高宗不得不重新起用岳飞，但同时又让岳飞“不可轻动”。岳飞充分利用这个打击金兵的机会，率领“岳家军”由荆州、襄阳挥师北上，连战连捷。

“岳家军”在郾城与金国的统帅兀术手下最精锐的部队“铁浮图”“拐子马”展开了决战。“铁浮图”又叫铁塔兵，是人马全身披铠甲的精锐，“拐子马”是三马相连的铁骑，进攻时，作为“铁浮图”的两翼，所以，又称为两拐子或东西拐子。为了训练这支部队，兀术花费了好几年的工夫，“铁浮图”和“拐子马”部队开入中原地区以来，所向无敌。

岳飞针锋相对，训练了一支专门对付“铁浮图”和“拐子马”的部队，分别由藤牌短刀手和长枪手组成。藤牌短刀手专门袭击“拐子马”的马腿，一匹马被砍翻，一组“铁浮图”和“拐子马”就瘫痪了，长枪手再出击。“岳家军”一举将兀术的“铁浮图”部队全部歼灭。听到“铁浮图”部队覆灭的消息，金军统帅兀术失声痛哭，说：“我自从起兵以来，全靠这支部队打了那么多胜仗，现在全完了！”

接着，“岳家军”又在朱仙镇与兀术的大军展开了激战，“岳家军”大获全胜。金军统帅兀术仰天长叹：“真是撼山易，撼‘岳家军’难啊！”经过这次失败，兀术率领着残兵败将，准备逃向黄河以北。

此时，抗金战场上形势一片大好。岳飞对各位将军说：“直捣黄龙府，与诸君痛饮！雪‘靖康'之耻，就在今日！"岳飞兴奋地上书给宋高宗说，这时正是"陛下中兴之机，金贼必亡之时"，应抓住战机发动总攻。

岳飞不仅是一位文武双全的将军，还是一位诗人。作战间隙，兴之所至，他有时拿起笔来赋诗填词。岳飞留给后世的诗作虽然不多，但他的诗文中都洋溢着浓浓的爱国激情，《满江红》就是其中最著名的一首。

正当岳飞休整部队，准备乘胜追击的时候，宋高宗竟下令让其他各路宋军从战场上撤退，使"岳家军"陷于孤立。宋高宗一天之中给岳飞下达了12道金牌，要"岳家军"撤到淮河以南。原来，宋高宗怕岳飞功高震主，朝中的投降派又不断地在他的耳边进谗言，说岳飞手里握有重兵，图谋不轨。宋高宗宁可信其有，急令岳飞班师回朝。

接到命令，岳飞悲愤地说："唉！10年之功，废于一旦啊！"

听到"岳家军"要退兵的消息，刚刚从金兵铁骑下解放出来的百姓无不痛哭流涕，极力挽留"岳家军"。岳飞热泪长流，说："圣旨难违，我不能擅留。"

"岳家军"屯兵5日，掩护愿意南迁的百姓南移。"岳家军"后撤后，淮北大片土地又沦为金军的铁蹄之下。

金军统帅兀术被岳飞打得魂飞魄散，怀恨在心。他串通南宋奸相秦桧，要秦桧无论如何要置岳飞于死地。宋高宗赵构早就对战功赫赫且握有重兵的岳飞心存疑忌。秦桧看透了赵构的心思，乘机向宋高宗进谗言，赵构下令以谋反的罪名把岳飞和他的义子岳云、部将张宪抓进牢狱，并让秦桧派他的爪牙对岳飞、岳云和张宪严刑拷打，岳飞死也不承认谋反。

岳飞被捕后，将领和大臣们心中不服，韩世忠将军亲自去质问秦桧，岳飞到底犯了什么罪。秦桧支支吾吾地说"……其事体莫须有"。

韩世忠愤怒地说："'莫须有'三个字何以服天下？"

绍兴十一年（1142年）腊月的一天，赵构下令，让秦桧和他手下的爪牙在风波亭处死了岳飞、岳云和张宪。岳飞在秦桧事先炮制的供词上只写了"天日昭昭，天日昭昭"的八字绝笔。这一年，岳飞才39岁。

岳飞死后，南宋军民深切地怀念他，不断地有人上书，为岳飞父子鸣冤。在宋孝宗时，这一千古奇冤终于得到平反昭雪。宋宁宗时，岳飞被追封为鄂王。直到今天，在杭州的岳王庙里，抗金英雄岳飞仍然受到百姓的祭祀和膜拜，秦桧和他的爪牙们被铸成反绑着双手的铁像，跪在岳飞坟前，受到万世唾骂。

如梦令[①]

（南宋） 李清照[②]

常记溪亭日暮，沉醉不知归路[③]。兴尽晚回舟，误入藕花深处[④]。争渡，争渡，惊起一滩鸥鹭[⑤]。

【注释】

①如梦令：词牌名。这首词是李清照早年的作品。当时，她的家庭还没有发生变故，作者心境恬淡，尚能抒发闲情逸致。

②李清照（1084－约 1151）：南宋女词人，婉约词派代表，有“千古第一才女”之称，号易安居士，齐州章丘（今山东章丘西北）人。她出身于书香门第，家中藏书甚多，小时候打下了良好的文学基础。出嫁后与丈夫赵明诚致力于书画金石的搜集与研究。金兵入侵中原后流落南方，前期词作多写其悠闲生活，后期多慨叹身世，情调伤感。她的作品语言清丽，格调高雅，著作有《易安居士文集》《易安词》，已散佚。后人有《漱玉词》辑本、《李清照集校注》。

③常记：久远的记忆。这里是指词人对往事的追述。溪亭：一种说法认为溪亭是济南 72 名泉之一，位于大明湖畔。第二种说法泛指溪边亭阁。第三种说法是指一处叫“溪亭”的地名。第四种说法是指词人原籍章丘明水附近的一处游玩休憩（qì）的场所。此书取第四种说法。少年时，词人常常到溪亭来游玩。

④藕花：指荷花。

⑤争渡：奋力划着小船渡过去。鸥鹭：这里泛指水鸟。

【译文】

依旧记得很久很久以前，我经常出游到溪亭，一玩就玩到傍晚，但是，因为沉醉于溪亭大自然的美景而忘记了回去的路。兴尽而返，乘坐着小舟返回时，迷路误入荷花池的深处。怎样才能划出来呢？只能奋力地划船，却惊起了在沙滩上栖息的一群鸥鹭。

词人的故事

少女填词

李清照是中国历史上有名的女词人，济南章丘市人，出生在北宋末年。李清照的父亲李格非，进士出身，是当时有名的学者和散文作家。她的母亲也精通诗词歌赋。李清照特别聪明，具有过目不忘的本领，不管什么书，只要让她看过一遍，都能背下来。李清照四五岁时，就认识了许多字。六七岁时，父母就教她读《诗经》《楚辞》和唐代著名诗人的诗作。李清照非常喜欢诗词，在她很小的时候，就开始琢磨诗词的韵律。

10 岁的李清照渐渐弄懂了诗词的韵律，她开始学习写诗、填词和画画。父母特别喜爱聪明伶俐、多才多艺的李清照，同时对她要求也特别严格。李清照按照父母的要求，每天天刚亮就起床，早晨学习诗词，下午练习写文章，晚上写字、画画、弹琴。

李清照渐渐成为一位博学多才、精通诗词歌赋、琴棋书画的小才女。

李清照写诗填词的时候，总要反复修改，反复品味，直到自己满意了，才拿给父母看，让家长品评。李清照迅速地成长为文学界一颗闪烁的小明星。

李清照虽然好学，但她并不是死读书的书呆子。她经常到大自然中游历，足迹遍及家乡的每一个地方。她去的最多的地方叫溪亭，常常玩得忘记了时间，因为沉醉于大自然的美景而忘记了回家的路。

李清照的父亲到京城做官后，她跟着父亲离开了溪亭，来到了京城汴梁。少时充满诗意的生活长久地印在女词人的脑海里，溪亭成了她永远不能忘怀的地方，为她早期的诗词创作提供了许多灵感。

一天傍晚，李清照在闺房中向外张望，见竹帘外细雨如丝，满树洁白的梨花纷纷落在地上，李清照触景生情，按照《浣溪沙》的曲牌，填写了一首词。

填写完毕，李清照走到琴桌前，双手抚琴弹起了《浣溪沙》的曲子，琴弦发出了幽怨的曲调，李清照一边弹琴，一边唱着自己刚填好的词。

这时，李清照的父亲李格非正在客厅里和几个文人高谈阔论，这几个人中，有诗词名家晁补之。

突然，从李清照的闺房里传来一阵悠扬的琴声和优美的歌声。

客人们立即停止了谈论，一直听完了歌声。

晁补之好奇地问李格非："这词字字清丽，我怎么没读过，是什么人写的？"

李格非笑笑说："让晁兄见笑了，不过是小女清照随便填着玩的！"

晁补之好奇地问道："令爱今年多大啦？"

李格非说："刚满10岁。"

客人们都大吃一惊，晁补之称赞说："想不到一个10岁的少女竟然能填出这样的好词！"

有位客人说："晁兄是当今词坛大家，何不收下这个女孩为弟子？"

晁补之连忙说："能有这样的女孩作为弟子，那是补之的福气！只怕晁某不能胜任！"

李格非十分高兴，叫出李清照，让她同客人们见面。李清照见众人夸她填的词，羞涩地说："请叔叔、伯伯们指教！"

李格非说："这位补之伯伯要收你为弟子呢，还不拜见老师！"

李清照早就读过很多晁补之的词，非常兴奋，连忙上前向晁补之行了拜师礼。后来，在晁补之指导下，李清照写词的技巧有了很大的提高。

从此，李清照的名气在社会上流传开来，只要她填一首新词，社会上一些文人学士就争相传诵。李清照取得一定的成就后，没有自满，她继续苦读诗书，终于成为在文学史上留下光辉一页的女词人和女诗人。

李清照渐渐成长为风姿绰约的妙龄女孩，她的创作进入旺盛期，创作出无数词风婉约清丽的词作。李清照成为誉满京城的女词人，被誉为"天下第一才女"。

李清照成名后，有时候也会回到章丘明水附近的溪亭，溪亭的水，溪亭的沙滩、溪亭的鸥鹭在李清照的脑海里激起了涟漪，唤起了女词人久远的记忆，激发了她的创作灵感，写出了如同画卷一般的《如梦令》。

早期，李清照的生活被甘甜的雨露浸润着。这种描写闲适生活的作品成为李清照词作的主流，在当时产生了巨大的影响，使她成为宋代婉约派词人重要的代表人物之一。

然而，这种幸福的香风能吹多久呢？谁也预料不到，被蜜罐喂大的李清照更是预料不到。她离开章丘明水附近的溪亭后，去迎接她与赵明诚的爱情，迎接官场对于她父亲和夫君家的打击，迎接金兵的大举入侵，迎接首都汴梁的沦陷，迎接二帝被掳和北宋的灭亡，迎接宋高宗的即位和南宋的建立，迎接兵荒马乱的岁月和颠沛流离的生活。

家庭的不幸和国家的灾难不仅改变了李清照的生活，也改变了女词人的词风，到了后期，她的词作以表现国破家亡、悲叹身世、情调伤感为主调。她创作出数量可观的呼唤英雄、讥讽鼓吹投降的主和派、抨击时政的作品。这些作品的问世，更加重了女词人在词坛上的地位与分量。

一剪梅①

（南宋）李清照

红藕香残玉簟秋②。轻解罗裳，独上兰舟③。云中谁寄锦书来④？雁字回时，月满西楼。

花自飘零水自流。一种相思，两处闲愁。此情无计可消除，才下眉头，却上心头。

【注释】

①一剪梅：词牌名。

②玉簟（diàn）秋：词人创作此作品时已是深秋，精美的竹席已很清冷。

③兰舟：木兰树是制作舟船的好木材，词人多以木兰舟或兰舟作为舟的美称。

④锦书：古人对书信的美称，词人这里引的是用苏蕙织锦为回文诗的典故。故事见《晋书·窦滔妻苏氏传》，故事中说："窦滔妻苏氏，始平人也。名蕙，字若兰。善属文。滔，苻坚时为秦州刺史，被徙流沙。苏氏思之，织锦为回文旋图诗以赠滔，宛转循环以读之，词甚凄婉，凡八百四十字。"后人把这种用锦织成的字称为锦字，又称为锦书。

【译文】

残荷的香味已经消散，如玉的竹席已经很清冷，天气已进入深秋。轻轻脱下身上薄纱一样的罗裙，独自登上一叶兰舟。仰头远望蓝天，那白云舒卷的地方，是谁会将锦书寄来？现在正是雁群排成“人”字队伍，一行行向南方回归的时候。晚上，皎洁的月亮将月光洒满这西边的小楼。

飘零的花落在水上，随着水自在地漂流。一种分别的相思，牵动着身处两地的你和我无尽的闲愁。啊，没有办法排除的是这种相思。这种离愁，刚刚从微蹙的眉宇间消失，却又隐隐浮现在心头。

词人的故事

命运多舛的女词人

李清照是两宋之交有名的女词人，她号“易安居士”，被后世誉为“千古第一才女”。李清照的父亲李格非是有名的学者和散文作家。她的母亲也精通诗词歌赋。生活在这样的家庭，耳濡目染，李清照从小就具有很深的文学素养。她除了会作诗，很小就在词坛上崭露头角，写出了为后世广为传诵的著名词作《如梦令》。此词一问世，就轰动了京师，“当时文士莫不击节称赏”。

宋徽宗建中靖国元年（1101 年），18 岁的李清照与 21 岁的太学生赵明诚结婚。两人婚后的生活是幸福的，当时，李清照的父亲任礼部员外郎，赵明诚的父亲任吏部侍郎，后升任右仆射，相当于右宰相。李清照和赵明诚算是那个时代的“官二代”，相似的家境使两个年轻人具有相同的喜好。他们喜欢收藏书画、金石和图书中的珍本秘籍。如果遇到名人字画，奇器珍玩，竟然不惜沽衣“市易”，但因“赵、李族寒，素贫俭”，两家并没多少积蓄。在太学读书的赵明诚初一、十五回家过节时，常要到当铺典当几件物品，换一点钱，然后到大相国寺买一些碑帖和果品，回到家后，夫妻俩一边品尝果子，一边展玩碑帖。然而，两个年轻人的财力毕竟有限。一天，有个收藏家拿了一幅南唐画家徐熙的《牡丹图》来问他们买不买，索价二十万文。李清照和赵明诚爱不释手，留在家中欣赏了两天，因为囊中羞涩，只好不情愿地归还了卖主。

他们新婚后的生活富有情趣，充满着幸福与欢乐。然而，这种日子并没有持久，由于官场上发生了激烈的党争，李清照和赵明诚的父亲先后都卷入了官场党争。李清照的父亲李格非被列入元祐党人，不得在京城为官，只好回到原籍。赵明诚家算是赵姓皇氏宗族，朝廷规定，宗室子弟不得与“元祐党人”的子弟通婚。这对年轻夫妻面临着被拆散的危险。偌大的京城竟然没有李清照的存身之地。

世事难料，本来在官场上顺风顺水的赵明诚的父亲竟然也受到奸相蔡京的打击，被罢相五天后病逝。他的儿子们被封的官职也被剥夺。赵家在京城也难以为继，李清照随着赵明诚回到青州，开始了隐居乡间的生活。

李清照和赵明诚都很淡然地看待家境的变故，他们把居住的屋子命名为“归来堂”。“归来堂”取陶渊明的作品《归去来兮辞》的意境而命名，李清照自称“易安居士”。

李清照与赵明诚在乡间，虽然失掉了昔日丞相府中的优越生活，却得到了居于乡里的宁静。他们潜心研究、治学、创作；搜求金石、古籍，度过了一段难忘岁月。在《金石录后序》中，李清照对这段岁月做了较为详尽的叙述。在这段日子里，他们每获典籍，就共同勘校。每得书、画、彝（盛酒的器具，古代作为礼器）、鼎，也一起把玩欣赏。二人工作忘记了时间，常常通宵达旦。他们夫妻收获颇丰，在李清照的协助下，赵明诚基本上完成了《金石录》的撰写。

在李清照 38 岁那一年，赵明诚受朝廷任命，担任莱州知州。开始，李清照没有与赵明诚同行，到了初秋，李清照才由青州赴莱州与丈夫相聚。在李清照 42 岁那年，赵明诚又改任淄州知州，李清照则回到了青州故里。

靖康元年（1126 年），李清照 44 岁，金军大举南侵，京城汴梁沦陷，宋徽宗、宋钦宗二帝被掳北国，北宋灭亡，这就是“靖康之耻”。康王赵构在南京应天府（今天河南商丘）即位，历史上称他为宋高宗。赵明诚被朝廷任命为江宁（今南京）知府，兼江东经制副使。

这时，北方的形势陷入了混乱，李清照决定赴江宁去投奔丈夫。她立即打点行装，家中收藏文物非常多，不能全都携带赴江南。李清照对文物进行了认真的遴选，经过几次精简，她让人把精简下来的文物锁在青州故里十余间屋子里，她希望等形势缓和下来后，再回来取这些收藏品。随着李清照上路的文物竟然有 15 车之多。

李清照作为一个女子，押运着这 15 车珍贵的文物，是一项非常繁重的任务，这些珍宝的文献价值自不必说，里面还渗透着她和丈夫多年的心血，无论遇到什么坎坷，她都不肯丢弃这些珍宝。她凭借着大智大勇将这批文物藏品押运到江宁府，与丈夫赵明诚相见。

赵明诚见到风尘仆仆的妻子，感到一阵心酸。他知道，一路上，妻子押运着这些文物，不知道担了多少惊，受了多少磨难。

李清照来到江宁后，以宋高宗为首的投降派面对金人的威胁不敢言战，企图苟安，不肯派主战派率军北进中原。李清照对此非常不满，她常常赋诗填词，抨击投降派的无耻行径。

李清照的灾难并没有结束，建炎三年（1129年），赵明诚被罢江宁知府，与李清照乘舟去芜湖，入姑熟（今安徽当涂），船过乌江楚霸王项羽自刎的地方，李清照怀着崇敬的心情祭典悲剧英雄项羽，她在诗词中呼唤项羽那样的血性男儿，出来保家卫国。

这时，赵明诚被朝廷任命为湖州知州。赵明诚弃舟上岸，独自应召赴任。李清照知道前途艰险，不知道以后会发生什么事情。她大声向丈夫的背影喊道："如果形势危急了怎么办？"

赵明诚挥挥手说："从众——大家怎么办，你就怎么办吧！如不得已，先弃辎重，再弃衣被，再不行，弃书册、卷轴、古器，只有代表祖宗的器物可以用手抱着，与生命共存亡，切不可以扔掉！"赵明诚骑上马，一挥马鞭，绝尘而去。谁知，李清照与赵明诚这次分别竟成永别。赵明诚在赴任途中偶感风寒，久治不愈，竟然病逝于建康。

赵明诚去世后，李清照悲痛不已，她安葬了丈夫后，自己也大病一场。

这时，南宋国势日危，李清照颠沛流离，在逃难中，她所携带的文物丢失殆尽。绍兴二年（1132年），李清照到达杭州。逃难生活将李清照逼入了绝境，孤苦无依的她不得已再嫁张汝舟。张汝舟是个贪婪的小人，早就觊觎李清照家珍藏的文物。婚后，张汝舟发现李清照收藏的文物所剩无几，大失所望，不断同李清照发生争执，进而对她进行谩骂，甚至大打出手。

李清照发现张汝舟有徇私舞弊、骗取官职的罪行。李清照在忍无可忍的情况下，向官府举报了张汝舟，并要求离婚。官府将张汝舟罢官除名。但是，宋朝的法律还规定，妻告夫要判处三年徒刑，所以，尽管李清照举报张汝舟罪行属实，她也身陷囹圄。后经翰林学士綦（Qí）崇礼等亲友的营救，她被关押9天后释放。

绍兴十三年（1143年），李清照将赵明诚的遗作《金石录》校勘整理完毕后，上表献于朝廷。命运多舛的女词人晚年在凄苦无依中，怀着对故土和亲人的思念悄然离世。后世将永远怀念李清照。

醉花阴[①]

（南宋）李清照

薄雾浓云愁永昼，瑞脑消金兽[②]。佳节又重阳，玉枕纱厨，半夜凉初透[③]。

东篱把酒黄昏后，有暗香盈袖[④]。莫道不销魂，帘卷西风，人比黄花瘦[⑤]。

【注释】

①醉花阴：词牌名。

②永昼：一天到晚。瑞脑：一种熏香名，又称龙脑香。消：有焚烧的意思。在《花草粹编》中为“喷”。金兽：一种铜制的香炉。

③重阳：指农历九月九日的重阳节。《周易》以“九”为阳数，日月都为阳数，并且相重，所以叫重阳节。纱厨：指防蚊、蝇的纱帐。厨：《彤管遗篇》中为“窗”。

④东篱：东晋陶渊明的《饮酒》一诗中说：“采菊东篱下，悠然见南山。”为古今赏菊的名句，所以，“东篱”也就成为文人墨客常用的咏菊典故。暗香：指菊花散发的幽香。

⑤比：《花草粹编》等书中为“似”，“比”字显得更为贴切。黄花：指的是菊花。《礼记·月令》中说：“鞠有黄华”，鞠、黄华指菊花。

【译文】

整个白天都被薄雾浓云笼罩着，阴沉沉的天气真使人愁闷，面前铜制作的金兽香炉里的瑞脑香一点点地被焚烧尽了。今天又是重阳节到来的日子，半夜的凉气渐渐将被子打透。

黄昏时，我来到东篱下，一边赏菊，一边举杯独酌，菊花清幽的淡香盈满了我的衣袖。不要说不销魂伤神啊，当西风吹拂将帷帘卷起来时，由于思念亲人，人憔悴，比那菊花还要消瘦呢！

词人的故事

才女的神来之笔

《醉花阴》这首词是女词人李清照的怀人之作。宋徽宗建中靖国元年（1101 年），妙龄女子李清照嫁给了太学生赵明诚。

赵明诚是出身官宦之家的公子，他也是饱读诗书的青年俊杰。赵明诚除了精于诗赋，还是一位造诣颇深的收藏家，对文物、金石、书画颇有研究。赵明诚把大部分精力和财力用于文物、金石、书画的收藏，他家的收藏能开一个不小的博物馆。

李清照与丈夫有共同的爱好，她十分支持丈夫的收藏与研究事业。后来，在李清照的大力支持下，赵明诚完成了《金石录》的初稿，在赵明诚过世后，这部著作是由李清照校正完成的，最后献给偏安于南方的南宋朝廷。

婚后，夫妻二人十分恩爱。赵明诚在家时，他们除了进行金石、书画的收藏和研究，常以吟诗填词互相倾诉心中的爱慕之情。

这一对夫妻，一个是脱凡超俗的俊杰，一个是才思喷涌的才女，在吟诗填词的时候，不免要互相较劲。妻子诵出一首好诗，丈夫一定要吟出一首意境更美的诗作来应和。丈夫写出一首上乘之作，妻子也要搜肠刮肚觅得佳句来唱酬。

这一对夫妻度过了婚后一段最美好的时光。不久，赵明诚就“负笈远游”，留下李清照一个人在家中独守空房。她深深思念着远行的丈夫，心中有道不尽的寂寞与孤独。

崇宁二年（1103 年），时值重阳节，人逢佳节倍思亲。悲秋季节，薄薄的雾霭和天上的浓云笼罩着院落，李清照在离愁中度过了寂寞的一天，面前铜制金兽的香炉里燃烧着瑞脑香，如丝如缕的雾霭在铜制金兽香炉的上方缭绕。

李清照怀着对夫君的思念，展开信笺，给远行的丈夫写了一封情真意切的家书。信写完，她意犹未尽，胸中思绪万千，觉得还应该跟丈夫说点什么，又铺开另一张信笺，挥毫疾书，词作《醉花阴》洋洋洒洒落于信笺上。

第二天，李清照把信和词作放进印有双鱼形状图案的信封里（古人写信，用双鱼形状的木板夹信。后来，有了纸信封，人们还在信封上印上双鱼图案），送到驿站，请信使给丈夫赵明诚送去。

几经辗转，信使把李清照的家书送到赵明诚手里。“家书抵万金”，赵明诚见到妻子的家书，欣喜异常。

赵明诚读了妻子写来的家书后，心潮澎湃，一下子勾起了他对妻子的无限思念，他恨不得长上翅膀，立即飞回到妻子身边。然而，手头的事情还没有了结，一时不能成行。当赵明诚读到李清照写给自己的那首词后，觉得这首词堪称杰作。他的眼前立即浮现出在家时，与妻子耳鬓厮磨在一起吟诗填词的情形。妻子的词作勾起了赵明诚创作的欲望，他一连写了数首词作，想与妻子的词作比个高低。谁知，赵明诚竟然觉得没有一首能够胜过妻子这首《醉花阴》的。

赵明诚连连摇头，说："难道，我就这样输与清照了？清照如果在眼前，还不笑话我吗？"

赵明诚闷在小屋里憋了三天三夜，一连创作了五十几首《醉花阴》，他自认为得到了几首佳作，颇为得意。

第四日，赵明诚的朋友陆德夫来拜访他。赵明诚把李清照的那首词掺杂在自己的词作里，请陆德夫玩味品评。陆德夫吟诵了片刻后，沉吟不语。赵明诚再三追问："兄台认为如何？"

熟不拘礼，陆德夫毫不客气地说："仅有三句佳句。"

赵明诚吃惊地问："请问兄台，是哪三句？"

陆德夫坦诚地说："'莫道不销魂，帘卷西风，人比黄花瘦'堪称绝妙佳句。"

赵明诚听了，心服口服地说："兄台，珍珠混于鱼目之中，终没有逃过兄台的慧眼，实不相瞒，这首《醉花阴》乃是内人清照的词作。"

陆德夫听了，精神为之一振，说："易安（李清照的号）这三句乃神来之笔也，非常人所能及！"

赵明诚听了朋友的称赞，连忙自谦地说："兄台谬奖了！这只不过是内人偶尔玩的文字游戏罢了。"

陆德夫的话没有夸张。直到今天，文学界的人士在品评李清照词作的时候，对于这首《醉花阴》还是津津乐道，赞不绝口。只有这样的神来之笔才值得人们这样长久地去咀嚼、去玩味、去欣赏。这首词为一代才女李清照在词坛上赢得了地位和世人的尊敬。

钗头凤[①]

（南宋）陆 游

红酥手，黄滕酒[②]。满城春色宫墙柳[③]。东风恶，欢情薄。一怀愁绪，几年离索[④]。错，错，错！

春如旧，人空瘦。泪痕红浥鲛绡透[⑤]。桃花落，闲池阁[⑥]。山盟虽在，锦书难托[⑦]。莫，莫，莫！

【注释】

①钗头凤：词牌名。

②黄縢（téng）：酒名，这种酒也叫“黄藤”。

③宫墙：南宋时，以绍兴作为陪都，因此，也有宫墙。

④离索：离群索居。

⑤浥（jì）沾：湿。鲛（jiāo）绡（xiāo）：神话传说中的鲛人所织的极薄的绡。后世用来泛指薄纱，此处指手帕。绡：生丝，生丝织物。

⑥池阁：指池上的楼阁。

⑦山盟：古人常对山立盟，对海起誓。后人把有情人之间的互表忠心叫“山盟海誓”，山盟和海誓单独用的时候不多。锦书：写在锦上的书信。详见李清照《一剪梅》的注解。

【译文】

你那红润酥软的手里，捧着盛有黄縢酒的酒杯。宫墙内柳树上的树枝摇曳，满城荡漾着春天的气息，你像宫墙内的绿柳那样遥不可及。东风是那么可恶，欢情被风吹得那样淡薄。那个酒杯里像装满一杯忧愁的情绪，分别数年来离群索居，十分寂寥。遥想当初决定，只能发出悲叹：错，错，错！

春天美丽的景色依然如旧，只是人却因相思白白地消瘦。泪水洗掉了脸上的胭脂红，又把薄薄的手帕全都湿透了。春天桃花的花瓣凋落在寂静空旷的池水畔的楼阁上。永远相爱的山盟海誓还在，可是，用锦写成的书信再也难以托付。遥想当初分离，只能发出感叹：莫，莫，莫！

词人的故事

难以割舍的爱

南宋的著名诗人兼词人陆游，字务观，号放翁，他一生创作诗歌九千多首，内容十分丰富。陆游才华横溢，胸怀报国之志。

绍兴十三年（1143年），陆游在绍兴府通过了以诗赋为主的考试，被推荐到礼部应试，陆游于秋季到临安参加了进士考试，准备第二年参加礼部春试。就在这一年，陆游写了一首《菊枕诗》，是为新婚妻子唐氏写的一首爱情诗，传颂甚广。可见，当时陆游的诗赋已经达到相当的水准。此次礼部考试，陆游不中。究其原因，不是由于他的诗文不好，而是因为陆游在政治上属于主战派。在公开场合，陆游总喜欢宣扬北伐中原的主张，而当时把持朝政的正是主和派的领袖、奸相秦桧。陆游的诗文很难得到以秦桧为首的主和派的赏识，他落第就在意料之中了。在那个时代，读书人要想报效国家，除了参加科举考试，没有其他的出路，“名落孙山”的陆游只好回到家中，继续寒窗苦读的生活。

绍兴十八年(1148年),陆游的父亲陆宰去世。在三年守丧期间,他不能参加科举考试,也就失去了金榜题名的机会。

此前，陆游在父母的安排下，迎娶唐氏为妻，唐氏就是著名的才女、陆游的表妹唐琬。

陆游和唐琬的婚姻虽然是奉父母之命、媒妁之言而结合的，可是，二人婚后的生活十分幸福。陆游的父亲陆宰曾经担任转运副使，唐琬的父亲担任光州通判，相当于副市长，两家可以说是门当户对。陆游因为参加科举考试，还曾经在唐琬家读书。唐琬不仅聪明美丽，才情也绝不输给任何才女，琴棋书画样样精通，诗词文章无所不能。陆游与唐琬“琴瑟相得”，夫妻俩度过了许多美好的时光。

谁知，世事难料，这场婚姻的包办者之一，陆游的母亲在陆游结婚不到三年时，就对唐琬产生了恶感，尤其是在陆游参加科举考试铩（shā）羽而归后，他的母亲看不清考场的黑暗，更感觉不到陆游时运不济，竟然把陆游考场失利的原因归咎于唐琬。当母亲看到考场落第的陆游每天在房中与唐琬卿卿我我，吟诗作画，全然不把功名放在心上，陆游母亲对唐琬十分不满。

一天，陆游的母亲把陆游和唐琬叫到跟前，严厉地训诫儿子："咱们陆家从你高祖那一代起，一直到你父亲，都曾经金榜题名，光耀门楣，你也不能辱没祖宗啊！你每日同妻待在房中，无所事事，什么时候才能有出头之日？"陆游的母亲话里有话，显然把陆游考场落第的缘由与唐琬连在一起。

谁知，听了母亲的训诫，陆游依然我行我素，还是不把功名放在心上。

陆游的母亲盼着儿子早日金榜题名，光宗耀祖，达不到目的，竟然越来越厌恶唐琬，矛盾的尖锐终于使婆媳之间爆发了冲突。陆游的母亲恨不得将唐琬立即赶出陆府，于是，强令陆游休掉妻子。

这使陆游、唐琬陷入了极度的痛苦之中。为了缓和母亲与唐琬的矛盾，陆游另找了一处房子，让唐琬居住。他这样做，是极力想挽救他和唐琬之间的婚姻。然而，却被母亲发现了。陆游的母亲强迫陆游一定要休掉唐琬。在封建礼教的统治下，女子是没有什么地位的，休掉一个女子，结束一段美满姻缘，是不需要任何理由的。

陆游和唐琬拗不过母亲，只好悲悲切切地分手了。

陆游和唐琬离婚后，在陆夫人的操办下，陆游又娶王氏女子为妻。唐琬也嫁给了同郡的宋室皇族赵士诚。陆游没有办法与母亲抗争，他除了无限怀念前一段婚姻，再就是觉得愧对唐琬，后来，他有了自己的子嗣，就把全部的心思放在考取功名方面去了。

绍兴二十三年（1153年），志在报国的陆游又到临安参加两浙转运司锁厅的考试。锁厅试只限于现任官员和受朝廷恩荫的官员子弟参加，录取名额比较宽。

当时，秦桧的孙子秦埙（xūn）也参加了这次考试，秦桧希望把第一名给予他的孙子，主考官陈之茂（字阜卿，无锡人）是个正直无私的人，唯才是举，他按成绩把陆游列为第一，秦埙列为第二。秦桧大怒，把陆游的名字拿下了。绍兴二十四年（1154年），陆游参加礼部考试，秦桧指示主考官不许录取陆游，还准备追究陈之茂的责任，只是因为秦桧不久后死掉了，陈之茂才没有被追究。

然而，秦桧弄的"猫腻"可把陆游害惨了。本来，人们认为他是状元的热门人选，他也认为自己考个进士根本不成问题。这下，陆游又弄了个什么也没考上的结局。直到宋孝宗时，皇上才赐给陆游一个进士出身。什么叫进士出身呀？用现在的说法，相当于与进士"同等学力"，或者说"享受进士"待遇。

事实证明，唐琬除了是封建礼教的牺牲品，还是陆游科举考试不中的替罪羊，陆游科举考试不中，跟唐琬一丝一毫的关系也没有。

唐琬的夫君赵士诚是一位喜好诗文、为人谦恭、口碑很好的男人。赵家作为皇室宗亲，门第也远胜于陆家，应该说，唐琬找到了一个不错的归宿。

陆游在官场上始终没有发迹，难掩内心的苦闷。一天，陆游到绍兴沈园小憩，没想到竟然偶遇赵士诚、唐琬夫妇在沈园小酌。陆游发现，唐琬比当年憔悴了许多。唐琬在征得赵士诚同意后，给陆游送过来一些酒食。

陆游万分痛苦，他喝了许多酒，在酩酊大醉之后，带着酒意在沈园的墙壁上写下了这首《钗头凤》。

写完这首词，大醉的陆游踉跄着走了。

不料，陆游这首词竟然搅乱了唐琬本来平静的生活。

陆游走后，他题写《钗头凤》这首词的那面墙壁前围观的人越来越多，人们说什么话的都有。

消息传到了尚在游园的赵士诚和唐琬耳中，他们俩也赶过去观看。唐琬读了陆游的词，仿佛受到了雷击，脸色变得煞白。赵士诚见妻子脸色异样，他也是饱读诗书的人，自然能够体会到陆游这首词作表达的情愫，匆忙带着唐琬回家去了。

几日之后，伤心不已的唐琬追思难以忘却的往事，含泪也写了一首《钗头凤》，作为对陆游词作的应和：

世情薄，人情恶，雨送黄昏花易落。晓风干，泪痕残，欲笺心事，独语斜阑。难，难，难！

人成各，今非昨，病魂常似秋千索。角声寒，夜阑珊。怕人寻问，咽泪装欢。瞒，瞒，瞒！

唐婉写了这首词后不久，郁郁而终。很多年后，陆游才读到唐婉的这首词，他感慨万分。悔恨，痛苦，无奈，各种情愫交织在一起，他只能对以往难以割舍的爱大哭一场，曾经拥有过，如今又失去了，不如不曾拥有。

卜算子

咏梅①

（南宋）陆 游

驿外断桥边，寂寞开无主②。已是黄昏独自愁，更著风和雨③。

无意苦争春，一任群芳妒④。零落成泥碾作尘，只有香如故⑤。

【注释】

①这首《卜算子 · 咏梅》是陆游咏怀的作品，陆游在词中歌颂了梅花傲立霜雪，不畏强暴的傲骨。

②驿外：指荒僻、冷清的驿站外面。驿，驿站。古代负责传递政府文书的人，中途更换马匹、休息和过夜的地方。断桥：指残破的桥。另一种说法是“断”同“簖（duàn）”，簖桥是古代渔民为了捕鱼捉蟹而拦河设簖，在设簖的地方所建的桥。寂寞：孤单、冷清。无主：没有人过问，更没有人欣赏。

③著：同“着”，这里有遭受到的意思。更著：更加受到。

④无意：不想，没有心思。自己不想费尽心思去争芳斗艳。苦：尽力、竭力。争春：跟百花争奇斗艳。词人在此暗指争权夺利。一任：任凭。群芳：群花、百花。暗指权臣、小人和世俗之人。妒：嫉妒。

⑤零落：凋谢。碾：轧碎。作尘：化成尘土。香如故：香气依然飘散。

【译文】

驿站之外断桥边荒僻的地方，一株梅树孤单寂寞地绽开了花，没人过问它，更没有人欣赏它。已经是暮色降临的时候，梅花没有依靠，独自在那里发愁，却又遭受到了风雨的摧残。

梅花并没有心思去争奇斗艳，对百花的嫉妒与排斥根本不在乎。梅花即使是凋谢了，被碾轧成了尘土了，依然散发着缕缕清香。

词人的故事

以寒梅自许的陆游

南宋词人陆游一生中喜爱梅花，他写了大量的歌颂梅花的诗词，这首《卜算子·咏梅》就是最有名的一首词作。

词的上片写梅花的处境与遭遇，这株梅树生长的地方不是繁华的都市，也不是清幽的花园，而是荒凉的驿站外面一个冷僻的地方。即使生长在这样的地方，梅花也无意和群芳去争宠斗艳，它即便是凋谢了，化成了尘土，还散发着缕缕清香。词人仅仅写梅花吗？其实，陆游是在写自己一生的遭遇。

陆游生活的年代正值金兵大举入侵，首都陷落，徽、钦二帝被掳，北宋灭亡。宋高宗赵构建立了南宋之后，凡是有血性的青年都会挺身而出，加入到保家卫国的洪流中去，陆游正是这样的热血青年，他是一个观点鲜明的主战派。报效国家，收复中原，陆游一直为这一崇高的理想奋斗着。

在陆游生活的年代，一个有为青年，要想报效国家，实现自己的人生价值，只有在科举考试中金榜题名，才能为统治者所承认，所任用。考场中第是取得在朝为官的资格，陆游的祖爷、爷爷和父亲都是这样做的。他们都在科举考试中有所斩获，并在仕途中被朝廷任用。陆游为了施展自己的抱负，也只能走这条路。陆游生活在这样的官宦之家，有条件读到各种经典，他孜孜不倦地经过十年寒窗的苦读，成为一名满腹经纶的才子，然后，信心百倍地前往科举考场去拼搏。

了解陆游的人都认为他在考场上折桂不成问题，甚至认为他是状元最热门的人选。当时在朝中主政的是主和派的首领秦桧和他的爪牙。陆游在公开场合又鲜明地表明他的抗金主张，因此，遭到秦桧一党的忌恨。第一次科举考试，他落第了。后来，因为父亲去世，他必须在家里守丧，三年不能参加考试。

当他再赴临安参加考试的时候，竟然与奸相秦桧的孙子秦埙同科参加考试。陆游经过初试，被主考官以第一名的成绩向上荐送。这下，惹恼了秦桧这个老贼。他命令人把陆游的名字拿下，并要彻查主考官。幸而后来秦桧死了，主考官才幸免于难，但是，陆游本来板上钉钉的状元又告吹了。

陆游后来在科举考场上屡屡受挫，这本来是因为官场风气恶劣造成的，而陆游的母亲却认为陆游陷于儿女情长所致，硬是拆散了陆游与唐琬美满的婚姻。这件事对陆游的打击也非常大。

直到宋孝宗的时候，皇帝才赐给陆游一个进士出身，这对陆游来说虽然是一个踏入仕途的机会，但无疑是一种污辱，以陆游的才华，用得着皇帝赐一个功名吗？但这是皇帝给的，他还没有权力不要！

陆游很希望利用这个机会，施展他的报国之志，把平生的学问“售于帝王家”，他不遗余力地向朝廷陈述他的抗金主张。不料，看起来颇有中兴之志的宋孝宗的身边也并不干净，陆游又受到龙大渊等人的排挤。照理，陆游他们家世代为官，他在家里当个衣食不忧的“相公”是不成问题的。但陆游不愿意这样度过他的一生，他希望能在北伐中原的抗金战场上有所作为。

乾道六年（1170年），陆游离家前往夔（kuí）州，担任通判，这个职务相当于夔州的副市长。陆游如果在这个职位上干下去，在仕途上谋个好前程是不愁的。但是，当一个普通官吏非他所愿。

这时，陆游收到四川宣抚使王炎的邀请，请他到四川担任幕府，也就是给王炎当参谋。当时，四川是抗金前线，受到来自金国部队的巨大压力。王炎又是朝廷中颇受宋孝宗器重的抗金大将，在王炎的统帅部里当个幕府正对陆游的心思。于是，陆游毫不犹豫地离开夔州，来到四川南郑（今属陕西汉中）。他开始了短暂的军旅生活，活跃在南郑、大散关一带的抗金前线。在陆游担任幕府的日子里，他写出了一些军旅生活的诗词。这段生活对于后来陆游诗词的写作，产生了重大影响。

世事难料，陆游当幕府的时间只有半年多。由于王炎被召回了朝廷，陆游的幕府当然也被解除了。陆游不得不离开南郑去了成都，在成都周围的一些州郡里任职，八九年后，才奉诏东归。

岁月如梭，在仕途上始终不得志的陆游渐渐进入了晚年。陆游并没有消沉，这时，主战派韩侂（tuō）胄执政，担任朝廷重臣，他是北宋名臣韩琦的后人。韩琦与范仲淹在抵御西夏侵扰的战争中立有大功，人们对韩侂胄也寄予厚望。在宋孝宗初年，韩侂胄执政的时候，推崇岳飞，贬斥秦桧，力主为岳飞冤案平反昭雪。韩侂胄还力主削去宋高宗加封给秦桧的爵位，并把宋朝给他的谥号改为“缪丑”。韩侂胄鲜明地表明了自己的政治立场。这些做法有力地打击了主和的投降派。韩侂胄积极准备北伐，陆游多次上书朝廷，大力支持韩侂胄的这些举措，皇帝也多次召见已经八十多岁的陆游。

看来，抗金的大好形势已经出现，韩侂胄没有进行充足的准备，就向皇帝建言，发动了北伐战争。战斗一打响，韩侂胄才发现，老一代的主战派将领已经老去，他几乎没有什么像样的战将可用，只有毕再遇堪称常胜将军。最后，北伐归于失败，韩侂胄被暗杀，军政大权又被主和派操纵。韩侂胄遭到主和派的诬陷，主和派甚至完全按照金人的无理要求，把韩侂胄头颅交给了金人。全力支持韩侂胄的陆游也受到了牵连。

嘉定三年（1210 年），陆游默默地终结了自己的生命。以陆游的才华，在南宋官场上摘取功名，混个一官半职并不是什么难事，但是，那样做，就不是人们所认识的“陆放翁”了，他洁身自好，不向丑陋的投降派、官场的恶势力低头。纵观陆游一生，绝大部分时间极不得志，胸中的抱负难以施展。但是，词人不管经历多么坎坷，也要保持高尚的情操，不与龌龊小人同流合污，这种品质，不正是词人一再歌颂的梅花的性格吗？

陆游为后世留下了九千多首诗词作品，数量之巨是惊人的。陆游一生恪守梅花的性格，他在严酷的官场环境中，以寒梅自许，其高尚的情操受到万世景仰。

破阵子

为陈同甫赋壮词以寄①

（南宋）辛弃疾

醉里挑灯看剑，梦回吹角连营②。八百里分麾下炙，五十弦翻塞外声③，沙场秋点兵。

马作的卢飞快，弓如霹雳弦惊④。了却君王天下事，赢得生前身后名⑤。可怜白发生⑥！

【注释】

①破阵子：词牌名。陈同甫：指陈亮，辛弃疾的好友。淳熙十五年（1188 年），陈亮

拜访辛弃疾。

②醉里：醉酒的情况下。挑灯：挑动灯焓。看剑：查看宝剑，准备上战场杀敌。梦回吹角连营：梦里回到吹响号角的一座连着一座的军营中。

③八百里：此处指牛。《世说新语·汰侈》中有“晋王恺有良牛，名‘八百里驳’”的句子，此处词人以“八百里”来指牛。麾（huī）：指军旗。麾下，指部下。炙：烤肉。五十弦：指瑟，这里泛指乐器。翻：演奏。塞外声：以边塞军旅生活作为题材的雄壮悲凉的军歌。

④马作的卢飞快：战马像宝马的卢马那样跑得飞快。作，像……一样。的卢：马名，一种额部有白色斑点、性情暴烈的快马。据《三国演义》中说，荆州刘表部将蔡瑁要害刘备，刘备乘的卢马跃入襄阳城西檀溪水中，蔡瑁要用弓箭射刘备，的卢马一跃三丈，帮助刘备脱离险境。

⑤了却：完成、了结。天下事：此处是指恢复中原的天下大事。赢得：博得、获得。

⑥可怜：可惜。

【译文】

晚上，我喝了酒后，醉梦里挑亮油灯观看宝剑，梦中回到了当年军营的营垒，连营里响起号角声。我把烤牛肉分给部下，乐队演奏起边塞军旅的歌曲。这是在秋天里，在战场上的阅兵。

我的战马像的卢马一样跑得飞快，弓箭像霹雳一样震耳离开了弓弦。我一心想辅佐君王完成收复失地的伟业，博得世代相传的美名。可惜我已经成了白发苍苍的老者！

词人的故事

辛弃疾勇擒叛徒

辛弃疾，字稼轩，南宋齐州历城（山东济南）人，著名词人。辛弃疾不仅是文坛名人，还是有名的抗金英雄，曾招募两千名乡勇参加抗金斗争，为抵抗金兵入侵中原做出过贡献。

辛弃疾出生的时候，中原地区已经被金兵占领，他的少年时代是在战火中度过的。他目睹家乡烽烟滚滚，山河破碎，仇恨的种子深深地埋藏在心间。

一天，金人一个千户耀武扬威地来到辛家，逼着辛弃疾的祖父辛赞用酒肉款待他。辛赞是老实人，憋着气勉强摆了一桌酒席。千户几杯酒下肚，更加得意扬扬，竟侮辱起敬酒的小童来了。

辛弃疾再也忍不住了，从墙上抽出宝剑，走到千户面前，说："让我来舞剑给大家助兴！"他挥剑起舞，有时像燕子点水，有时如泰山压顶。辛弃疾猛喝一声："看剑！"他做出大鹏展翅的动作，宝剑指向千户。

"啊——"那千户吓得面如土色，"扑通"一声仰倒在地上，杯盘掉在地上打得粉碎。

辛弃疾收起宝剑，说了声"得罪了！"然后，他从容地站立在一旁。

千户惊魂未定，尴尬地干笑着说："舞得好……英武的……少年！"

从此，辛弃疾立志抵抗金兵，杀敌立功。他起早贪黑，习文练武，成了远近闻名的少年豪杰。这时，金人占领区爆发了人民起义，抗击金兵的暴行。在各支义军中，数耿京领导的义军势力最大。

辛弃疾组织起一支两千人的队伍，他率领着这支队伍参加了耿京的义军。辛弃疾是义军中少有的能文能武的人，深受耿京的重视。辛弃疾作战勇敢，屡立战功。他建议耿京与南宋朝廷取得联系，争取获得朝廷的支持。耿京非常赞成，派他作为义军的使者，前往南宋的京城。

南宋皇帝赵构非常重视北方义军的作用，封辛弃疾为承义郎。皇帝派辛弃疾再回到北方，把朝廷的意图告诉耿京。

辛弃疾风尘仆仆地回到义军占领的地区。突然，从前方跑来几名义军士兵，拦住辛弃疾放声痛哭："辛将军，耿大帅被张安国暗杀了！"

"啊……什么？"辛弃疾几乎从马上跌下来。

辛弃疾回到义军的驻地，见到了耿京的尸体，伏尸痛哭。一位义军将领对辛弃疾说："耿大帅死得太冤了，绝不能便宜了张安国这个狗东西！"

另一位将军说："怪不得前些日子张安国总跟几个鬼鬼祟祟的人来往呢？那些人是金人派来的奸细！"

将士们义愤填膺地说："为耿大帅报仇！"

派出去的探子回来了，向辛弃疾汇报说："张安国害死耿大帅后，已经逃到20里外的金兵大营中，那里驻扎着五万金兵！"

辛弃疾冷静地说："弟兄们！凭咱们这点人，绝对不是金兵的对手，要想除掉叛徒张安国，还要尽量避免无谓的牺牲。"

将士们说："承义郎，你说，咱们怎么办？"

"不入虎穴，焉得虎子……"辛弃疾向将士们说出了他的打算。

将士们都献计献策，完善了辛弃疾的主意，一个生擒叛徒的计划完成了。

这天晚上，金兵大营中灯火通明。张安国和金兵将领们正在帐中饮酒。突然，哨兵来报："营外有五十几个耿京手下的人，说是生擒了前些日子去宋朝的辛弃疾，投降来了。"

金军统帅狐疑地望着张安国："又有归降的？你知道这事吗？"

张安国摇摇头，表示自己不知道。

金军统帅吩咐道："要严防有诈！不要放他们进营，叫探马看看外面有无伏兵。"

很快，派出去的探子来报，方圆 10 里内，没有埋伏的兵马。

金军统帅喷着酒气说："叫宋人放下兵器，下马进营。"

两个义军推着被绑着的辛弃疾，另外四十多人牵着马，缓缓走进金营。旁边都是全副武装的金兵。

金军统帅吼道："把辛弃疾押进来！"

辛弃疾踉踉跄跄地来到大帐中。望着辛弃疾犀利的目光，张安国下意识地后退了两步。当他看清辛弃疾确实被绑得紧紧的，得意地挺了挺胸。

金军统帅狂妄地笑着说："你就是辛弃疾？哈哈，你有多大本事，敢跟大金国作对？哈哈哈……"

金军统帅的笑声未停，绑在辛弃疾身上的绳索竟然散了，他大喝一声，闪电般扑向张安国，同时右手一扬，三道白光射向金军统帅。原来，那绳索是用枯野葱编的，看上去很结实，用力一挣葱绳就断了。

金军统帅慌忙抽腰间的佩剑，剑刚抽出一半，三支飞镖迎面飞来，他躲闪不及，有一支飞镖"噗"地射入了他的右腮。

义军将士一齐抽出袖中的暗器，帐中的灯笼瞬间被击灭了。义军将士们纷纷掏出硫黄焰硝丸，把硫黄焰硝丸点燃后打向金兵。硫黄焰硝丸里加了石灰，金兵们的眼睛被烟雾眯住了。

义军将士们趁着混乱，取出短兵器，夺回战马，飞身跃上战马。

叛徒张安国转身想跑，辛弃疾赶上去，用左臂把叛徒夹在腰间，飞身上马向外杀去。辛弃疾左手夹着叛徒，右手砍杀扑上来的金兵。义军将士们个个以一当十，奋勇拼杀，簇拥着辛弃疾向着营外冲去，还没等金兵完全反应过来，义军将士们已经冲出了营门。

辛弃疾率领着这支小部队向着南方奔去。

辛弃疾押着张安国日夜兼程，终于把叛徒押到了南宋，让这个叛徒受到了应有的惩罚。

辛弃疾的壮举让满朝震惊，南宋官员们这才知道辛弃疾是一位智勇双全的武将。

谁知，辛弃疾来到南宋后，并没有受到重用，因为皇上赵构并不想真正抗金。虽然辛弃疾曾经组织过"飞虎军"，但更多的时间只能担任个闲差。辛弃疾没有消沉，他写了大量爱国诗词。他的词风继承了北宋苏轼的词风，后世的人们把他与苏轼并称为“苏辛”。他有相当一部分词作是回忆当年在抗金前线战斗生活的，他希望自己能够回到军营中，投身于恢复失地的斗争，把自己的一腔热血献给抗金大业。词人没能实现这种愿望，只能寄情于词作中，比如，他最著名的词作《破阵子》就是脍炙人口的名篇。

吟诵着词人的作品，我们仿佛随着他回到了那烽火连天的战场，既感觉到词人“挑灯看剑”的豪情，也听到了词人被朝廷闲置不用，英雄无用武之地，“可怜白发生”的喟叹。

清平乐①

村居

（南宋）辛弃疾

茅檐低小，溪上青青草②。醉里吴音相媚好，白发谁家翁媪③。

大儿锄豆溪东，中儿正织鸡笼④。最喜小儿无赖，溪头卧剥莲蓬⑤。

【注释】

①清平乐：原属于教坊曲牌名，取自汉乐府“清乐”和“平乐”这两个乐调而命名，又叫《清平乐令》《醉东风》《忆萝月》。

②茅檐：指茅草屋的屋檐。溪上：指溪边的岸上。

③吴音：辛弃疾当时住在江西东部信州（今江西上饶市），此地古时候是吴国的土地，所以词人说这一带的方言为吴音。相媚好：指两个老人互相逗趣，说笑。翁媪（ǎo）：古代对老头、老妇的尊称。

④锄豆：锄掉豆子地里的杂草。织：编织。鸡笼：装小鸡的笼子。

⑤无赖：顽皮、淘气。有的版本“无”字为“亡”，同“无”。卧：趴（在草丛中）。

【译文】

茅草屋的屋檐又矮又小，村边的小溪的岸边长满了碧绿的青草。有人喝了点酒，用吴地的方言在互相逗乐取笑，原来是一对白发苍苍的老翁和老妇人，他们是谁家的老公公、老婆婆？

小溪的东边，老公公和老婆婆的大儿子在豆子地里锄地，铲除杂草，两个老人的二儿子正在编织着装小鸡的笼子。最讨人喜欢的小儿子，顽皮地趴在溪头岸边的草丛中，剥着莲蓬头，惬意地吃着挖出的莲蓬籽。

词人的故事

溪畔小村得佳句

词人辛弃疾年轻时是北方中原地区抗金起义军的一名战将。金兵的入侵导致北宋灭亡，起义军的部队顽强地抗击着金兵。由于起义军内部出了叛徒，起义军的首领耿京被杀害，辛弃疾在活捉叛徒后，毅然南归，来到南宋。他本来希望南归后，得到南宋朝廷的重用，在抗金大业中施展自己的才能，完成恢复中原的抱负。

辛弃疾来到南宋后，曾经担任过湖北、江西、湖南、浙东安抚使。他为官期间，对于抗金大业充满期待，曾经向皇上献上过《美芹十论》和《九议》，在这些奏本中，他向皇帝呈上了抗金战争中可以使用的军事策略，这些策论充分显示了词人的军事才能和抗金热忱。

但是，南宋朝廷长期被投降派把持，他们极力打击、排斥辛弃疾，致使英雄无用武之地。

随着年龄的增长，辛弃疾对主降的当权者越来越感到失望，自己参与抗金大业的可能性成为泡影。辛弃疾从 43 岁以后，就再也没有受到朝廷的任用，更不要说重用了。辛弃疾在江西信州闲居了二十多年，长期居住在农村。这使他对农村生活有了更深入的了解，跟农民也有了广泛、深入的接触。

在这期间，辛弃疾没有虚度，他创作了大量的诗词，这些作品多抒发自己的爱国热情和壮志难酬的悲愤之情，他也写了不少歌咏祖国大好河山的词作。与此同时，他还创作了一部分以农村生活为题材的诗词作品。这些作品所描写的场景，是南方清新迷人的风景画，也是反映那个时代南方农村生活的风俗画。

一天，辛弃疾漫步在农村的田间地头，遇到一条小溪，他信步沿着小溪向上游走去。潺潺的流水吸引着他溯流而上，他来到小溪的一侧被树木掩映的地方，看到了一个小小的村落，村落的边缘，有一座小小的茅草屋。辛弃疾觉得自己仿佛来到了陶渊明笔下的《桃花源记》中的武陵园。他有些口渴，想寻个人家找口水喝，没想到，他看到的竟然是令人陶醉的画卷……

那座茅草屋盖得非常矮小，屋檐压得低低的。小溪的岸边长着碧绿的青草，茅草屋那边传来了用绵软的吴地方言的对话声，说话的人是一男一女，男的好像喝了酒，带着几分醉意与女人相互逗乐取笑。

辛弃疾顺着柴门的缝隙向里看去，啊，原来说笑的竟然是两位对面坐着聊天的老人。辛弃疾纳闷地想：这是谁家的老公公、老婆婆在院落里歇晌？南方人的吴侬软语就是好听，如果不是亲眼看见，他绝对想不出，谈笑的竟然是两位老人。

辛弃疾敲了敲柴门，向着老公公和老婆婆行了个礼说："老公公、老婆婆，我是个路人，可否在您家里讨口水喝？"

老公公站起来，迎到门前，对辛弃疾说："当然可以，相公，请！"

辛弃疾跟着老公公进了院子，老翁指着小饭桌上的茶壶和一个粗瓷茶碗说："相公，这是新泡的茶，只是茶粗了些，将就着喝些吧！"

"多谢老伯！"辛弃疾连忙道谢，他提起茶壶，往茶碗里倒了一杯茶，然后慢慢地饮用起来。

辛弃疾上下打量着老公公和老婆婆，这是两位年事已高的老者，由于长年干活，身体还算硬朗，他们的日子看起来并不富裕，但过得挺滋润，老公公脸上现出怡然自得的神情。

辛弃疾边喝水，边问老公公："年景还好吧？"

"马马虎虎，如果不是官家的税抽得多，衣食无忧。"老公公说，"庄户人家，什么都不用买，吃的，穿的，都向地里要。只要不惜力，日子还是过得去的……"

辛弃疾点了点头，心中暗自寻思，老公公所言不虚，他和老伴吃午饭的时候显然喝了酒，日子如果过得紧巴巴的，哪里还有心思饮酒？哪里还有心情互相谈笑取乐？

辛弃疾好奇地问："孩子们呢？都能帮助二老干活了吧？"

"老大在溪水的东边锄豆子地里的草呢！"老公公指着院子的一个角落，说，"老二在那边编鸡笼呢！就是老三还小，帮不上什么忙，每天就知道淘气，不是到池塘里捉田鸡，就是下水塘里去采莲蓬，小东西顽皮得很呢！”

辛弃疾这才注意到，院子的一角有个半大小子正在闷头编鸡笼。他显然是老二，他的身边放着几个编好的鸡笼。辛弃疾奇怪地问："怎么编那么多鸡笼呀？你们家养了好多鸡吗？”

“哪里？自己家用一两个也就够了，这小子手快，那都是他一上午编出来的，庄户人家，吃、喝、穿衣都要靠两只手，这小子编了这些鸡笼，好到圩上卖些钱，挣点零花钱。”老公公的话里，对自己的儿子流露出赞许之意。

辛弃疾羡慕地说："您老伯有福啊！”

坐在一边的老婆婆接过话茬说："有什么福？眼看着老大要娶亲，老二过不了几年说亲的也要踏破门啦，哪个不用花钱？”

辛弃疾点点头，他懂了，住在这村居里的主人，“结庐在人境，而无车马喧”，每天都跟土地打交道，住在村居中，“心远地自偏”，每日都得劳作，付出辛苦。他们所能体会到的是在流大汗后收获时得到的幸福，自然产生不了陶渊明“采菊东篱下，悠然见南山”的雅兴，也只有自己这样偶尔光顾这个小小村子的人，才能觉得这里处处都洋溢着诗情画意。

品茶毕，辛弃疾放下茶碗，拱手向老公公和老婆婆道了谢，向两位老人告辞，出了柴门，继续沿着小溪移步向前……

在小溪的东边，在一片豆子地里，他看到一位穿着短衫锄地的年轻后生，低着头锄着豆子地里的杂草。小伙子的额头沁出了汗珠。词人知道，这年轻人肯定是那两位老者的大儿子，他没有打搅挥锄干活的后生，径直向前走去。

谁知，他竟然抵达了小溪的尽头。溪的源头连着一片水塘，塘里种着一片荷花，碧绿的荷叶将小水塘遮严了，水塘里传来一阵蛙声。溪边的草丛里趴着一个小童。这孩子正在惬意地剥着莲蓬。他边剥边吃从莲蓬里挖出的莲籽，看见辛弃疾，脸上露出惊讶的神情，那神情好像在问，这位客人是谁？从哪里来？

辛弃疾笑着问那童儿："老三，你在干吗呢？”

那男孩更奇怪了，心想：这人好像不是村里的人，他怎么会知道我是老三呢？

小溪已抵源头，词人没有继续打搅那男孩享用莲籽，折过身往回走，向着来的方向走了。那男孩惊愕地望着渐渐远去的辛弃疾，挠了挠后脑勺，不解地问："这人真怪？怎么刚来……在这里转了个圈就走了？他干吗来了？”

辛弃疾也不知道自己怎么一到小溪的源头，就折身回来了。对于词人来说，这是个不需要回答的问题。这二十多年，在信州，他常常这样，漫无目的地到农村的田间走走，如果一定要回答为什么刚来就往回走，只能做出这样的回答：乘兴而来，兴尽而返。

入夜，辛弃疾难以入眠，在多年赋闲的日子里，词人经常这样难以入梦。他总为自己不受朝廷重用，难以实现胸中报国理想而苦恼。

白天，词人到小溪边漫步。他似乎找到了一丝赋闲的乐趣，心中意趣盎然，展开诗笺，一曲《清平乐·村居》的新词落于诗笺之上。

《清平乐·村居》是辛弃疾描写农村生活和景物的一首佳作。这次农村踏青，词人觅得了这样的佳句，感到满足。这种作品是南宋农村农民生活的真实写照。词人写这种作品，抒发了一种闲情逸致，让词人从忧国忧民的愁思中得到短暂的解脱，起到某种疗伤的作用。这种词作在辛弃疾的作品中只占一部分，他的更多作品还是抒发得不到朝廷的重用，报国无门的感慨。因为辛弃疾毕竟不是田园词人，也不是一位真正的富贵闲人，而是一位有抱负的人。

沁园春

题潮阳张许二公庙[①]

（南宋）文天祥[②]

为子死孝，为臣死忠，死又何妨。自光岳气分，士无全节；君臣义缺，谁负刚肠[③]。骂贼张巡，爱君许远，留取声名万古香[④]。后来者，无二公之操，百炼之钢[⑤]。

人生翕欻云亡。好烈烈轰轰做一场[⑥]。使当时卖国，甘心降虏，受人唾骂，安得流芳。古庙幽沉，仪容俨雅，枯木寒鸦几夕阳[⑦]。邮亭下，有奸雄过此，仔细思量[⑧]。

【注释】

①沁园春：词牌名。潮阳张许二公庙：指潮阳（今属广东）。张许二公庙：指潮阳双忠祠。这个庙是奉祀唐代至德二年（757年），为平息安禄山叛乱而牺牲的张巡、许远而建的。

②文天祥（1236—1283）：初名云孙，字履善，一字宋瑞，号文山，吉州庐陵（今江西吉安）人，宋末政治家、文学家、抗元英雄。他与陆秀夫、张世杰并称为“宋末三杰”，宝祐四年（1256年）考中状元，官至右丞相，封信国公。文天祥在五坡岭兵败被俘，宁死不降。至元十九年十二月初九日（1283年1月9日）从容就义。著有《文山诗集》《指南录》《指南后录》《正气歌》等。

③光岳气分：指国运衰微，正气崩解。光指日月星光，岳指五岳，气为天地间正气。君臣义缺：君臣之间缺乏大义。负：具有。刚肠：坚贞的节操、气节。

④骂贼张巡（709—757）：痛骂叛贼的张巡。张巡：字巡，唐邓州南阳（今属河南）人，唐代中期名臣。唐玄宗开元年间中进士，历任通事舍人、清河县令、真源县令。“安史之乱”爆发时，起兵守雍丘，抵抗叛军。至德二年（757年），叛军十三万南侵江淮屏障睢阳，张巡与太守许远率数千人，死守睢阳，前后与叛军交战四百余次，使叛军损失惨重，阻遏了叛军南犯，保护了江淮地区。终因粮草耗尽、将士死伤殆尽而被俘遇害，死前牙齿都咬碎了，骂贼不止。后获赠扬州大都督、邓国公。爱君许远（709—757）：忠于皇帝的许远。许远，字令威，杭州盐官（今浙江海宁西南）人，唐代名臣，历任侍御史、睢阳太守。安禄山造反时，他与张巡协力守城，他的地位本在张巡之上，他见张巡通军事，把守城权力交与张巡，自己甘为助手，城池陷落时被俘，不屈而死。

⑤后来者：指以后的士人。操：节操。百炼之钢：比喻二人坚强的意志。

⑥翕（xī）欻（chuā）：即倏忽的意思，形容人生如火光一现那么短暂。云亡：死去。“云”字在此无意义。做一场：干一番大事业。

⑦古庙：指张巡、许远两位烈士的庙。仪容：指张巡、许远两位先人的塑像。俨雅：庄严又典雅。

⑧邮亭：古代设在驿道旁，供公家传送文书及旅客歇宿的旅馆。

【译文】

作为人子的能死节于孝，作为臣子的能死节于忠（这是文天祥的操守，也是他时代的局限性，不要对他求全责备），那是死得其所，又有什么可怕呢？“安史之乱”爆发后，正气不张，见不到尽忠报国之士，反而产生了不少无耻降敌之徒。士人风气不振，君臣大义不存。唐朝的张巡痛骂叛贼直到牙齿咬碎、双眼出血，温文尔雅的许远热爱君王能守住臣节，他们都留下万古流芳的好名声。后来的士人们已经没有两位先烈那样的操守，没有他们那种经过千锤百炼的钢铁般的意志。

人生是十分短促的，转眼间就会亡故。我们应该轰轰烈烈做一番为国为民的大事业。如果这两位先人当时甘心投敌，则必然会受到人们的唾弃与痛骂，肯定会遗臭万年，又如何能流芳百世呢？双忠祠的庙宇深幽而沉静，两位先人的塑像庄严而典雅。夕阳中寒鸦站立在枯木上，万物都易衰朽，而双忠祠的古庙不会改。如果有奸雄佞臣从驿道旁邮亭下经过，面对先烈的塑像，应当仔细思量，扪心自问，自责自省。

词中的故事

忠勇之士张巡与许远

唐玄宗时期，爆发了“安史之乱”，国家陷入了空前的灾难。这时，涌现出来一大批勇于献身的爱国英雄。张巡是那些爱国志士中最杰出的一位。他勇夺雍丘，固守睢阳，为捍卫大唐的半壁江山立下了卓越的功勋。张巡在死守睢阳的战斗中不幸被俘，不屈而死。

张巡小时候博览群书，长大后通晓战阵兵法。他年轻时结交的都是理想远大的人，拒绝和庸俗之辈来往。在唐玄宗创造的开元盛世时，张巡考中了进士，朝廷任命他任清河（今河北清河）县令。张巡在清河取得了良好的政绩，任满后被召回长安。当时，朝廷正是奸臣杨国忠当权，张巡拒绝投靠杨国忠，于是，他没有被提拔，被派到真源县继续当县令。

天宝十四年(755年),爆发了“安史之乱”。安禄山攻下洛阳,自立为“皇帝”,国号为“大燕”。这时，叛军所到之处，许多州县的太守、县令寡廉鲜耻，望风而降。谯郡太守杨万石叛变投敌。杨万石是张巡的顶头上司,竟然逼着张巡迎接叛军。愤怒的张巡率领着官员、民众在真源皇帝祠大哭，然后起兵抵抗叛军，响应的有一千多人。

雍丘县原来的县令令狐潮投降了叛军，击败了淮阳的唐军，俘虏了一百多名官兵，并准备杀害他们。官军俘虏杀死守卫的叛军士兵，雍丘城内大乱。唐将贾贲、张巡乘机攻入雍丘，叛贼令狐潮弃城逃跑。

令狐潮得到叛乱首领的信任，他率领着约一万五千名叛军卷土重来，企图夺回雍丘。

雍丘城内唐军只有三千多人。唐将贾贲出战，兵败战死。张巡骑着战马率军出战，他身上多处受伤，终于打退了敌人，众将士推举张巡当主将。在张巡指挥下，唐军击退了令狐潮多次进攻，杀死敌军近万人，唐军也死伤一千多人。唐朝任命张巡为巡院经略史。

张巡深切地感到兵员不足，他知道，雍丘的保卫战不能这样硬拼了。

叛军令狐潮不甘心失败，与其他叛将率领四万多人蜂拥而来。城中唐军只有两千多人。张巡对将士们说："敌人知道咱们人不多，肯定轻视我军，咱们出其不意，打出城去，可败敌军！"

张巡留一千多士兵守城，他亲自率领一千多人出城杀进敌军阵中。叛军做梦也没想到，城里唐军只有两千多人，居然还敢出击。张巡的部队动作十分迅猛，敌军顿时大败，不得不后撤。

第二天，叛军再次集结，包围了城池，用石炮（投石机）向城墙轰击，雍丘的城墙本来就矮，很快就被轰塌了。张巡命令，在城墙的残破处安上木栅栏。叛军爬上城墙，张巡命令士兵把蒿草灌上油点燃。敌人怕被烧，不敢攻城。

到了晚上，张巡料定叛军人困马乏，时常趁夜深人静，出城偷袭敌营。张巡和将士们坚守雍丘几十天，每次战斗张巡都身先士卒。他每天身不解甲，受了伤还继续战斗。在三百多场战斗中，毙伤敌人无数。叛军见无法攻占雍丘，不得不撤军。张巡见敌军要撤，率军趁势追杀，俘虏敌军两千多人，还险些活捉令狐潮。这一胜利大大鼓舞了守城将士的士气。

令狐潮虽然撤军了，但是，他并不甘心，他想用劝降的手段诱使张巡投降。一天，他和张巡在城下相遇。令狐潮说："天下大势已定，你困守危城，这是为谁呢？"

张巡说："你平日不是说自己是忠义之人吗？你投降了叛军，忠义又表现在哪里呢？"

令狐潮听了，惭愧地红着脸溜了。

这时，叛军攻下了长安，唐玄宗被迫逃到蜀地，张巡并不知道这些情况。令狐潮写信给张巡，告诉他大势已去，不如早早投降。张巡把信让将士们看了，有六名将官动摇了，想要投降叛军。张巡假装同意，说第二天再商量。次日，张巡让人在堂上挂上皇帝的画像，他率领着将士们朝拜。张巡当场揭露那六个要变节的将官。张巡痛斥这六人不忠不义，命令人把他们推出去斩首。处决了叛徒，立刻稳定了军心。

敌将杨朝宗率领马、步兵两万攻打宁陵，想切断张巡的后路。张巡主动放弃雍丘，坚守宁陵。张巡派勇将雷万春、南霁云率军迎敌，大败敌军，杀死敌军一万多人，敌军尸体塞满了汴水，敌将杨朝宗连夜逃跑。

这时，唐朝皇帝李隆基的太子李亨即位当了皇上，他下诏书任命张巡为河南节度副使，张巡要求朝廷给将士们奖赏，而代表朝廷的虢王李巨只发给将士们委任状，没有任何赏赐的物品。愤怒的张巡写信给李巨说："现在国家还处在危险之中，您在赏赐上对将士们怎么这样吝啬？"李巨一直没有理睬张巡的指责。

叛军内部发生了巨变，安庆绪杀死了他的父亲、叛军头子安禄山，自己当了"皇帝"。他任命叛军大将尹子奇为河南节度使，率军进攻睢阳，企图夺取富饶的江淮地区。

睢阳太守许远向张巡告急，睢阳是进入江淮地区的要冲地带。张巡当机立断，放弃宁陵，与许远合兵，共保睢阳。张巡和许远的部队合起来只有六千八百多人。

叛军连日攻城，张巡和将士们昼夜苦战，有时一天打退敌军二十多次进攻。

许远见张巡智勇兼备，主动提出，把睢阳的军事指挥权让给张巡，服从张巡的领导，自己专门负责调集军粮、修理兵器等后勤工作。二人通力合作，使得叛军不能跨越睢阳半步。叛军无法攻下睢阳，只能采取围而不打的策略。

叛军这一招十分阴险，他们就是盼着守军把粮食耗尽，自动投降。本来，许远在睢阳存了六万斛（hú）粮食，这些粮食够守军支撑一年。但是，代表朝廷的虢王李巨命令许远把一半粮食分给濮阳、济阴。许远反对也无济于事。谁知，济阴守军得到睢阳的粮食后就投降了叛军。这时，睢阳守军的粮食已经吃光，只能靠吃树皮、茶纸维持生命。将士们没有粮食，又得不到兵员补充，每天都有士兵饿死。

经过多日的战斗，城中的将士只剩下六百多人了，而且已经没有力量再向敌人发动反击了。有的将士建议放弃睢阳，向东撤退。无疑，向东是一条生路，但是，敌军一定会通过睢阳，占领江淮的富裕地区。张巡和许远对将士们说："我们放弃了睢阳，敌军必然乘胜占领江淮，我们周围还有唐军的守军，我们不如在这里待援。"

就在这一年的秋天，叛军攻进了睢阳。叛军看到的是一种什么样的情景呢？张巡、许远和将士们饿得都骨瘦如柴，谁都没有力气战斗了。

张巡跪在地上，向着西边朝廷所在的方向拜了两拜，有气无力地说："陛下……我等力竭矣……不能保全城池……我活着的时候没有什么可以报答陛下的，死后一定变成厉鬼杀敌！"

敌军的刀枪对准了张巡和许远，被俘的将士们见到他俩，无不悲伤痛哭。

张巡激励大家说："死亡既然到来，则安之！不要怕，我们死去，这是命运的安排！"

叛军头子尹子奇见到张巡，问道："我听说，您在阵前督战，喊叫时眼睛都瞪裂了，脸上溅满了血，是什么原因让你这样呢？"

张巡愤怒地说：“我要气吞反贼，所以用尽了力气！”

尹子奇大怒，让人撬开张巡的嘴巴，由于长期缺少营养，张巡嘴里的牙齿只剩下了三四颗。

张巡骂道：“我为国而死，你却攀附敌人，是猪狗不如的东西，怎能长久呢？”

就连尹子奇也很佩服张巡的气节，本不想杀他，但是，他身边的同伙说：“张巡是效忠于大唐的人，终究不能被我们所用。并且，他深受将士们拥护，留着他，一定会成为祸患。”

于是，尹子奇下了决心，将张巡和他以下36员战将全部杀害。这一年，张巡刚49岁。许远在被押往洛阳的途中也被杀害。

忠臣义士们把鲜血洒在他们誓死保卫的土地上。

张巡在两城保卫战中，所统率的总兵力都不到一万人，由于张巡、许远和他们手下的将士们坚守雍丘长达21个月之久，与敌军作战四百多次，斩杀叛将三百多人，歼灭敌军十多万人，终使叛军没能通过睢阳，侵扰江淮富饶地区，为唐军全面反击争取了宝贵的时间。

当时朝廷中不乏看透时势的人，翰林学士李翰就一针见血地指出：“张巡、许远困守睢阳，遮蔽着江淮地区，让敌军感到沮丧。唐朝天下没有灭亡，这是张巡、许远等将士的功劳啊！”

“安史之乱”平定后，唐肃宗追封张巡为扬州大都督，许远为荆州大都督。皇上命人把张巡的画像悬挂在凌烟阁上，让世人祭拜。

后世在潮州修建了双忠祠，庙里祭奠和供奉张巡和许远的塑像。

张巡、许远的贡献不亚于初唐追随李渊、李世民南征北战的秦琼和尉迟恭等名将，也不亚于同时期与安禄山、史思明作战的大唐中兴名将郭子仪、李光弼。

张巡和许远受到世人这样的供奉与祭拜是理所当然的。

临江仙

（明）杨 慎[①]

滚滚长江东逝水，浪花淘尽英雄[②]。是非成败转头空[③]。青山依旧在，几度夕阳红[④]。

白发渔樵江渚上，惯看秋月春风[⑤]。一壶浊酒喜相逢[⑥]。古今多少事，都付笑谈中[⑦]。

【注释】

①杨慎（1488–1559）：字用修，号升庵，名臣杨廷和之子，四川新都（今成都市新都区）人，祖籍庐陵，明代著名文学家。正德六年（1511 年），杨慎考中状元，官至翰林院修撰，参与编修《武宗实录》。明武宗微行出居庸关，杨慎上疏抗谏。明世宗即位后，杨慎担任经筵讲官。嘉靖三年（1524 年），其父杨廷和因“大礼议”案触怒皇上，杨慎受牵连遭受廷杖，发配到云南永昌卫，病亡于此。杨慎著述之多，可推为明朝第一，不但文章绝佳，也擅长填词、散曲，著作达百余种。他的著作被后人编辑为《升庵集》。其诗词有拟古倾向。遭到贬谪后，多发感愤之作。一曲《临江仙》被当代影视工作者选为电视连续剧《三国演义》片头主题曲，影响巨大。

②东逝水：指江水向东流逝，这里是指流逝的时光像逝去的江水。淘尽：荡涤一空，随着时光的流逝，英雄豪杰全部显现出来。

③成败：成功与失败。

④青山：葱茏翠绿的山岭。几度：几次。这里是虚数，表明是多次的意思。

⑤渔樵（qiáo）：从字面上看，是指渔夫和打柴的樵夫。从他们的谈吐应该视为隐居于江边不问世事的世外高人。渚（zhǔ）：水中的小块陆地，词中的意思是指江岸边。秋月春风：既指良辰美景，也指美好的岁月。白居易《琵琶行》有诗句：“今年欢笑复明年，秋月春风等闲度”，词人是撷（xié）取白居易的诗句，为自己所用。

⑥浊：原意是不清澈、不干净的意思，与“清”是反义词。浊酒 ：是指一种用糯米、

黄米等酿成的酒，酒水较为混浊，不妨碍饮用。

⑦古今：从古到今。都付笑谈中：都放在谈天说地的说笑中作为谈资了。

【译文】

滚滚的长江向东流去，数千年时光也像这长江水一样渐渐逝去了，随着时光激起的浪花荡涤，英雄豪杰全部显现出来，并且都逝去了。什么是是非非，成功与失败，都是短暂的、不长久的。只有葱茏翠绿的青山依然存在，太阳依然照常升起，照常日落，日落的晚霞多次映红了西边的天空。

两个隐居在江边不问世事的白头发世外高人，早已看惯了岁月的变化、世代的更替。两个老朋友难得见面，现在聚集在一起，打开一壶混浊的老酒，要痛痛快快地畅饮一回，古往今来有多少英雄的事迹，都成为他们饮酒说笑的谈资了。

词人的故事

渔樵江渚论英雄

杨慎是明朝名臣杨廷和的儿子，明朝著名的文学家。他在正德六年（1511 年）考中状元，与当时的解缙（jìn）、徐渭并列为“三大才子”，并为“三大才子”之首。

杨慎官至翰林院修撰，参与编修《武宗实录》。他是明武宗身边的官员，很受器重。

但因为杨慎性情耿直，两次犯颜直谏，得罪了皇帝。明武宗是一个爱拈花惹草，不务正业的皇帝。一次，明武宗要微服出居庸关私访，朝臣都激烈反对，杨慎反对得最激烈，得罪了皇帝。这下，他翰林院修撰也当不成了。

杨慎毕竟是朝中数一数二的才子，到了明世宗即位当了皇帝，再次起用他当翰林院编修，并任经筵讲官。什么叫经筵讲官呀？这个官职很厉害，就是定期给皇帝讲解经史，相当于皇帝的专职教授或者讲师。

杨慎的耿直脾气该改改了吧？江山易改，禀性难移。到了嘉靖皇帝的时候，他又一次触怒了皇帝，遭到贬官。嘉靖三年（1524 年），杨慎的父亲杨廷和在“大礼议”一案中遭到重责，被贬官，驱逐回到四川新都老家。杨慎继续抗谏，也得罪了皇帝，受到皇帝廷杖的惩戒，并发配到云南永昌卫去戍边。

因为杨慎的父亲杨廷和被罢官后，回到了老家四川新都。杨慎要求把自己戍边的地方调得离家乡近一些，以便照顾年迈的父亲。朝廷考虑了他这一请求，这期间，杨慎往来于云南和四川之间，但最后还是终老于云南永昌卫。

一代才子杨慎对于宦海沉浮，很是拿得起，放得下。即使是在被发配、戍边的日子，杨慎都没有停止考证经史、赋诗填词，留下的著述多达一百多种。这是因为，在这位大才子的眼中，功名利禄都是过眼烟云。这种情愫在词人的词作中多有流露。比如，杨慎的词作《临江仙》就是这样的作品。

说来有趣，杨慎这首词作并不是在书斋中完成的，而是完成于发配云南充军的途中。那是1524年，杨慎在“大礼议”一案中得罪了皇帝，被发配到云南充军。杨慎戴着木枷，被差人们押解着一路南行。好在，词人是前任大学士（相当于宰相）杨廷和的儿子，自己也是当朝“三大才子”之首，还曾经当过皇帝的老师，差人们都很崇敬杨慎，并没有难为他，还允许他带着奴仆和家人，所以，他一路上没吃多少苦。

一行人来到湖北江陵的时候，气势磅礴的长江滚滚向东流去，激起的浪花拍打着岸边的礁石。杨慎对押解他的差人说：“官爷，咱们歇歇脚吧！”

差人头目脸上堆着笑说：“歇歇就歇歇，这有什么打紧？只是，此地也没有什么好去处，让杨相公受委屈了。”

“这里比不得京城，一路上承蒙几位官爷照顾，杨某并没受什么罪，何况杨某乃是戴罪之身，这就很知足了！”杨慎指着岸边的几块礁石说，“此地甚好！”

差人头目说：“我把杨相公颈上的木枷取下来，这样，杨相公会舒坦一些。”

杨慎连忙说：“不可，戴木枷上路，乃是国家大法规定，岂可轻易取掉？”

差人头目说：“杨大人言重了，此地天高皇帝远，小人说了算，有什么干系，小人顶着就是了。”

杨慎不再说什么，让差人头目取下脖颈上的木枷。

一行人在江边的礁石上坐了下来，杨慎听着浪花拍打礁石的声音，浮想联翩：家父罢官回家时，身体一直不大好，现在好些了吗？皇上在“大礼议”一案中固执己见，责罚了好几位朝臣，那些同僚现在还好吗？

突然，不远处传来两个人慷慨激昂的议论声，那声音好像在争论什么问题。杨慎心中好生奇怪，这声音比前些日子大臣们在朝堂上向皇上抗谏还激昂，什么人有这么大的兴致，到江边来大发议论呢？

杨慎欠起身子，放眼望去，在离他们不远的礁石上，坐着两位白发老者，一个是江上渔夫模样，一个身着山中打柴的樵夫装束，腰间还别着一把斧头。他们面前的礁石上放着一把酒壶。樵夫说道："往日你我见面，都依你，饮酒行酒令，那些小令都是文人墨客玩的雕虫小技，有什么意思？"

渔夫不解地问："依兄高见，咱们当行什么令？总不能像醉鬼似的，干喝吧？那不成了饮驴了吗？"

樵夫说："当然不可以干喝，那咱们就以曹孟德的《短歌行》为令，如何？我说前两句，你说三四句，以此类推，语迟、卡壳的都算输，就得罚酒！可否？"

渔夫说："好是好，想那曹操乃是三国时的奸雄，怎么能以他的诗为酒令？"

"兄此言差矣！"樵夫说，"想那东汉名士许劭评价曹孟德是'乱世之奸雄，治世之能臣'，那曹操闻听此言，大笑而去，我想他听了这个评价，心里是十分受用的。我认为，那曹操乃是盖世英雄。"

"愿闻其详！"渔夫捋着胡须说。

樵夫笑着说："老兄在考我吗？那曹操先征服了宛城的张绣，后擒杀了盘踞徐州的吕布，又平定了淮南的袁术，在官渡之战中以少胜多，打败了袁绍，又在仓亭再破袁绍余部。然后，千里奔袭，北征乌丸，斩杀匈奴单于冒顿，平定辽东。在扫平北方以后，曹操挥军南下，消灭了荆州的刘表，由于轻敌，败于孙权和刘备联军。但是，曹孟德是一位受挫不馁的英雄，他在西征中击败了马超、韩遂的关中联军，收服了汉中的张鲁。汉献帝册封他为魏王，享受天子之制，获得进宫后'参拜不名，剑履上殿'的权力。这样的英雄谁人能比？"

渔夫摇了摇头说："说曹孟德是枭雄还讲得通，讲他是英雄，总是让人心中不舒服。就是兄长说的这个'享受天子之制'备受后人诟病，这不是僭（jiàn）越吗？还有那'参拜不名，剑履上殿'，非人臣所为也。"

樵夫笑笑说："你还是为刘氏的汉家天下抱屈呀！他是英雄，还是枭雄，与我们何干，我们只不过是拿他的《短歌行》当个酒令罢了！听着，老朽先说了——对酒当歌，人生几何？"

渔夫立即答道："譬如朝露，去日苦多。"

"慨当以慷，忧思难忘。"

"何以解忧？唯有杜康。"

"青青子衿，悠悠我心。"

"何以解忧？唯有杜康。"

樵夫大笑，指着渔夫说："罚酒！老兄想什么呢？车轱辘话说起来没完了，想喝酒了吧！喝！"

渔夫喝了一口酒，尴尬地说："我是在想，曹操是奸雄也好，枭雄也罢，的确算得上是三国时代的雄杰，那第二位英雄应当是刘备，还是孙权？”

樵夫沉吟片刻，说：“我以为，孙权应该是更出色一些，当列为三国时代第二位英雄。东吴在孙权的领导下，人才济济，兵强马壮。曹操率领大军进攻濡须的时候，见东吴的领导队伍整肃，喟然长叹说：‘生子当如孙仲谋’，这是曹操在夸奖一个年龄比他小很多的对手啊！孙权当然是仅次于曹操的英雄。况且，在孙权活着的时候，既打败过曹操（赤壁之战），也战败过刘备（彝陵之战），他除了在逍遥津受挫于张辽，没有遭到过大的败绩。他不是英雄，谁是英雄？”

“孙权是后生可畏，当然是英雄，但他的基业毕竟是从父兄那里继承下来的。”渔夫捋着胡须说，“老朽以为，还是刘备更强一些，刘备起家时，不过是织席贩履之辈，曹操夸奖对手，夸奖孙权并不是头一回。刘备兵败徐州，吕布乘机占领了刘备的徐州，在曹操联合刘备铲除吕布后，曹操不肯把徐州还给刘备，而让刘备跟着自己去了许昌。刘备时时刻刻都在想着离开曹操，另起炉灶。为了不引起曹操注意，他运用韬晦之计，在家中种菜。一天，曹操请刘备到府中赴宴，二人用青梅煮酒，边饮酒边评价天下英雄。曹操指着刘备说，‘今天下英雄，唯使君与操尔’，意思是说，当今天下的英雄，只有你刘备和我曹操啊！听了曹操的话，刘备吓了一大跳。要知道，那时候他正是走‘背’字的时候，身陷龙潭虎穴，被曹操这样的对手夸奖，可不是什么好事。当时，天降大雨，乌黑的天空正好响了一个霹雳，刘备手中的筷子掉在了地上，说：‘好吓人的雷声’啊！曹操笑着问：‘英雄也怕雷吗？’刘备装作受惊状说：‘这样响的雷，焉能不怕？’刘备的韬晦之计竟然骗过了曹操。后来，刘备抓住一个机会离开许昌，脱离曹操，再次白手起家，硬是打拼出来蜀汉一片天地，他不是英雄，谁是英雄？虽然他身边有关羽、张飞、赵云等勇将追随，后有诸葛孔明辅佐，但这更彰显了刘备的人格魅力。所以，老朽认为，三国时代能与曹操匹敌的英雄，当属刘备。”

樵夫笑着说：“他们谁是英雄，与我等何干？什么是是非非，成功与失败，都是不长久的，曹操、刘备，还有那个孙权，他们又在什么地方呢？都已经化作尘埃了。只有葱茏翠绿的青山依然存在，太阳依然照常升起，照常日落，日落的晚霞照样映红了西边的天空。咱们还是喝酒吧！刚才可是老兄你错了，你应该说‘但为君故，沉吟至今’，听着，我又要行酒令了，下面两句是‘呦呦鹿鸣，食野之苹’……”

渔夫刚要说话，旁边突然传来一个陌生人的声音：“两位老伯，晚生打搅了。”

两位老人扭头一看，见一位相公模样的男子站在他们旁边，此人不是别人，正是杨慎。

樵夫连忙问：“相公好像是一位走‘背’字的官人，刚才你还戴着刑枷……”

杨慎向两位老人行礼说：“晚生是罪人杨慎，刚才听了两位前辈的宏论，前辈们真乃世外高人啊，令杨慎佩服；二位在江边礁石上论英雄的见解，让杨慎茅塞顿开。出京的时候，晚生还十分沮丧，听了两位前辈的高论，晚生心中豁然开朗。”

渔夫说：“难道相公就是当朝大学士杨廷和大人的公子吗？”

杨慎说：“晚生正是杨慎。晚生听了前辈们的高论，深有感触，想写点什么。不知此处哪里可以寻得到纸笔，请前辈指点迷津。”

樵夫说：“老朽手头没有，不过，离此处不远有个码头，肯定是有的。”

杨慎回身对差人头目说：“官爷，不好意思，杨某想写点什么，我想到码头去借支笔和几张纸，不知可否？”

差人头目连忙对一个差人说：“怎么能让杨相公去呢？你到码头去给杨相公借纸和笔来！”

那个差人连忙答应说：“好嘞！”

很快，那差人借来了纸和笔，交给杨慎，杨慎把纸铺在礁石上，笔走龙蛇，他即兴创作的词作《临江仙》跃然纸上。

樵夫和渔夫本是深谙文墨的世外高人，樵夫连声夸赞说：“好词！公子真不愧是当代俊杰！”

渔夫也点点头说：“这首词将会在词坛上留下些痕迹的。大有东坡（苏轼）和稼轩（辛弃疾）的词风啊！佩服！”

“前辈谬奖了！当着两位前辈献丑了！”杨慎收了笔，交给借纸笔的差人去还笔，他向两位长者作揖说，“谢谢两位前辈开导，晚生告辞。”

杨慎与樵夫和渔夫告辞后，又踏上了南下的旅途，谁知，他踏上的竟是一条不归路，从此，他再也没有回到过京城。樵夫望着杨慎远去的背影说：“这位青年才俊可惜了，想不到，他供职于朝堂，活得还不如我们洒脱自在！”

渔夫也叹口气说：“是啊！不过，他远离朝堂，此行可能会换来另一种活法。他要是不改改执拗的脾气，还是像我们这样，扎根于泥土，生活于穷乡僻壤也许会更自由些。在遥远的边寨独自做学问，天高皇帝远，谁也管不着，这是他的命，此行远去的地方也许是他的归宿。”

后来，事实证明，此行远去的云南永昌卫的确成了杨慎终老的归宿。

在永昌卫，虽然有戍边任务，但没有人干涉他的研究与创作自由。他撰写文章，填词吟诗，有时候还考证一下经史。因为他耐得住寂寞，留下著作达百余种。在明代，他属于著述最丰厚的一位学者和词人，后人将他的著述编辑为《升庵集》。

这叫“失之东隅，收之桑榆”吧。

杨慎这辈子，活得值了！

沁园春①

恨

（清）郑燮②

花亦无知，月亦无聊，酒亦无灵。把夭桃斫断，煞他风景③；鹦哥煮熟，佐我杯羹④。焚砚烧书，椎琴裂画，毁尽文章抹尽名⑤。荥阳郑，有慕歌家世，乞食风情⑥。

单寒骨相难更，笑席帽青衫太瘦生⑦。看蓬门秋草，年年破巷；疏窗细雨，夜夜孤灯⑧。难道天公，还钳恨口，不许长吁一两声⑨？癫狂甚，取乌丝百幅，细写凄清⑩。

【注释】

①恨：词的副标题，以一个“恨”字作为词作的副标题，是词坛上绝无仅有的，词人以此宣泄愤世嫉俗的情感。

②郑燮（xiè）（1693–1765）：字克柔，号板桥，江苏兴化人。郑板桥客居扬州，以卖画为生。

③夭桃：指茂盛的桃树。斫（zhuó）：砍。煞：同“杀”。

④鹦哥煮熟，佐我杯羹：鹦哥这样可爱的小鸟也要煮熟了当下酒菜吃掉。杯羹，当下酒菜。

⑤椎琴裂画：把琴捶碎，画撕裂。椎，同捶。从“把夭桃斫断……毁尽文章抹尽名”七句：这七句无非是为了说明一个意思，就是“煞他风景”。古人常以“焚琴煮鹤”来形容煞风景。

⑥“荥（Xíng）阳郑”三句：说的是郑元和。郑元和是唐朝荥阳人，曾经落魄长安，后人将他的事迹编为戏剧，戏曲中的郑元和唱着莲花落的丧歌沿街行乞。这里词人自称是郑元和。

⑦骨相：指人的骨骼相貌。古人说骨相好坏，决定人一生的命运。难更：难更改。席帽青衫：明、清时代科举考试时儒生或者秀才戴的帽子、穿的衣裳。太瘦生：太瘦。生，语助词，无实际意义。

⑧蓬门：贫穷者居住的柴草门。破巷：贫穷者居住的偏僻的陋巷。

⑨天公：老天爷，可以理解为当权者。还箝恨口，不许长吁一两声：还限制言论，不让发发牢骚吗?

⑩乌丝：全称乌丝栏，供书写用，是带黑格的绢或纸张。

【译文】

花不知道我心中所痛恨的事，月亮也不能帮助我解除心中的烦忧，甚至平常能帮我消愁解忧的酒也不管用了。连开着艳丽花朵、茂盛的桃树也要被砍断，鹦鹉这样可爱的小鸟也要煮熟了当下酒菜吃掉。砚台被毁掉，书被烧掉，画和文章被毁掉，什么虚名都不要了。眼前的一切太煞风景了。我就像那个原本是官宦子弟的郑元和。郑元和与妓女李娃相爱，钱财被老鸨（bǎo）掏空，只好流落街头靠唱丧歌乞讨为生，我也有这样的遭遇。

我的骨相单薄寒酸，这是难以更改的。而人们认为骨相可以决定人的命运，认为方头大耳的人是福相。我穿着应考的举子们穿的青衫，头戴以藤席为骨架的帽子，瘦弱寒酸会为人所耻笑。长期居住在偏僻、破旧的陋巷里，进出长满秋草的蓬门，窗户不严，难以挡住风雨，夜夜伴随着孤灯度过长夜。我的境遇已经如此不堪了，难道老天爷还要限制住我的口，连叹口气，发发牢骚都不允许吗？本人是个性情直率的人，癫狂得很，心中有不平，怎能不鸣？于是，我取出一百张乌丝栏这样的纸张，详细地写出心中的凄楚和愤恨。

词人的故事

郑板桥与郑元和

郑板桥是清代小官吏、书画家、文学家，有多方面的艺术才能，擅画竹、兰、石，工于书法。他的书法用隶书掺入行楷，恰似“乱石泼街”，极有个性。他的诗、书、画被世人称为“三绝”。他生平行为狂放不羁，经常发表愤世嫉俗的言论，做出不合时宜的举动，被称为“扬州八怪”之一。

郑板桥本名叫郑燮，板桥是他的号。因为“板桥”这个号名声太大了，他的本名反而被不少人忘记了。郑板桥在康熙朝考中秀才，在雍正朝考中举人，在乾隆年间考中进士，当过县令，为官场所不容，辞官后客居扬州，以卖画为生。

郑板桥出身于书香门第，三岁时母亲就去世了，父亲娶郝氏为妻，继母对郑板桥很疼爱。郑板桥没出生时，家里尚有三百亩良田，等他出生时，家道已经败落了。郑板桥小时候有位奶娘，奶娘对他非常疼爱，对他成长影响特别大。有一段日子，奶娘离开他家到别的地方去谋生，临走前给他做好了饭菜。郑板桥来到奶娘住过的屋子，当他见到冒着热气的饭菜时，忍不住号啕大哭。后来，郑板桥为官清廉，跟这位奶娘对他的影响不无关系。

郑板桥读书非常刻苦，他不太喜欢科举考试必考的经学，但为了将来有个好前程，他不得不读这些经学书籍。他更喜欢读的是历史、诗词、散文作品。后来，他拜名家陆种园为师。陆种园才学出众，品行高洁，精通书法、填词。在陆种园的指点下，郑板桥的书法、诗歌、词名扬一方。

郑板桥 23 岁那年，与十分贤惠的徐氏成婚。婚后，徐氏生了一男一女。为养家糊口，郑板桥不得不放弃了读书。年轻的郑板桥喜欢书法、绘画，特别喜欢画竹子，认为竹子“劲节可风，潇洒不俗”。这时，他画竹子已经画得相当好了。由于很少人能读得懂他的画，所以，他的画卖不出去，光靠卖画难以维持生计。

郑板桥开了一家私塾，招几个弟子，以教书来维持生计。灾荒年月，大家吃不饱肚子，学生哪能缴得起学费呢？他陷入了卖画无人要，教书无人来的窘境。郑板桥 30 岁时，父亲去世了，接着爱子早夭。他 39 岁时，郑板桥的妻子徐氏不幸亡故。一连串的打击使郑板桥失去了活下去的勇气。幸而这时，郑板桥得到了江西朋友程羽宸的慷慨相助，赠给他一千两银子，帮助他从困顿中解脱出来。

郑板桥在康熙朝是考取过秀才的，前半生，郑板桥也曾想走出一条匡时济世的道路，想在科举考试中考取功名，然而，他没有把所有的精力用在学习科举考试的学问上，每次考试都名落孙山。后来，他离开家乡，到焦山别峰庵、双峰阁潜心攻读，研究经、史、子、集，他的学业大为长进。功夫不负苦心人，郑板桥在 40 岁那年去南京参加乡试，考中了举人。他在乾隆皇帝即位那一年，赴北京参加会试，考中了进士，这一年，他已经 44 岁了。考中进士的郑板桥应该能进入官场了吧？没有。直到 49 岁那年，他才被任命为七品芝麻官，到山东范县去做县令。

范县是山东鲁西一个小县，郑板桥骑着一头小毛驴，带着一个书童，一个书箱和一张古琴，到范县上任去了。郑板桥来到县衙，做的第一件不可理喻的事就是在县衙的墙上打了许多小洞。衙役们问郑板桥：“您这是要干什么？”

郑板桥说：“我要放放前任县令的恶俗之气！”郑板桥说的是自己的心里话，可是，这话传开了，他的前任县令能高兴吗？他的上司能不提防他吗？

郑板桥上任之后，开始，百姓远远地躲着他。无事可做，他只好寄情于书法，写到得意的时候，就放开嗓子唱上几句小曲。于是，范县的衙役和官吏都说：“大家都小心点，这位县令可能是个癫疯病病人。”

这话被郑板桥的丫鬟听到了，告诉了郑板桥的家里人。家里人对郑板桥说：“老爷，您注意点儿吧！自古以来有狂士、狂生，还没听说过有狂官呢！”

郑板桥这才意识到自己是进入官场的人，不是普通人了。俗话说，官差不自由，大概说的就是这个理。所以，他不再唱曲了，只能有时候喝点闷酒。

有时，郑板桥走出县衙体察民情。他不带衙役、随从，也不用跟班的鸣锣开道，而是一个人深入乡间。他了解到民间的疾苦，萌生了愧对百姓的真实情感。他在给堂弟郑墨的信中说：“天地间第一等人只有农夫，而士为四民之末。”“(假）使天下无农民，举世皆饿死矣。”他这种以民为本的大实话，在官本位的官场中哪里吃得开呀？

郑板桥爱憎分明。有个四川籍姓李的学生家里很穷，在范县考试得了第一名。但是他不是范县人，不能参加高一等级的考试，找郑板桥哭诉了他的难处。郑板桥根据实际情况向州府衙门打报告，请求特事特办。而州里的官员竟然指责郑板桥说：“你是不是跟该生有私交啊？你这样做有违常理。”

郑板桥听了，鼻子都气歪了。但他也只好哑巴吃黄连，忍了这口气。郑板桥为了让这个小伙子有赚钱的生计，只能让他做自己的学生，热心地教他画画。

郑板桥 54 岁那年离开了范县，到潍县当县令。郑板桥还是像在范县那样，常穿着便衣到潍县各乡去访察民情。一次，他夜间出门，听到一间茅屋里传出来朗朗的读书声，原来是一介寒生韩梦周在夜读。韩梦周家徒四壁，郑板桥用自己的俸禄帮助他，使韩梦周考中了举人、进士。韩梦周日后和郑板桥成了知己。

这年，潍县闹了大灾，以往，官员向来不上报灾情，生怕影响到自己的前程。郑板桥以苍生疾苦为重，如实上报了灾情，得罪了上司。郑板桥长期得不到上司赈灾的批文，只好亲自到济南州府去反映情况。谁知，正赶上上司在趵突泉大宴宾客。见到郑板桥来了，上司知道郑板桥是位名士，诗画出众，就请他参加宴会。上司请他现场作诗，要留下他的墨宝。要是别的官员，一定会感到十分荣幸，郑板桥是耿直的人，从来不巴结上司，他望着不管人民死活的官员们，愤然大笔一挥，一首诗跃然纸上：

原原有本岂徒然，

静里观澜感逝川；

流到海边浑是卤，

更难人辨识清泉。

众人吓得脸色都变了。他的上司仔细吟诵这首诗，立即品出了其中的讽刺意味，这不是讥讽他们是不清不白的污吏吗？这首诗刺痛了庸官的神经。

郑板桥回到潍县，命令县吏们开仓赈灾，救济灾民。县吏知道上司还没发下批文，说：“还是等等上司的批文吧！不然，您得吃不了兜着走！”

郑板桥愤怒地说：“等着批文下来，不定得饿死多少人呢！”

郑板桥的举措救了无数灾民，却得罪了冷酷无情的上司，他在这样的官场一天也待不下去了，只好称病辞官。有的书里对他这段经历的描写只有简单的 14 个字：“以岁饥为民请赈，忤大吏，遂乞病归。”意思是说，郑板桥因为赶上荒年，为民请求赈济，得罪了大官吏，于是，称病请求允许他辞官回乡。

辞官后的郑板桥离开了官场，骑着小毛驴来到扬州。郑板桥从此无意于功名，他一不会种地，二不会经商，一时陷入了困顿之中。但郑板桥生就的耿直脾气，再穷，再难，也不会去向权贵、恶势力低头，这使他的日子过得更加艰辛。在这种心境下，郑板桥写出了《沁园春 · 恨》这首词作。

郑板桥在词中以郑元和自比，郑元和原本是唐代的官宦子弟，曾经有过落魄长安唱丧歌行乞的经历，那是发生在几百年前的故事……

相传，唐代时，毗陵（今无锡）有位状元，此人姓郑名徽字元和，祖籍荥阳。唐朝天宝年间，郑元和的父亲郑仁仰任常州刺史，还是少年郎的郑元和随着父亲迁居毗陵三皇街。

郑元和天资聪慧，他的父亲常以“吾家千里驹”夸奖自己的儿子。郑元和不到 20 岁就赴常州参加科举考试，他以榜首的成绩取得入京会试的资格。

郑元和来到长安，没想到，他误入花街柳巷，在妓馆中结识了烟花女子李娃。李娃本名叫李亚仙，李娃是她的艺名。两人因为处于热恋之中，郑元和耽误了考试的日子。他随身所带的银子被妓馆的老鸨骗光了，并被老鸨逐出门外。郑元和流落街头，沦落为办丧事时唱丧歌的歌手。

恰逢郑元和的父亲赴京城长安述职，见儿子不肖，有辱门庭，命令手下人将他毒打，几乎把他打死。郑元和沦落为乞丐在街头要饭。

没想到，曾经与郑元和相恋的李娃是个重情义的女子，她听说了郑元和的遭遇，到大街上寻找郑相公，当找到郑元和时，她的心上人已经奄奄一息。李娃不顾老鸨的阻挠，用自己的私房钱将自己赎身，并与郑元和同居，她决心帮助意中人挽回毁掉的形象，让郑元和重新崛起。

郑元和在李娃的资助下，从此“浪子回头”，终于在下一科会试中名列榜首，成为新科状元，被皇上授予成都参军之职。

世人对于曾经当过娼妓的李娃偏见颇深，她怕因为自己的名声妨碍了郑元和的前程，要和心上人分手。郑元和坚决不同意，他对李娃说，如果李娃一定要走，他宁可永不做官。

此时，郑元和的父亲被朝廷派到成都，担任成都府尹兼任剑南采访使，他听说了李娃扶助儿子的义行和节操，非常感动，欣然接受了李娃这位儿媳妇。

天宝十四年（755 年），发生了“安史之乱”，皇帝李隆基曾经流落到蜀地，郑家父子护驾有功，加官晋爵，李娃也被封为诰命夫人。李娃生有四个儿子，后来，都成为朝廷的高官。

北宋的《太平广记》中载有《李娃传》，讲到状元郎郑元和告老退居故里毗陵三皇街后，在府第后面购买了“药王庙”后园的遗址，在此建造了郑公祠，并立荥阳公郑阁老（郑元和的父亲郑仁仰）的塑像供后辈瞻仰，郑公祠中的文献对郑元和、李娃的事迹也有描述。

其实，郑元和与郑板桥的遭遇不尽相同，郑元和是嫖妓而沦落，郑板桥是辞官导致穷困，只有在一点上是一样的，他们都是沦落人。

郑板桥没了功名利禄的羁绊，获得的是自由身。他潜心绘画，舞文弄墨，吟诗作词。很快，他的名声就在扬州一带传播开来。他走到哪里，字画留在哪里，观赏者无不称绝。他的字如“乱石泼街”，他的画风格别具，他的诗独领风骚，被传颂于一时。他的诗、书、画被世人称为“三绝”。郑板桥与其他七位画家被称为“扬州八怪”，他是“扬州八怪”的领军人物。

郑板桥成了传奇性的人物，民间有许多关于他的故事。传说，南昌城有一家点心店，店主叫李沙庚。最初，这家店因为货真价实使得小店顾客盈门。后来，店主掺杂使假，店里生意渐渐冷清。一天，郑板桥到店里来进餐，店主十分惊喜，请郑板桥题写店名。郑板桥挥毫题写了“李沙庚点心店”六个大字，字迹传神而有力，但是，还是无人进餐。原来，郑板桥在写“心”字时少写了一点，李店主请求郑板桥补写一点。

郑板桥说：“你以前生意兴隆，是因为‘心’上有这一点，现在生意清淡，因为‘心’上少了这一点。”

李沙庚明白了，经营店铺，还要经营人生，树立人的诚信。此后，李店主痛改前非，再次赢得了人心，赢得了市场。点心铺又恢复了以往兴隆的景象。

民间像这样的故事还很多，有些不是郑板桥的事迹，人们也愿意把好事附会到郑板桥的身上，这是诚实的郑板桥人格的魅力所起的作用。

郑板桥有一幅著名的书法作品，叫《难得糊涂》，因为他只讲真话，不讲假话，不假装糊涂，他在官场上不顺。讲诚信在那个时候是行不通的，所以，他发出“难得糊涂”的感慨。

郑板桥在艺术的道路上越走越宽，提起笔来，如有神助。因为，他在艺术的百花园里不用作伪，有感而发，随心所欲，在艺术创作中体味到了真实的愉悦。郑板桥在官场上不是成功者，在艺术领域实现了人生价值，找到了归宿。

蝶恋花

（清）纳兰性德①

辛苦最怜天上月②，一昔如环，昔昔都成玦③。若似月轮终皎洁，不辞冰雪为卿热④。

无那尘缘容易绝⑤，燕子依然，软踏帘钩说⑥。唱罢秋坟愁未歇，春丛认取双栖蝶⑦。

【注释】

①纳兰性德（1655–1685）：清朝著名文学家，清词三大家之一，原名成德，字容若，满洲正黄旗人，父亲是武英殿大学士纳兰明珠。纳兰性德19岁参加会试中第，因病错过了殿试。康熙十五年（1676年）补殿试，考中第二甲第七名，赐进士出身。纳兰性德的词以“真”取胜，写景逼真传神。词风清丽婉约，格高韵远。康熙二十四年（1685年）溘然而逝，年仅30岁。主要作品有《通志堂集》《纳兰词》《侧帽集》《饮水集》《渌水亭杂识》等。

②天上月：词人指的是自己的亡妻。

③“一昔如环”两句：一年之中，月亮只有一夜是最圆满的，其他的夜晚就都是有亏缺的。昔：同“夕”，《左传·哀公四年》中有“为一昔之期”的句子。昔昔：指夜夜。玦

(jué)：本指玉玦，环形，有缺口的玉，词人借来比喻不圆的月亮。

④不辞冰雪为卿热：我会像荀粲那样，在冬天里不辞冰天雪地，脱光上衣到外面站着，回来用身体给你降身体的高热。词人引用了一则典故，三国时期荀粲与妻子感情非常好，他的妻子在冬天病重，发高烧，荀粲为了给妻子降温，脱光上衣站在大雪中，等身体冰冷时回屋给妻子降温。荀粲：是东汉名臣荀彧（yù）的小儿子。荀粲的妻子死后，不久，他也因忧伤过度而死，被历代誉为“情圣”。《世说新语·惑溺》中说：“荀奉倩（粲）与妇至笃，冬月妇病热，乃出中庭，自取冷还，以身熨之。”

⑤无那：同无奈。尘缘：尘世间的姻缘。

⑥软踏帘钩说：燕子依然轻轻地踏在帘钩上呢喃细语。帘钩：卷帘用的钩子。唐代诗人有诗说：“燕语踏帘钩，日虹屏中碧。”是说燕子于帘幕之间啁啾鸣叫。

⑦唱罢秋坟愁未歇：李贺在《秋来》这首诗中说：“秋坟鬼唱鲍家诗，恨血千年土中碧。”词人借用这两句诗表示虽然哀悼过了亡灵，但是满怀哀思仍不能释怀。春丛认取双栖蝶：花丛中的蝴蝶能成双成对，人却生死分离，不能团聚。词人表示愿意死后同亡妻一起化作双飞双栖的蝴蝶。认取：注视着。

【译文】

最辛苦、最可怜的要算是天上的月亮了。一轮圆月，悬挂在天上。一年之中，月亮只有一夜是圆满的，其他的夜晚就都是有欠缺的。如果能让天上的圆月长盈不亏，那么，我会像荀粲那样裸着躯体站在冰天雪地里，然后用自己冰凉的躯体驱散你身上的高烧。

真是无奈啊，尘世间的姻缘竟然是这么容易断绝。但是，帘幕间的燕子仍旧踏在帘钩上发出轻轻的呢喃。在秋坟前吟诵挽歌唱鬼魂，纵使悼念过了亡灵，鲍家诗（挽歌）唱罢，心头的愁和恨仍然不能消解。而今已经认定，希望死后化作花丛中的双蝶，生生世世，永不分离。

词人的故事

多情词人悼亡妻

纳兰性德是清朝著名的文学家，清朝三大词人之一。

他出身显赫，家族与皇室沾亲带故。纳兰性德的母亲属于爱新觉罗皇族，曾祖父金台吉是叶赫那拉部的贝勒，父亲是清朝重臣、武英殿大学士纳兰明珠，世称“明相”。纳兰明珠的家族属于叶赫那拉部，满族正黄旗人。他曾经当过内务府总管、刑部尚书、兵部尚书、都察院左都御史、武英殿大学士，权倾朝野，尤其他还曾经当过太子太傅，学问自然是好的。

纳兰性德自幼饱读诗书，文武双全，17岁进入国子监，受到国子祭酒徐文元赏识，推荐给了内阁学士徐乾学。纳兰性德成为内阁学士徐乾学的弟子，他更加发奋努力学习。在老师的指导下，他用两年时间主持编纂了一部儒学汇编《通志堂经解》。这部书是康熙朝重要的学术工程，受到康熙皇帝爱新觉罗·玄烨的赏识。

纳兰性德18岁那年，参加顺天府乡试，考中了举人。19岁参加会试中第，成为贡士。因病错过了康熙十二年（1673年）的殿试。康熙十五年（1676年）补殿试，考中第二甲第七名进士，这一年，纳兰性德只有22岁。

纳兰性德可谓少年得志，康熙皇帝深爱其才，所以，把他留在身边当了三等侍卫，不久，晋升为一等侍卫。成为皇上的御前侍卫，这对于纳兰性德和整个纳兰家族都是难得的殊荣。

具有御前侍卫身份的青年才俊纳兰性德有机会跟着皇帝北狩南巡，游历华夏神州大地。他和他的伙伴们负责保卫皇帝的安全。纳兰性德能够胜任这份职责，因为，他能够被皇上钦点为御前护卫，身上当然具备十分了得的功夫。

作为皇帝身边的近臣，纳兰性德还有一个职责，就是与皇上进行诗词唱酬。玄烨的文才和武功都在前朝君王之上，他自小是受过太傅指点的，与他进行诗文唱和，可不是粗通文墨的一般侍卫可以胜任的。纳兰性德本是康熙十五年（1676年）那一科皇上钦点的进士，吟诗填词自然不在话下。

当然，担负这个职责的不只纳兰性德一个人，还有同为康熙皇帝玄烨御前侍卫的曹寅（小说《红楼梦》作者曹雪芹的祖父）。那曹寅也不是等闲之辈，当一等侍卫比纳兰性德还要早些，小时候还当过皇帝的侍读，是真正“陪太子读书”的重要角色，文才武功自然不逊于纳兰性德。

康熙皇帝在位期间，特别喜欢巡视大江南北，关内关外。他巡游时，为什么爱带纳兰性德和曹寅这些年轻的侍卫呢？主要是因为纳兰性德、曹寅这些人的家族与皇家沾亲带故，政治上当然是靠得住的。再者，纳兰性德和曹寅与皇帝年龄相仿，是少年君臣，性情、趣味都十分相投。

表面看起来，陪同皇帝玄烨巡游，是十分荣耀的事情，其实，也是一件苦差事。皇帝住的当然是豪华的行宫，最不济也得睡在什么都齐全的龙辇（niǎn）里，龙辇前面有6匹骏马拉车，车身镶嵌着金银玉器、宝石珍珠，还雕刻有龙凤图案，尽显皇家尊贵的气派。龙辇只有皇帝和皇后可以乘坐，像纳兰性德和曹寅他们这些侍卫就只能住在临时搭建的军帐中了。

康熙二十一年（1682年），康熙皇帝平定了云南，出关东巡，到奉天祭告祖陵。纳兰性德随玄烨前往永陵、福陵、昭陵告祭先人，皇帝和随行的队伍出了山海关后，塞外风雪交加，北国的苦寒天气引发了纳兰性德对京城的思念，他在大帐中写下了《长相思》这首词：

山一程，水一程。身向榆关那畔行。夜深千帐灯。

风一更，雪一更。聒碎乡心梦不成，故园无此声！

这首词真实地描述了跟随皇帝北狩南巡将士们的生活，也如实地写出了纳兰性德思乡想家，思念父母、娇妻的心情。

纳兰性德家族祖上原本住在关外，清朝打败明朝，移都北京后，纳兰性德家和曹寅家都是“从龙入关”，跟着打天下的功臣，皇上赏赐功臣宅第、田亩是很丰厚的。在如何经营自己的宅第上，纳兰性德的父亲纳兰明珠是儒雅文臣，在经营思想和眼光上比一般“土豪”功臣要有见识得多。

纳兰性德居住的地方命名为“渌水亭”，有山有水，别有情趣。这个地方究竟在什么地方，学术界没有定论。有人说在北京城里的什刹海，也有人说是在西郊的玉泉山下，还有人说是在皂甲屯玉河之滨。无论在哪里，这三个地方都有水。古人说“上善若水”，古人对于水的崇拜、痴迷是有道理的，有水就平添了许多如诗如画的情趣。

更何况，在“渌水亭”这个有山有水的庭院里，还住着一位令纳兰性德魂牵梦萦的人，那是他的妻卢氏。卢氏出生在满族发迹的地方盛京(今沈阳)。她的父亲是汉军旗镶白旗人，因为文才武略受到皇太极的重用，清军入关后，任两广总督，兵部右侍郎，考察院右副都御史等职务。卢氏的家与纳兰性德家堪称门当户对。

卢氏从小知书达礼，能诗能文，才情绝不输与纳兰性德，再加上满汉文化的浸润，使得卢氏具有一般女子不具备的大家闺秀的风范。

卢氏18岁那年，这位令人艳羡的俏佳人嫁到了大学士纳兰明珠府上，成了他儿子纳兰性德的妻子，这段姻缘的结合，一时传为佳话，谁都说，纳兰性德与卢氏是“珠联璧合”的绝配。婚后，夫妻二人恩爱，感情甚笃，纳兰性德在京城的日子里，他们俩常有诗词唱和。

现在，纳兰性德随皇上巡游关外，“山一程，水一程，身向榆关那畔行”，夜晚，住在军帐中，将士们在军帐支起了“千帐灯”，看似壮观，但军营就是军营，军号和将士造成的杂音，使词人“聒碎乡心梦不成”。词人心里想的是什么呢？他想的是“故园”，说“故园无此声”，故园里有的是什么声音呢？有的可能是妻在“渌水亭”的绣房中，倚栏顾盼，在思念他的夫君，抑或可能在床上辗转反侧，难以入眠，不断地发出的低低的叹息声。纳兰性德恨不得插上翅膀，立即飞回京师，回到家中，孝敬他的父母，与他朝思暮想的妻子相见。但是，他不能，他负有保护君王的责任。

好不容易盼到了回京城的日子，纳兰性德归心似箭。他回到京城后，夫妻二人更加情意缠绵了。谁知，不幸竟然降临到这对年轻的夫妻身上。在他们结婚仅仅三年时，卢氏因为产后受寒而亡。爱妻的亡故使纳兰性德陷入极大的悲痛之中。他失去的不仅仅是一位亡妻，而且是一位懂他的知己。后来，纳兰性德每到清明节，都要赋诗填词悼念他的亡妻，他认为，他的亡妻是听得到的。

在一年重阳节前三天的夜里，纳兰性德在睡梦中梦见亡妻卢氏穿着淡妆素服，拉着他的手哽咽，说了很多情真意切的话。纳兰性德醒来后，那些话无法都记起，但是，他记得卢氏临别的时候说：“衔恨愿为天上月，年年犹得向郎圆。”

纳兰性德呆呆地坐在桌前，怅然若失，提起笔来写了悼念卢氏的悼亡词《蝶恋花》。

纳兰性德将他的词作编选成集，名为《侧帽集》，后来，又著《饮水词》。这首词收入了他的《饮水词》中，并且很快在社会上流传开来。人们都说，纳兰性德是性情中人，是一位像荀粲那样的情圣。

自从妻子卢氏死后，纳兰性德的心里总觉得空落落的，每天只以结交朋友为乐事。他所交的朋友都是社会上“一时之俊异”，有的是清奇磊落难以融入世俗的人士，比如，顾贞观、陈维崧（sōng）、严绳孙、朱彝尊、姜宸（chén）英等雅士都是他的朋友。而这些人当中，多为江南没有进入仕途的布衣百姓。纳兰性德对朋友非常慷慨，肯仗义疏财，扶危救困。当时的人甚至说他就是当代的平原君（平原君是战国时期赵国的公子，是战国四公子之一），他家的“渌水亭”就是平原君府。

纳兰性德是清代最著名的藏书家，他所收录的典籍达万卷之多，他在自己的藏书上都印有“珊瑚阁”“绣佛斋”“鸳鸯馆”等印鉴。

也许，纳兰性德用情太真，也许，他用情太深。后来，纳兰性德又娶了一房妻子，但是，他觉得这个世界上，任何人也无法替代卢氏在他心目中的位置，只有卢氏是真正懂他的。用情过于执着大大伤害了纳兰性德的身体，他甚至是在戕害自己的身体。他每天依然抱病会友，与友人饮酒填词，咏叹人生。他的病体日益沉重，郎中说，词人已病入膏肓，无药可救。到了康熙二十四年（1685 年）暮春，纳兰性德溘然而逝，年仅 30 岁。

后人将《侧帽集》《饮水词》两部词集增遗补缺，共得 349 首词作，辑为《纳兰词》。

流传后世的《纳兰词》在社会上造成了极大的影响。当时，在士人阶层中就流传着这样的说法："家家争唱《饮水词》，纳兰心事几人知？"

随着时间的推移，各种研究纳兰性德诗词艺术的学术组织层出不穷。他被后世誉为清词三大家之一，说他深得"千古词帝"、南唐后主李煜词作的风韵，这个评价是中肯、公允的。我们在研究纳兰性德和他的词作的时候，不要忘记，他的身后还有一位懂他、爱他，经常与他唱和的才女卢氏。虽然卢氏连姓名都没有留下，但我们相信，她的才情绝对不输与各个时代的才女，所以，在她去世后，多情的词人才撕心裂肺地悼念他的亡妻。

词人纳兰性德的英年早逝，是到天堂与他的爱妻卢氏相会去了，他辞世在鲜花烂漫的暮春时节，他要去向爱妻兑现自己的诺言，"若似月轮终皎洁，不辞冰雪为卿热""春丛认取双栖蝶"。

是的，纳兰性德要与爱妻化作花丛中的蛱（jiá）蝶，双栖双飞，生生世世，永不分离，他是在荀粲、李煜之后，又一位"情圣"，升天为蛱蝶，与爱妻相会，是他理想的归宿。

枉凝眉[1]

（清）曹雪芹[2]

一个是阆苑仙葩，一个是美玉无瑕[3]。若说没奇缘，今生偏又遇着他；若说有奇缘，如何心事终虚化[4]？一个枉自嗟呀，一个空劳牵挂[5]。一个是水中月，一个是镜中花[6]。想眼中能有多少泪珠儿，怎经得秋流到冬尽，春流到夏[7]！

【注释】

①枉凝眉：曹雪芹在中国古典小说《红楼梦》第五回"游幻境指迷十二钗·饮仙醪曲

演红楼梦”中，写的对金陵十二钗的判词之一。《枉凝眉》是其中最重要的一首判词。

②曹雪芹（？ –1763，一作 1764）：中国古典名著《红楼梦》的作者，名沾，字梦阮，号雪芹、芹圃、芹溪。籍贯沈阳（一说辽阳），生于南京，13 岁时迁回北京。雍正六年（1728 年），曹家因亏空获罪被抄。曹雪芹结束了锦衣玉食、富贵风流的公子哥的生活，随家人迁回北京老宅，后来，又移居北京西郊，靠卖画和友人救济为生。曹雪芹生性放达，爱好极为广泛，对诗书、绘画、金石、园林、中医、织补、工艺、饮食等都有所研究。曹雪芹以坚韧不拔的毅力，历经多年艰辛的努力，创作了小说《红楼梦》，该作品被誉为中国四大古典名著之一，享誉世界，被译成多种文字。

③阆（lánɡ）苑仙葩：指《红楼梦》中的林黛玉，她的前身是灵河岸上三生石畔的绛珠仙草。阆苑：神话传说中神仙住的地方。阆：一指空旷的地方，二指门高大的样子，这里当取第二种解释。仙葩：指仙花。瑕：指玉的瑕疵。美玉无瑕：指贾宝玉，《红楼梦》中说他本是赤瑕宫的神瑛侍者，瑛，指玉的光彩；这是指贾宝玉心地纯良洁白，没有世俗的腐臭浊气。

④虚化：化为乌有，成为泡影。

⑤“一个枉自嗟呀”两句：一个（林黛玉）独自无奈地流着泪悲叹唏嘘，一个（贾宝玉）老是白费心思地记挂着对方。嗟呀：因悲伤而叹息。牵挂：对所爱的人牵肠挂肚的思念。

⑥水中月、镜中花：月是虚幻的月，花是虚幻的花。是指宝、黛的爱情虽然美好，却如镜中月、水中花一样不会结为正果。

⑦“想眼中能有多少泪珠儿”三句：《红楼梦》中写林黛玉觉得与贾宝玉的爱情不能如愿，时常默默地以泪洗面，自秋至冬、自春到夏，她的病势迅速加重，泪尽而亡。

【译文】

一个是神仙住的玉宇琼阁生长的绛珠仙草，一个是没有任何瑕疵的璧玉。如果说没有美妙的奇缘，这辈子偏偏让他遇上了她；如果说有奇缘，为什么让双方理想的爱情美梦成为虚幻的泡影？一个（林黛玉）只能无助地流着泪悲叹唏嘘，一个（贾宝玉）只能白费心思地牵挂着他心爱的人。一个是水中虚幻的月亮，一个是镜中虚幻的花朵，他们理想的爱情之花终不能结成正果，只能成为泡影。想那眼中的泪珠儿，怎么能禁得住，从秋天流到冬天结束，再从春天流到夏天，（林黛玉）最终只能泪尽而亡。“绛珠仙草”的所有的泪水报答了“神瑛侍者”用甘露灌溉她的情谊，实现了以眼泪还债的诺言。

词人的故事

超凡脱俗的文学巨匠

曹雪芹出身于清代内务府正白旗包衣世家，是江宁织造曹寅的孙子。曹雪芹的先祖原来是汉人，从军跟随皇帝打仗，可以说曹家是军人出身。清朝时，皇上手下有八支队伍，称为八旗，由于受皇帝信任，曹雪芹的祖先入了旗籍。

曹雪芹家族，即使入了旗籍，他们家族的地位比起满族人，还是比较低的。曹家真正得到朝廷的眷顾，是在曹雪芹的曾祖母做了康熙皇帝的奶妈之后。康熙皇帝即位第二年开始设置专管宫廷所需织物的“江宁织造”，在人们看来，这是一个“肥差”。第一任江宁织造就是曹雪芹的曾祖父曹玺，从此，曹家进入显赫的贵族阶层。直至雍正五年（1727 年），曹雪芹的父亲因为在任上造成亏空而获罪，被革职抄家为止，祖孙三代任江宁织造长达六十多年。

曹雪芹出生在南京，少年时代过着锦衣玉食的富贵生活。这段日子，我们从《红楼梦》中可以看出一些端倪。从怡红院的雕梁画栋、到元妃省亲时大观园的极尽人间华贵的场面，再到设宴款待刘姥姥家宴的精致，我们都能想象得出曹雪芹少年时代家中是何等的富贵。

就在曹家被抄家的第二年，家道急剧衰落，13 岁的曹雪芹跟着家人迁回北京的老宅子。从此，曹雪芹过着“举家食粥酒常赊”的日子。陋屋冷灶、破席凉床曹雪芹还能接受，但是连喝酒都要赊账，真是让他羞愤到极点了。原来的富家公子，一旦家道衰败，立即遭到了世人冷眼。曹雪芹饱尝了世态的炎凉，《红楼梦》就是在这种心境下写出来的。

步入青年时代的曹雪芹才华出众，能诗能文，绘画也很有名气。有人举荐他到皇宫书画院当画师，这样就能有一份丰厚的收入。但曹雪芹自从经历家境变故之后便对仕途心灰意冷，清苦困顿的生活更加坚定了他孤傲的心，他宁肯过穷苦的日子，也不愿意去伺候官家。

过了 30 岁之后，曹雪芹再也维持不了北京城里的生活了，便搬到香山卧佛寺附近的一个小山村里居住。清朝开国君主努尔哈赤的第十二子阿济格的后人敦敏、敦诚兄弟属于皇族，他们与曹雪芹是信得过的朋友，与曹雪芹常有诗词唱和。我们从敦敏、敦诚的诗中可以看到曹雪芹生活的一个侧面。他们在诗中说，曹雪芹爱喝酒，却没钱买，于是便赊酒喝，等卖了画再还钱。中国古代的文学家中生活清贫的并不少见，但苦到曹雪芹这步田地的，实在不多。

在这样困顿的条件下，曹雪芹却毫不退缩，仍然坚持写作《红楼梦》。大约在乾隆二十七年（1762年）的秋天，曹雪芹的儿子因患痘疹死了。他非常悲伤，巨大的精神打击使他的身体一下子垮了。不久，曹雪芹自己卧床不起，他无钱医病，乾隆二十九年（1764年）除夕这一天，当别人欢欢喜喜过新年的时候，他却悄然离开了人世。而他所著的长篇小说《红楼梦》还没有完成，只创作出前八十回，后四十回是由高鹗所续，这在文学史上留下了永远的遗憾。

其实，曹雪芹的著作不只是《红楼梦》，还有一部《废艺斋集稿》，这是记载当时工艺制作技术的书籍。曹雪芹打破了中国“百工之人，君子不齿”的陈旧观念，详细记载了金石、风筝、编织、印染、烹调、园林设计等8项工艺的细节和诀窍，目的是让残疾人能够以技养身，弥补先天的不足。他对风筝的扎糊、绘制和放飞有深入的研究和成功的实践，可称得上是风筝高手。

曹雪芹从北京城里搬到西郊香山脚下后，以卖画维持生活，十分窘迫，有时也扎糊一些风筝，自娱自乐。一天，患足疾的朋友于叔度来访，老于不断哀叹家中贫困无米下锅。曹雪芹想到家中还有些竹、纸，于是，就热心地为老于扎了几只风筝，让他去卖。

没想到，于叔度居然得到重酬，从而解了燃眉之急。后来，曹雪芹还经常到于叔度那里，教他扎糊风筝，还为他设计新的风筝式样。从此，于叔度就以制作和卖风筝为职业，所得不仅足以养家糊口，而且渐渐成为北京制作风筝的著名艺人。

曹雪芹不只帮助像于叔度那样身患残疾的人掌握谋生的技艺，还把自古以来有关风筝的资料和前辈制作风筝的经验收集起来，加以整理归纳，经过两三年的努力，他写成了《南鹞（yào）北鸢（yuān）考工志》一书。这部书详细叙述了风筝起放的原理，风筝的种类和扎糊、绘画的方法。为了方便传授，曹雪芹还绘制了彩色的图谱，如彩蝶、比翼燕、螃蟹、雏燕等风筝的图谱，并写了歌诀。书里既有形状的描绘，又有色彩的说明，极其通俗易懂。

曹雪芹在《南鹞北鸢考工志》自序中写道：“是岁除夕，老于冒雪而来，鸭酒鲜蔬，满载驴背，喜极而告曰：‘不想三五风筝，竟获重酬；所得共享之……’”这不仅反映了曹雪芹与于叔度的友谊，更反映了曹雪芹扶弱济困、助人为乐的高尚情怀。

就是这样一个正直、热心、孤傲、博学多才的曹雪芹，却不被当时的社会所容，他在贫病交加、饱尝丧子之痛的苦难中死去。也许，富贵荣华在这位文学巨匠眼里被视为过眼的云烟。曹雪芹受到后人无限崇敬，不仅因为大师取得的文学成就无人能够比肩，而且因为他超凡脱俗的人格魅力。

鹊踏枝[①]

过人家废园作

（清）龚自珍[②]

漠漠春芜春不住，藤刺牵衣，碍却行人路[③]。偏是无情偏解舞，蒙蒙扑面皆飞絮[④]。

绣院深沉谁是主[⑤]？一朵孤花，墙角明如许[⑥]。莫怨无人来折取，花开不合阳春暮[⑦]。

【注释】

①鹊踏枝：词牌名，即“蝶恋花”。此词牌原为唐朝教坊的曲子，调名取南北朝梁简文帝“翻阶蛱蝶恋花情”的诗句，此词牌又名“凤栖梧”。

②龚自珍（1792–1841）：清末思想家、文学家，字瑟（sè）人，号定盦（ān），浙江仁和（今杭州）人，近代改良主义的先驱。他出身于官宦、学者之家，受到良好教育，从小博览群书，关心国事，产生变革的思想，27 岁中举，38 岁中进士，曾任内阁中书、礼部七品京官，后对官场厌倦，愤然辞官。他在诗、词、文方面都有建树，被称为“近代文学开山作家”，有《龚自珍全集》传世。

③“漠漠春芜”三句：漠漠春芜：茫茫的一片荒芜的春草。芜，草长得多而乱。春不住：春天过去了。藤刺：藤蔓上的刺。碍却：妨碍，挡住。

④“偏是无情偏解舞”两句：蝴蝶恋花在无情地飞舞着，蒙蒙一片扑面而来，都像柳絮一样。

⑤绣院深沉谁是主：深深的小院，谁是这里的主人呢？

⑥明如许：像这样明亮美丽。

⑦折取：来折花朵。折取：有的版本为“折枝”，词人取杜秋娘《金缕衣》“花开堪折直须折，莫待无花空折枝”典故和句意。无人来折取：喻没人欣赏。花开不合阳春暮：花

儿不该开在已经过去的暮春。阳春：温暖的春天。

【译文】

原上有许多荒芜的春草，春天过去了，藤蔓上的芒刺长得很好，但是，却总要挂住行人的衣裳，阻碍行人走路。恋花的蝴蝶在无情地飞舞着，雾蒙蒙的一片扑面飞来，都像是柳絮一样。

这样深沉的院里，到底谁才是真正的主人？一朵孤独的花，却在荒芜的废园中，在墙角开得那样亮丽，寂寞地开放着，却没人欣赏。不要埋怨没人来折花，没人来欣赏，只是怪这花在暮春才绽放，开的不是时候。

词人的故事

呼唤变革的先驱者

龚自珍是清末思想家、文学家，生于乾隆五十七年（1792 年）。在鸦片战争之后，中国面临着从封建社会向半封建、半殖民地社会转变的转型时期，中国知识界要求改革的呼声日益强烈，龚自珍是知识界中倡导变革的思想先驱，他呼唤的声音为后来发生的“戊戌变法”奠定了基础。

龚自珍出身于清朝末年一个官宦、学者之家，父亲龚丽正，官至江南苏松太兵备道，母亲是著名学者段玉裁的女儿。龚自珍受到母亲和外公良好的教育，博览群书，关心国事。龚自珍好读诗文，从 8 岁起学习经史，12 岁跟随外公学习《说文》，13 岁开始写作，15 岁有诗词问世，19 岁能按曲牌声韵填词，21 岁有自己的诗集《怀人馆词》三卷、《红禅词》两卷，由外公为他的诗词作品写序。段玉裁在序中说龚自珍“所业诗文甚夥（多）”“风发云逝，有不可一世之概，尤喜长短句（词）”。

清朝末年，读书人必须通过科举考试，取得功名才能进入仕途为官。龚自珍也必须走这条路。但是，他的这条路走得并不顺畅。嘉庆十五年（1810 年），龚自珍参加了顺天府乡试，由监生考中副榜第 28 名。嘉庆二十三年（1818 年），他又参加浙江乡试，考中了举人。嘉庆二十四年（1819 年），龚自珍参加会试。这次，他没有那么幸运，不幸落第。这次科举考试的失败，并不是龚自珍学业不精，而是他的文章离开了当时的主流思想，他不会逢迎主考官的意志。他从科举考试的失败中，看到了清朝政治的腐败、士人思想的僵化。他产生了改革的要求和欲望。

龚自珍在会试中虽然失利，但他已经取得了举人的功名，凭着这个资历，他可以进入仕途为官了。他先后担任了内阁的中书职务，这是很卑微的职务，收入也很微薄。

后来，龚自珍跟随刘逢禄学习了《公羊传》，他写出了一系列具有变革意识的政论文章，《明良论》《乙丙之际箸议》《尊隐》《平均篇》都是这个时期他所撰写的作品。这些文章表明，龚自珍渐渐地由传统文化的经史学者向变革的思想先驱的方向发生了转变。

这个时期，他的诗词一改以往的文风，很多是针砭时弊的作品。嘉庆二十二年（1817年），龚自珍曾拿着自己的文集《伫泣亭文》和一册诗集去向“吴中尊宿”王芑（qǐ）孙请教。这位名儒在读了他的作品后，认为“诗中伤时之语，骂坐之言，涉目皆是”，暗指上不得“台面”。可见，龚自珍无论是在行文的时候，还是赋诗的时候，文风是何等“壮怀激烈”，堪称那个时代的“愤青”。这反映，龚自珍的内心是多么渴望通过变革，来实现社会的进步啊！

有意思的是，龚自珍这种转变，后来竟然发展到了偏激的地步，只是因为学界“尊宿”认为他的“诗中伤时之语，骂坐之言，涉目皆是”，他竟然开始戒诗。

在嘉庆二十四年（1819年）那次会试中，龚自珍落榜后，又参加了五次会试，直到第六次会试，龚自珍才考中了进士。这年，他已经38岁。他取得了进士的功名，照理，官职应该有所改变，但他还是担任内阁的中书。直到道光十五年（1835年），他才到宗人府，改任礼部主事祠祭司行走。两年后，又补为主客司主事。这些职务还是很卑微的下层官吏。

这时，清朝的官场政治日益腐败，社会矛盾也越来越尖锐。封建的中国面临着没落崩溃的局面。以英国为首的西方殖民主义列强虎视眈眈地望着中国这块“肥肉”，把毒害人民的鸦片输入到中国，致使大量的白银外流，导致清朝政府国库空虚。龚自珍深刻认识到西方殖民主义列强侵略造成的严重的民族危机，他一针见血地指出：“近惟英夷，实乃巨诈，拒之则叩关，狎之则蠹（dù）国。”建议朝廷警惕西方殖民主义经济渗透和炮舰威逼。龚自珍虽然看到国家日益腐败，他还是希望通过改革挽救大清王朝千疮百孔的政权。

龚自珍对于政治现实的认识日益深刻，他不顾自己位卑言轻，提出了许多呼唤改革的政论文章和建议，如《西域置行省议》《东南罢番舶议》《阮尚书年谱第一序》都是这样的政论文章。在力主禁烟的林则徐担任钦差大臣赴广州的时候，龚自珍热情地撰写了《送钦差大臣侯官（林则徐是福州侯官人）林公序》的建议文章，呈送给林则徐。

然而，朝廷上下多是尸位素餐的庸官占据着高位，道光皇帝根本听不到像龚自珍这样下层官吏的言论，这使龚自珍从失望到绝望。道光十九年（1839年），龚自珍愤然辞官，南归回到了他的家乡浙江仁和。这一年，龚自珍48岁。龚自珍脱离了官场的污泥浊水，想专心著书立说，讲学布道。谁知，天妒英才，道光二十一年（1841年），50岁的龚自珍竟然暴卒于丹阳云阳书院。龚自珍在诗、词、文方面都有建树，被称为“近代文学开山作家”，有《龚自珍全集》传世。

龚自珍不仅是晚清一位杰出的思想家，还是一名知名的藏书家、典籍目录学家。他自幼继承家学，精通文字学和训诂学，长大后渐渐涉猎金石学。他的藏书极为丰富，也极精，宋、元时期留下来的典籍珍本达二十多种。他曾经托朋友帮助他广为收集，又四处借抄一些典籍。

他本人曾经为一些知名藏书家撰写藏书记、藏书诗和藏书序、跋。他所写的《慈云楼藏书志·序》对古典目录学做了精辟的阐述：“目录之学，始于刘向。”“约分三支：一曰朝廷官簿，一曰私家著录，一曰史家著录。”这篇序言对古典目录学的来龙去脉讲述得清清楚楚。

龚自珍尤其喜欢收藏碑文、石刻、印章，有位朋友形容他的藏品“不可胜记”，可见藏品之多。他的藏室名称为“宝燕阁”，光他收藏的碑帖就有两千种之多，龚自珍没有把这些收藏品视为个人的财富，他经常邀请林则徐、魏源、何绍基等好朋友到他的藏室共同欣赏。

龚自珍除了创作了大量的诗作，填词也是他写作的重要内容。词人在“万马齐喑”的黑暗之中创作了这首《鹊踏枝·过人家废园作》的词作，道出了他的寂寥，道出了他的苦闷和惆怅。

在词作中，词人以“一朵孤花”自许，写出了“无人来折取”的孤独，以及“花开不合阳春暮”的幽怨。其实，龚自珍用不着这样惆怅，他喊出的真知灼见在那个死气沉沉的时代里，尽管显得微弱，还是被后人听到了，而且记住了。无数志士仁人，沿着他宣扬的变革道路，奋勇前进，推翻了腐朽的清朝政府，完成了民主革命，打败了入侵中国的列强，建立了一个初步繁荣强大的新中国。这些后来者从他喊出的声音中获得了良多的教益。